**Für Lauren, für Rachel und für Madeline
mit aller erdenklichen Liebe**

BASTEI
LÜBBE

NICHOLAS MEYER

Aus den Memoiren von
JOHN H. WATSON

SHERLOCK HOLMES UND DAS PHANTOM DER OPER

Roman

Ins Deutsche übertragen
von Michaela Link

BASTEI
LÜBBE

BASTEI-LÜBBE-TASCHENBUCH
Band 13 596

Erste Auflage:
November 1994
Zweite Auflage:
Dezember 1994

Deutsche Lizenzausgabe 1994
by Bastei-Verlag Gustav H. Lübbe
GmbH & Co., Bergisch Gladbach
Originaltitel: The Canary Trainer
Lektorat: Stefan Bauer
Titelbild: Red Point Studios
Gabriele Rehak-Döring
Zeichnungen und Vignette:
Fabian Fröhlich
Umschlaggestaltung:
Quadro Grafik, Bensberg
Satz: KCS GmbH,
Buchholz/Hamburg
Druck und Verarbeitung:
Brodard & Taupin, La Flèche,
Frankreich
Printed in France

ISBN 3-404-13596-2

Vorwort des Herausgebers

Beinecke-Bibliothek
Sondersammlungen
Yale University
New Haven, Connecticut
11. Dezember 1992

Sehr geehrter Herr Meyer,
ich bin stellvertretender Leiter der Sondersammlungen an der Beinecke-Bibliothek und möchte Sie um Ihren Rat und um Ihre Hilfe bitten.

Sie wissen vielleicht, daß die Beinecke-Bibliothek eine ungeheure Fülle wertvoller Aufzeichnungen und Manuskripte ihr eigen nennt, die ihr von Spendern auf der ganzen Welt geschenkt wurden.

Vor einiger Zeit haben wir unseren gesamten Katalog von einem analogen in ein digitales Computerformat überführt, um die Zugriffsmöglichkeit auf unsere Bestände zu erleichtern – das hat uns einige Monate Zeit (und zwei Millionen Dollar) gekostet. Im Zuge dieser Arbeiten haben wir eine Reihe von Dokumenten zu Tage befördert, die zur Zeit ihrer Erwerbung nicht ausreichend identifiziert und geprüft worden waren.

Unter den im Magazin der Bibliothek gelagerten Dokumenten fanden sich einige, die zum Nachlaß von Martha Hudson gehörten, deren Schwager, Gerald Forrester, ein hervorragender Yale-Absolvent (1903) war. Diese Papiere befinden sich jetzt seit über fünfzig Jahren im Besitz der Universität.

Ich schäme mich, zugeben zu müssen, daß der Name Martha Hudson meinem Vorgänger völlig unbekannt war und daß deshalb, so fürchte ich, ihre Aufzeichnungen nicht mit der Aufmerksamkeit untersucht wurden, die sie verdient hätten. Erst bei der Aufnahme für den digitalen Katalog erkannten wir, daß diese Martha Hudson dreißig Jahre lang die Haushälterin von Sherlock Holmes gewesen ist.

Der größte Teil von Mrs. Hudsons Papieren ist von nur geringem Interesse. Er besteht hauptsächlich aus Haushaltsabrechnungen, die etwas (aber nicht allzuviel) Licht auf die Kosten und Vorlieben in einem spätviktorianisch/edwardianischen Junggesellenhaushalt werfen und vielleicht einen Sozialhistoriker begeistern mögen, der sich auf diese Periode spezialisiert hat.

Aber der Grund, aus dem ich Ihnen schreibe, ist der, daß unter den Hudson-Papieren ein Manuskript entdeckt wurde, das vorgeblich aus der Feder von John H. Watson stammt, dem Biographen von Holmes. Es gibt keine Möglichkeit mehr, herauszufinden, wie es unter Mrs. Hudsons Haushaltsabrechnungen geraten konnte. Da es sich bei der Hauptmasse des Materials in Wahrheit um die Niederschrift einer längeren Aussage von Holmes selbst (das heißt, ihres Dienstherrn) handelt, ist es vielleicht zu Unklarheiten über die Urheberschaft des Manuskripts gekommen. Wie dies dazu führte, daß sie in den Besitz des Manuskriptes kam, können wir nicht erklären. (Mr. Forrester selbst verstarb 1953 und hat keine Nachkommen, von denen wir uns Aufklärung in dieser Frage erhoffen könnten.)

Da uns Ihre bisherigen einschlägigen Arbeiten bekannt

sind, haben wir uns gefragt, ob Sie nicht vielleicht Interesse daran hätten, den Text zu lesen, zu editieren und, mit Anmerkungen versehen, zu veröffentlichen.

Ich werde über die Feiertage verreisen, bin aber nach Neujahr wieder hier und unter der oben angegebenen Adresse telefonisch oder per Fax erreichbar. Falls wir uns vorher nicht mehr sprechen, wünsche ich Ihnen schon jetzt ein frohes Weihnachtsfest.

Hochachtungsvoll
Fred Malcolm
Stellvertretender Leiter
Sondersammlungen

Dieser Brief schildert – wie ich es auch nicht besser könnte – die Entdeckung des im folgenden wiedergegebenen Manuskriptes. Ohne ungehobelt erscheinen zu wollen, finde ich es erstaunlich, daß die Bibliothekswissenschaft in einem dermaßen traurigen Zustand ist, daß ein Fund von solch potentieller Wichtigkeit ein halbes Jahrhundert lang an einer unserer größten Universitäten hat Staub ansetzen können. Es ist ja wohl ziemlich sinnlos, Berge von Dokumenten in einer Sammlung zu horten, wenn sich niemand die Mühe macht, sie zu lesen. Und es ist keine hinreichende Ausrede, mit dem Finger auf die Kulturpolitik der Regierungen Reagan und Bush zu zeigen und die Tatsache zu beklagen, daß nicht genügend Wissenschaftler eingestellt werden. Man kann die Schuld nicht auf eine solche relativ junge Erscheinung schieben. Die Sachen liegen ja schon jahrelang dort herum.

Bei diesem Arbeitstempo sind vielleicht noch nicht entdeckte Teile von *Huckleberry Finn* oder *Wem die Stunde schlägt* oder weiß Gott was sonst noch dazu bestimmt, weiter unveröffentlicht vor sich hinzuwelken – und das nicht irgendwo auf einem Dachboden, was ich noch verstehen könnte, sondern im innersten Bezirk der akademischen Welt, da, wc diese Dinge eigentlich für uns alle gehegt und gepflegt werden sollten.

Genug davon.

Einige Worte zu dem Manuskript selbst.

Seit der Entdeckung des sogenannten Swingline-Dobson-Textes 1970 hat eine ganze Heimindustrie von ›neuentdeckten‹ Watsonschen Manuskripten das Feld der Sherlockianischen Studien übersät. Einige davon mögen authentisch sein, andere sind es mit Sicherheit nicht. Die enthusiastischen Fälscher stehen in ihrem kreativen Eifer nur noch hinter den Autobiographen Howard Hughes' und denjenigen zurück, die Hitlers Tagebücher verfaßten.

Das Hauptproblem, das jeder Watsonsche Text aufwerfen muß, ist natürlich die Frage der Authentizität. Im Falle des vorliegenden Manuskriptes, das unter dem Namen *Der Gesangmeister* bekannt ist, wird die Frage nach der Urheberschaft durch eine Anzahl von Faktoren kompliziert.

Zunächst einmal haben wir es hier, obwohl Papier und Tinte dem damals Ortsüblichen entsprechen und das Manuskript unzweifelhaft in Watsons Handschrift geschrieben zu sein scheint* (und zwar auf einer ziemlich rauhen Oberfläche), keinen Fall vor uns, in dem Watson entweder als Zeuge oder als Beteiligter in Erscheinung

* Für die Echtheit von Papier und Tinte haben sich die Abteilung für kriminaltechnische Spurensicherung von Scotland Yard und Professor Harding von der Nationalgalerie London verbürgt. Die Handschrift ist von zwei Experten auf diesem Gebiet aus Langley, Virginia, die namentlich zu nennen mir nicht gestattet ist, als diejenige Watsons bestätigt worden.

tritt. Watsons Text ist anscheinend ganz oder teilweise von Holmes selbst diktiert worden, so daß sich die Frage nach der Erzählperspektive nicht mehr eindeutig beantworten läßt. Daher entfällt eine der entscheidenden Methoden, mittels welcher die Forscher auf dem Gebiet der Sherlockiana einen Originaltext zu identifizieren trachten. Die Erzählperspektive Holmes' ist nicht die Erzählperspektive Watsons, und obwohl ein Fall, der von Holmes selbst erzählt wird, nichts Einzigartiges wäre (›Die Löwenmähne‹ fällt einem sofort als weiteres Beispiel ein), bringt er doch Unterschiede in der Stilistik mit sich, die jeden, der eine definitive Authentifizierung vornehmen möchte, nur in Erstaunen versetzen können.

Genauso schwierig ist es indes, einen Beitrag Watsons völlig auszuschließen. Wie ich bereits erwähnte, wurde das Manuskript von seiner Hand niedergeschrieben, und es gibt daher keine Möglichkeit, herauszufinden, in welchem Ausmaß der Doktor Änderungen vorgenommen, gekürzt oder Holmes' Geschichte auf andere Weise bearbeitet hat. Ich habe keine Vorstellung, warum es niemals mit der Maschine abgeschrieben wurde (was zweifellos noch mehr Korrekturen und Änderungen durch Watson zur Folge gehabt hätte).* Holmes war möglicherweise schon nicht mehr greifbar und bereits wieder in neuer Mission unterwegs, bevor Watson (der die Fragen gestellt zu haben scheint) Gelegenheit hatte, eine Reihe noch offener Fragen zu klären. Das Manuskript bricht mit der plötzlichen Ankunft von Herbert Asquith ab, und Watson mag vielleicht gehofft haben, es später einmal vollenden zu können – nur daß es kein Später mehr gab.

* Vielleicht existiert – oder existierte – irgendwo an anderer Stelle eine revidierte und vervollständigte maschinengeschriebene Fassung. Wenn sie nicht zerstört worden ist, werden viele unserer Fragen eines Tages vielleicht genauer beantwortet werden können.

(Was diese Fragen angeht, so ist es unmöglich zu sagen, bis zu welchem Grade Holmes typischerweise editorische Kontrolle über die Watsonschen Texte ausübte. Einerseits soll er ständig Watsons Anstrengungen herabgesetzt und wegen ihres reißerischen Inhalts und ihres Mangels an reiner Logik verspottet haben – ›sie haben den gleichen Effekt, als wenn man eine Liebesgeschichte oder eine Räuberpistole in den fünften Satz des Euklid einarbeitet‹ –, aber andererseits ist es offensichtlich, daß Watsons Berichte mit dem Einverständnis von Holmes veröffentlicht wurden. Holmes mag durchaus, wie viele andere Berühmtheiten auch, der Verbreitung seines Ruhmes stillschweigend Vorschub geleistet haben.)

Was die Niederschrift selbst anbelangt, so gibt es zu der Frage, ob Watson sich darauf beschränkt hat, Diktat aufzunehmen, widersprüchliche Hinweise. Teile des Manuskripts zeigen deutliche Spuren einer hastigen Niederschrift; die Schrift ist fast unleserlich und enthält Abkürzungen und andere Symptome, die offenbar aus der Not des Augenblicks geboren wurden und auf eine Art improvisierter Kurzschrift hindeuten, mit der vielleicht der Notwendigkeit entsprochen wurde, mit dem Sprecher Schritt zu halten. An anderen Stellen jedoch deuten sowohl die Schrift als auch der Stil der Prosa darauf hin, daß hier nicht unter Zeitdruck geschrieben wurde, und diese Passagen könnte Watson durchaus ›verfaßt‹ und nicht nur lediglich nach Diktat geschrieben haben.

Ein Wort noch zu den ›Amerikanismen‹. Ich habe mich schon in meiner Einleitung zu dem als *The West End Horror* bekannten Manuskript verpflichtet gefühlt, darauf hinzuweisen, daß viele Amateurdetektive glauben, einen unechten Watson-Text durch Hinweise auf amerikanische Ausdrucksweisen nachweisen zu können, mit der Schlußfolgerung, daß es sich um Fälschungen aus der neuen Welt handeln müsse. Es muß hier wiederholt werden, daß solche ›Amerikanismen‹ nicht als Beweis für etwas derartiges herangezogen werden können, denn Holmes und Watson haben beide eine beträchtliche Zeit in den Vereinigten Staaten verbracht. Watson war als Mediziner in San Francisco tätig (nach William Baring-Gould); Holmes verbrachte einen großen Teil seines Lebens in Amerika, sowohl in jungen Jahren als auch in fortgeschrittenem Alter. Tatsache ist, daß ihn das Ende des vorliegenden Manuskripts auf dem Weg nach Chicago sieht, wegen eines Falles, für den während eines großen Teils von zwei Jahren verdeckte Ermittlungen erforderlich sein sollten. Er liebte das amerikanische Englisch, und bereits 1914 hatte er Watson gesagt, nach zwei Jahren in Amerika »scheint der Born meines (englischen) Englisch auf Dauer kontaminiert zu sein« (›Seine Abschiedsvorstellung‹). Gelegentliche amerikanische Ausdrücke würzen alle Fallgeschichten Watsons, und jedem Neuling muß geraten werden, ihnen nicht allzuviel Bedeutung beizumessen.

Dann ist da noch der Titel des Buches zu berücksichtigen. Ich glaube nicht, daß ich zu viel verrate, wenn ich darauf hinweise, daß der Gesangsmeister, um den es sich hier handelt, nicht ›Wilson, der berüchtigte Gesangsmeister‹ ist, dessen Tod das East End von London von einem Krebsgeschwür befreit hat (›Der Schwarze Peter‹), sondern eine ganz andere Person. Im Titel des Buches und in den Kapitelüberschriften sehe ich Watsons Feingefühl am Werk, obwohl aus dem Text hervorgeht, daß Holmes selbst mehr als einmal von einem Gesangsmeister redet und Watson möglicherweise so zu dem Titel inspiriert hat.

Um es zusammenzufassen: Ich sehe endlose Debatten bezüglich der Fragen der Authentizität auf uns zukommen, will aber selbst keine eigene Meinung anbieten, sondern nur auf eins hinweisen: Holmes in Paris erscheint mir ebenso wahrscheinlich wie Holmes in Tibet, und das – wie Watson in seinem Text enthüllt – wurde schon 1912 durch aufmerksame Leser angezweifelt! Wir können nur hoffen, daß – falls das Manuskript authentisch *ist* – den Gelehrten und der Allgemeinheit in den nächsten Jahren auf irgendeine Weise die ganze Geschichte der sogenannten ›fehlenden Jahre‹ enthüllt wird, die auch unter der Bezeichnung ›die große Lücke‹ bekannt sind. (Mich für meinen Teil reizt ungemein der Hinweis, den Holmes Watson am Ende dieses Werkes betreffs seines nächsten Ziels gibt.)

Ich habe die üblichen erklärenden Anmerkungen hinzugefügt und Watsons gelegentlich unsichere Rechtschreibung korrigiert. Mitunter waren einzelne Wörter oder Ausdrücke seines Gekritzels nicht entzifferbar. In diesen Fällen habe ich mein Bestes getan, um das zu ergänzen, was ich für passend hielt. Ich habe diese Interpolationen nicht in Klammern gesetzt, um den Gang der Erzählung nicht zu stören. Wenn es deswegen gelegentlich zu einem stilistischen ›Kratzen‹ kommt, liegt der Fehler bei mir, nicht bei Watson.

Eine letzte Anmerkung sei mir noch gestattet: Holmes' Erzählung dreht sich zum größten Teil um die klassische Musik, ein Gebiet, mit dem ich nur oberflächlich vertraut bin. Daher bin ich in meinen Anmerkungen nicht immer in der Lage, gelehrte Bemerkungen zu Holmes' Aussagen und Urteilen auf diesem Gebiet abzugeben; ich hoffe, daß mir die Leser das nachsehen werden.

Mehr gibt es nicht zu berichten. Ich bitte noch einmal alle Leser eindringlich, den Leuten an der Yale-Universität zu schreiben und sie zu drängen, ihre Angelegenheiten ein wenig mehr in Ordnung zu bringen.

NICHOLAS MEYER
London, 1993

EINLEITUNG

Die tote Königin

»Das ist in der Tat eine überaus rätselhafte Angelegenheit, Watson. Was halten Sie davon?«

Ich gestehe, daß ich schon mehr als einmal ähnliche Worte gehört hatte. Und doch konnte ich, genau wie in der Vergangenheit, nicht umhin, meine Hilflosigkeit einzugestehen.

»Die Königin ist eindeutig tot«, begann ich. Sherlock Holmes zog ein riesiges Vergrößerungsglas hervor und spähte hindurch, um den Leichnam zu betrachten.

»Brillant, Watson. Sie haben Ihre Fähigkeit, das Offensichtliche festzustellen, noch nicht verloren. Die Königin ist ganz eindeutig tot. Die Frage ist nur, wer sie getötet hat.«

Ich unterdrückte meinen Ärger über seinen herablassenden Tonfall, der mir zwar häufig begegnet war, an den ich mich jedoch noch immer nicht hatte gewöhnen können. Dann schloß ich mich dem Studium der Leiche an.

Sie lag vollkommen reglos da und widersetzte sich all unseren Versuchen, das Geheimnis ihres plötzlichen Dahinscheidens zu erahnen.

»Wen haben Sie in Verdacht?«

»Voreilige Theorien sind immer ein Fehler«, erinnerte er mich. »Sie beeinflussen unweigerlich das Urteilsvermögen.«

»Schlagen Sie eine Autopsie vor?«

»Das wäre schwierig«, stellte er mit einem dünnen Lächeln fest, »wenn auch nicht notwendigerweise unmöglich.«

»Ich kann keine Spuren von Gewalt an der Leiche erkennen«, fuhr ich hilfsbereit fort.

»Nicht die geringsten«, pflichtete mir der Detektiv bei, »und doch würde ich schwören, daß dies kein natürlicher Tod war. Gestern noch war sie froh und munter damit beschäftigt, ihre Eier zu legen, und jetzt liegt sie totenstill da, und ihre Krone wartet nur darauf, die Brauen einer anderen zu zieren, bevor ihr Königreich vom Chaos verschlungen wird.«

Man schrieb das Jahr 1912, und wir befanden uns auf der Burley Manor Farm* auf den nördlichen Hängen der Sussex Downs, keine fünf Meilen von Eastbourne entfernt, wo Holmes nun in bescheidener Zurückgezogenheit zusammen mit Mrs. Hudson lebte, eben jener Mrs. Hudson, die schon über unsere Räumlichkeiten in der Baker Street geherrscht hatte. Gelegentlich verbrachte ich ein Wochenende in ihrer Gesellschaft, denn der spektakuläre Ausblick auf den Kanal war weniger als eine Zugstunde von meiner Türschwelle entfernt.

* Der Herausgeber hat in der hier beschriebenen Gegend eine Burling Manor Farm entdeckt, nicht jedoch eine Burley.

Holmes' Rückzug war für mich ebenso rätselhaft wie alles andere an ihm; man könnte sagen, er war typisch für sein unberechenbares, merkurisches Temperament. Es war beinahe so, als sei er eines Morgens aufgestanden und habe beschlossen, Londons überdrüssig zu sein, denn schon im nächsten Atemzug setzte er mich davon in Kenntnis, daß er in die South Downs ziehen und dort Bienen züchten wolle. Dies war ein Interesse, das er anscheinend durch Forschungen entwickelt hatte, in die ich nicht eingeweiht war.

»Wenn ein Mann Londons überdrüssig ist, ist er des Lebens überdrüssig«, rief er ihm Johnsons Maxime ins Gedächtnis, aber sein logischer Verstand erkannte schnell, daß dies kein stichhaltiges Argument war.

»Ich bin nicht des Lebens im allgemeinen überdrüssig, ich bin es müde, ein Leben voller Verbrechen zu führen – und des Rußes«, fügte er hinzu und betrachtete mit verdrießlicher Miene die Hausdächer draußen vorm Fenster. »Ich werde mich zurückziehen und mir Bienen halten.«

Ich tat mein Bestes, um ihn von dieser ungeheuerlichen Idee abzubringen, und seine ersten Experimente schienen auch tatsächlich meine schlimmsten Befürchtungen zu bestätigen. In der Zeit, in der ich bei ihm war, um ihm dabei zu helfen, sich häuslich einzurichten, wurde er übel gestochen, und das mehr als einmal. Es war ein glücklicher Umstand, daß ein Arzt, namentlich ich selbst, bei der Hand war, und ein noch glücklicherer Umstand lag darin, daß Holmes nicht wie manch andere Leute allergisch gegen das Gift von Bienen war.

Dennoch blieb er unbeirrbar und beriet sich regelmäßig mit einer zoologischen Autorität, Mr. Sherman, der sich seinerzeit in Lambeth verdingt, nun aber seinen Ruhestand in East Acton angetreten hatte. Was Sherman nicht selbst über die Bienenhaltung wußte, versuchte er für Holmes in Erfahrung zu bringen. Mehr als einmal machte er die Reise zu der ländlichen Unterkunft des Detektivs und half meinem Freund dabei, seiner Leidenschaft zu frönen. In Netze gehüllt, verbrachten sie viele Stunden draußen und berieten sich über Holmes' Arrangements. Ihre Betätigung im Garten hatte zur Folge, daß dort eine ganze Reihe lieblos zusammengezimmerter Hütten entstand, die meiner Meinung nach wenig dazu beitrugen, das Aussehen des Besitzes zu verbessern.

Als Holmes' Hausarzt verspürte ich größten Widerwillen, ihn bei einer so augenscheinlich gefährlichen Aktivität zu sehen; diesem Widerwillen vergleichbar war nur noch meine persönliche Verwirrung, was den Reiz dieser Betätigung anbetraf.

»Ich kann einfach nicht entdecken, was Sie so an dieser summenden Pest fasziniert«, tadelte ich ihn, als ich ihn eines Morgens wegen einer Reihe von Stichen behandelte, die er sich bei einem meiner früheren Besuche zugezogen hatte. Er lachte, zuckte zusammen, als ich Alkohol auf die betroffenen Stellen rieb, und zündete sich eine Zigarette an. »Manchmal ist eine solch grundlegende Veränderung überaus anregend«, bemerkte er. »Sie wissen zweifellos, daß Tolstoi nach Beendigung von *Krieg und Frieden* begonnen hat, die altgriechische Sprache zu erlernen.«

»Altgriechisch scheint mir weitaus sinnvoller als Bienen«, widersprach ich störrisch. Er seufzte.

»Ich möchte Sie darauf aufmerksam machen, daß Bienen ein idealisierter Mikrokosmos der Menschheit sind«, erwiderte er, während er gleichzeitig mit einer ruckartigen Kopfbewegung Rauch ausstieß. »Hier haben Sie Ihre Arbeiter und Ihre Drohnen, dort Ihre Industriekapitäne und Handelskönige, da drüben Ihre Architekten und Planer und schließlich die Königin selbst, die als wahre Mutter ihrer Nation alles beherrscht. Kein Wunder, daß die überaus fleißigen Mormonen die Bienen zu ihrem Sinnbild erkoren haben«, fügte er hinzu.*

»Das Ganze erscheint mir jedoch recht wunderlich«, gab ich zurück.

»Ach, wirklich?«

»Nun ja, zum einen kann es Ihrer Aufmerksamkeit doch nicht entgangen sein, daß ihre Gesellschaft kein kriminelles Element aufweist.«

»Ich sprach ja auch von einem *idealisierten* Mikrokosmos, mein Freund.«

»Aber zu Zeiten, als Sie noch Ihre Praxis als beratender Detektiv unterhielten, beklagten Sie sich doch regelmäßig über den Mangel an kriminellem Einfallsreichtum – da können Sie doch jetzt nicht behaupten, daß die Betrachtung einer Gesellschaft Sie zufriedenstellt, der dieses Element, das Ihnen einst die größte Anregung war, völlig abgeht?«

»Das ist ein Punkt, der meiner Aufmerksamkeit tatsächlich entgangen ist«, erwiderte Holmes, lächelte und setzte sich auf. »Und doch denke ich, daß wir durchaus auch aus Utopien das eine oder andere lernen können.«

Und wie so häufig endete auch diese Unterhaltung damit, daß ich zwar eine Schlacht gewonnen, den Krieg jedoch verloren hatte.

Ich muß zugeben, daß Holmes' Bienen im Laufe der Zeit aufs beste gediehen. Er wurde immer weniger gestochen und schließlich überhaupt nicht mehr. Seine Geschicklichkeit im Umgang mit Rauch und Netzen nahm im gleichen Maße zu wie das Vertrauen der Bienen. Nach einer Weile brauchte Sherman sich weder persön-

* Durch seine Begegnung mit den Mormonen, wie sie in der *Studie in Scharlachrot* festgehalten ist, hat Holmes eine gewisse Vertrautheit mit deren Sitten erlangt.

lich noch mittels Telegrammen um Holmes' Fragen zu kümmern. Am Ende verzichtete Holmes sogar gänzlich auf jegliche Netze und bewegte sich vollkommen frei unter seinen Bienenvölkern, ein willkommener, wenn nicht gar geschätzter Gast.

Meine eigene Skepsis und Verwirrung gerieten beträchtlich ins Wanken, muß ich gestehen, als ich bei einem späteren Besuch, Ende des Jahres 1910, zum ersten Male den Honig kostete, den Holmes aus seinen Bienenkörben gewann. Dieser Honig war so köstlich süß und paßte so wunderbar zu Sauerteigfladen oder süßen Brötchen, daß selbst Mrs. Hudson ihre Einwände gegenüber Holmes' exzentrischem Hobby zurückzog.

»Wenn Sie mich fragen, Sir«, sprach sie ihn an jenem Sonntag beim Frühstück an, »Sie könnten sich ein hübsches Einkommen verdienen, wenn wir diesen Honig verkauften.«

Ich hatte den Eindruck, daß sie eigens meinen Besuch abgewartet hatte, um das Thema anzusprechen, so als rechne sie auf meine Hilfe bei ihrem Plan.

»Glauben Sie wirklich, Mrs. Hudson?« Holmes, der gerade damit beschäftigt gewesen war, ein wenig Honig auf einer Scheibe gebutterten Toasts zu verteilen, hielt inne.

»Da besteht kein Zweifel, Sir. Wir könnten uns unsere eigenen Etiketten drucken lassen, und Bill könnte die Krüge nach London bringen – oder in jede andere Stadt, in der Sie Ihr Geschäft betreiben wollten«, ergänzte sie, als sie sah, daß Holmes ihre Anregung mit einem unhörbaren Lachen quittierte. »Nun, es war ja auch nur so eine Idee«, sagte sie in verletztem Ton.

»Mrs. Hudson, Sie müssen mir vergeben. Ihr Einfall ist ausgezeichnet, und ich werde die Sache sorgfältig erwägen.«

»Mein Haupteinwand«, vertraute er mir an, nachdem sie den Frühstückstisch abgeräumt hatte, »besteht darin, daß ich mich hier niedergelassen habe in der Absicht, mich zurückzuziehen. Ich würde gern meine kleinen Forschungen weiterführen, vielleicht auch das eine oder andere über die Bienenzucht schreiben, aber ich verspüre nicht den geringsten Wunsch mich als Händler zu betätigen.* *Sherlock Holmes' Spezialhonig* klingt nach einem Unternehmen, das ein Großteil der Muße verschlingen würde, deretwegen ich hierhergekommen bin.«

Im Laufe der Zeit wurden meine Wochenendbesuche immer seltener. Obwohl die Entfernung zwischen uns vergleichsweise gering war, nahmen doch mein berufliches wie auch mein häusliches Leben einen hinreichenden Teil meiner Zeit in Anspruch.**

Ich wußte, daß Holmes manchmal in die Stadt fuhr, bin ihm bei diesen Gelegenheiten jedoch nie begegnet. Der große Detektiv ließ sich aus seinem Schlupfwinkel locken, wenn die Polizei unserer schwindelerregenden Metropole seiner Dienste bedurfte. Holmes widersetzte sich nie allzu energisch, wenn solche gelegentlichen Appelle an ihn ergingen. Es gefiel ihm, auch weiterhin die Hand im Spiel zu haben, wie er es ausdrückte, als wolle er sich beweisen, daß seine Fähigkeiten ihn keineswegs verlassen hatten.

Es gab drei Londonreisen, von denen ich weiß. Eine betraf die Angelegenheit des entwendeten Tigers; eine

* Holmes' Arbeit mit den Bienen führte schließlich zu dem privat gedruckten Klassiker *Praktisches Handbuch der Bienenkultur mit einigen Beobachtungen bezüglich der Absonderung der Königin* (1914).

** Man weiß nur sehr wenig über Watsons Leben in dieser Zeit. Offensichtlich hatte er wieder geheiratet, aber die genaue Lage seiner Praxis bleibt unklar.

zweite stand im Zusammenhang mit der Affäre des gescheckten Hahns; die genaueren Umstände der dritten und letzten Reise zu enthüllen, steht mir nicht frei. Es mag sein, daß ich eines Tages die genauen Einzelheiten dieser Fälle, von denen zumindest einer die gekrönten Häupter einer alten, europäischen Dynastie erschüttern würde, niederschreiben werde.* Es war im Juni 1912, als ich mich endlich wieder einmal dazu bewegen ließ, drei Wochen mit meinem alten Freund zu verbringen, um in Trägheit und Bienen zu schwelgen.

Im Fall der toten Königin, über deren Hinscheiden wir gerade nachdachten, kam Holmes schließlich zu dem Schluß, daß ein später Frost sie dahingerafft hatte. Eine ganze Anzahl von Drohnen war gleichzeitig diesem Schicksal erlegen, und Holmes folgerte daraus, daß ein außergewöhnliches nächtliches Absinken der Temperatur die Verantwortung für die Todesfälle trug. Er hatte sich mittlerweile eine solche Sachkenntnis erworben, daß ich nicht die geringste Absicht hatte, an seinen Worten zu zweifeln.

»Und es ging ganz bestimmt nicht um Bienen, Sir«, informierte Mrs. Hudson mich eines Morgens in der Küche mit leiser Stimme.

»Wie meinen Sie das?«

»Ich meine, daß der Außenminister uns einen Besuch abgestattet hat, bevor Sie hierher kamen«, erklärte sie mir mit einem vertraulichen Unterton. »Und da ging es ganz bestimmt nicht um irgendwelche Bienen.« Sie zuckte mit den Schultern. »Aber der Herr hat ihn fortgejagt. Sir Edward war bestimmt kein glücklicher Mann, als er zum Bahnhof aufbrach.«**

* Diese Londonreisen sind nirgendwo sonst dokumentiert worden. Holmes hat den Eindruck hinterlassen, daß er während der ganzen Zeit in den Downs war.

** Der damalige Außenminister war Sir Edward Grey.

Das war eine Angelegenheit, von der ich wußte, daß ich besser die Finger davon lassen sollte. Die Tage vergingen höchst angenehm, und ich war überrascht, wie leicht es mir fiel, sie zu füllen. Holmes hielt sich auch weiterhin alle Tageszeitungen und hatte es sich zur Angewohnheit gemacht, sie von vorn bis hinten durchzulesen, statt wie früher nur die Vermißtenmeldungen zu überfliegen und den Text nach Neuigkeiten über besonders sensationelle oder schauerliche Verbrechen abzusuchen.

»Wie ich sehe, hat die Jagd auf Dr. Freud noch immer nicht nachgelassen«, bemerkte er eines Morgens bei der Lektüre eines Artikels auf der dritten Seite. Es ist nicht allgemein bekannt, daß Holmes mit dem umstrittenen Wiener Doktor auf vertrautem Fuße stand, aber es ist mir untersagt, die Umstände ihrer Bekanntschaft genauer zu beschreiben.*

»Sie finden immer wieder etwas Neues, was sie an seinen Theorien auszusetzen haben«, stimmte ich ihm zu, da ich den Artikel, der Freuds jüngste Lesungen in Amerika betraf**, ebenfalls gelesen hatte.

»Und wegen seiner Theorien machen die Leute sich daran, den Mann falsch zu interpretieren und ihn am Ende gänzlich zu verdammen.« Holmes schüttelte traurig den Kopf und griff nach seiner neuen Kirschbaumholz-

* Erst im Jahre 1939 legte Watson die Einzelheiten von Holmes' Beziehung zu Sigmund Freud schriftlich nieder. Der sogenannte Swingline-Dobson-Text (so benannt nach dem Stenografen, der die mündlichen Berichte dieser Affäre, wie sie der in die Jahre gekommene Watson ihm mitteilte, niederschrieb) wurde erst dreißig Jahres später entdeckt und 1974 unter dem Titel *The Seven-Per-Cent Solution* veröffentlicht.

** Hier spielt Watson entweder sein Gedächtnis einen Streich, oder seine Aufzeichnungen der Angelegenheit sind fehlerhaft. Oder er machte sich die dichterische Freiheit zunutze: Freuds Amerikabesuch fand nämlich im Jahre 1909 statt.

pfeife. »Sie verstehen überhaupt nicht, worum es geht.«

»Und worum geht es?«

»Es ist ganz einfach. Dr. Freud ist ein wichtiger, ja sogar ein bemerkenswerter Mensch, unabhängig von allen Theorien, die er vielleicht vorgelegt hat. Es spielt überhaupt keine Rolle, ob seine Theorien zutreffen, ob seine Mutmaßungen über Frauen, Kinder oder sogar Träume korrekt sind. Es spielt keine Rolle, ob er ein Mann von aufrechtem Charakter oder ein Schurke ist. Nichts von all diesen Dingen hat etwas mit seinem Anspruch auf Unsterblichkeit zu tun.«

»Und Sie glauben, daß er einen solchen Anspruch hat?«

»Ganz zweifellos.«

»Und worauf gründet sich dieser Anspruch?«

»Kartographie.« Ich weiß, daß mir der Kiefer nach unten geklappt sein muß, so groß war mein Erstaunen über diese unerwartete Erwiderung.

»Ich habe noch nie davon gehört, daß Freud Landkarten zeichnet.«

»Und ich versichere Ihnen, daß er genau das getan hat, obwohl sie vielleicht nicht in jeder Hinsicht zuverlässig sind.«

»Holmes, Sie verblüffen mich. Wie kann eine Landkarte irgendeinen Wert besitzen, wenn sie nicht völlig genau ist?«

»Ganz im Gegenteil.« Er hielt inne, zündete sich seine Pfeife an und zog energisch daran, um sie in Gang zu bringen. »Die Tatsache, daß Freuds Landkarten möglicherweise in die Irre gehen, macht ihre Bedeutung nicht hinfällig. Der passende Vergleich für Dr. Freud ist Kolumbus. Erinnert sich heute irgend jemand daran, oder kümmert man sich noch darum, daß Kolumbus glaubte, in Indien gelandet zu sein? In dieser Hinsicht waren

Kolumbus' Karten geradezu abenteuerlich ungenau. Das erscheint im Rückblick jedoch weniger wichtig als die Tatsache, daß Kolumbus der erste weiße Mann war, der seinen Fuß auf einen bis dahin unerkundeten Kontinent gesetzt hatte, von dessen bloßer Existenz die große Mehrheit der Menschheit nichts ahnte. Kolumbus ist ganz zu Recht berühmt, und niemand macht sich die Mühe, darüber nachzudenken, daß seine Landkarte vollkommen falsch war.«

»Und welche Landkarte hat Sigmund Freud gezeichnet? Auf welchen unerkundeten Kontinent hat er seinen Fuß gesetzt?«

»Auf den Kontinent des sogenannten Unbewußten. Er ist der erste Wissenschaftler, der die Existenz dieses Unbewußten gefolgert und schließlich bestätigt hat. Wenn seine Karten dieser *terra incognita* vielleicht auch ein wenig verschwommen sind, so müssen Sir mir mein Versäumnis nachsehen, wenn ich mich darüber nicht besonders erregen kann. In Anbetracht seiner eigentlichen Entdeckung werden Sie die Bedeutungslosigkeit seiner kleinen Irrtümer ohne weiteres einsehen.«

Mit diesem und einer großen Anzahl ähnlicher Beispiele bewies Holmes, daß er zwar in einem Zustand lebte, den er als Ruhestand zu bezeichnen beliebte, daß seine Sinne jedoch so scharf waren wie eh und je. Es war in der zweiten Woche meiner Ferien, daß er mir einen weiteren kleinen Einblick in seine Intelligenz gestattete, eine Intelligenz, die es nie verfehlte, mich zu erstaunen und zu entzücken.

»Sie haben recht, Watson, es ist tatsächlich unfaßbar«, bemerkte er eines Abends gänzlich aus heiterem Himmel. Ich hatte ihm die ganze Zeit stumm gegenüber gesessen und ins Feuer gestarrt.

»Was ist unfaßbar?«

»Der Untergang der *Titanic*. Sie brauchen kein so erstauntes Gesicht zu machen, mein lieber Freund. Ich sah, daß Sie voller Verwirrung das Flaggschiff der Cunarder-Reederei auf dem Rauchfang betrachtet haben. Dann haben Sie Ihre Augen von dem Schiff abgewandt und weiter Ihre *Times* gelesen, die zweifelsohne neue Spekulationen bezüglich der Tragödie enthält. Schließlich haben Sie geseufzt und es dem Feuer gestattet, Ihre Aufmerksamkeit zu fesseln. Danach war es nicht weiter schwierig, Ihre melancholischen Gedanken zu folgern.«

Ich gestand, daß er sie völlig richtig gefolgert hatte. Es war tatsächlich unfaßbar für mich, daß so etwas passieren konnte.

»Es war wirklich eine überaus vage Vermutung«, pflichtete Holmes mir bei. »Der arme Architekt konnte kaum wissen, welche Konsequenzen sein Entwurf mit sich bringen würde.«

»Worauf wollen Sie hinaus?«

»Eine höchst unwahrscheinliche Kette von Ereignissen, Watson. Der Rumpf der *Titanic* war, wie allenthalben bekannt ist, in wasserdichte Kammern unterteilt.«

»Eine Tatsache, die die Zeitungen immer wieder betont haben.«

»Und dennoch gingen diese Kammern nicht über das Deck E hinaus, das heißt kaum über die Wasserlinie des Schiffes. Es sieht so aus, als habe es Mr. Andrews aus ästhetischen Erwägungen heraus widerstrebt, das Konzept der wasserdichten Schotten weiterzuführen. Er wollte seine großen Gesellschafträume einfach nicht auseinanderreißen.«

»Und was hat das mit der Tragödie zu tun?«

»Als das unglückselige Schiff auf den Eisberg auflief, wurde es vom Schiffsbug her entlang der Steuerbordseite völlig aufgeschlitzt. Das Wasser strömte hinein und zog es vorne herunter. Während der Bug sich immer weiter ins Meer senkte, war es unvermeidlich, daß das Wasser *über* die Oberfläche der ersten wasserdichten Kammer in die zweite floß, von dort in die nächste und von dort wiederum in die nächste. Das Schiff muß beinahe senkrecht im Ozean versunken sein.«

»Was für eine entsetzliche Sache. Also wirklich, woher wußten Sie, daß die wasserdichten Kammern nur bis zum Deck E reichten?«

»Ich versichere Ihnen, es steht in der Zeitung, mein lieber Freund. Die meisten Tatsachen stehen dort, wenn Sie geduldig und gründlich genug sind, um sie aufzustöbern – wie ein Schwein seine Trüffeln. Der Rest ist dann lediglich eine Reihe vernünftiger Schlußfolgerungen, die sich in diesem Falle natürlich nicht beweisen lassen, da kein Mensch das unglückselige Schiff jemals wieder betreten wird.«

In der Stille, die für meinen Besuch so charakteristisch war, verbrachte ich einen guten Teil meiner Zeit mit der umfassenden Neuordnung und Durchsicht der reichhaltigen Notizen, die ich mir zu verschiedenen Fällen gemacht hatte. Ich betrachtete es als eine besondere Gunst des Schicksals, daß ich die bemerkenswerte Karriere meines Freundes aus der Nähe hatte verfolgen können. Einige der vorliegenden Fälle, das ist wohl wahr, konnte man kaum sensationell nennen. Sie drehten sich vor allem um kleine, ja sogar häusliche Einzelheiten; manche von ihnen wiesen nicht einmal die geringste echte kriminelle Aktivität auf, und doch stellten sie das dar, was Holmes so gern als ›interessante Charakteristika‹ bezeichnete: Absonderliches oder Exzentrisches, das einen Eintrag in meine Annalen verdient hatte. Andere Fälle dagegen waren von solch sensationeller Natur, daß ich immer wieder Namen, ja manchmal sogar wesentliche Einzelheiten ändern mußte, um diese Fälle ohne jedes Risiko an die Öffentlichkeit bringen zu können. Ich habe so manchen kühnen Bericht fabriziert und Änderungen vorgenommen, die nur dem Drängen meines Arbeitgebers zuzuschreiben sind. In der Folge habe ich eine große Zahl spöttischer Bemerkungen ertragen und immer wieder Beleidigungen über mich ergehen lassen müssen, was meine Intelligenz betrifft.* Holmes, so habe ich an anderer Stelle bereits bemerkt, war eitel wie ein Mädchen, wenn es um seine Talente ging, und doch war er gebunden durch den Zwang der Geheimhaltung, die unweigerlich zum Handwerkszeug eines jeden gehört, der in einem Geschäft wie dem seinen tätig war. (Er war, das muß man wohl sagen, auch nicht mehr der einzige beratende Detektiv auf der Welt.)

Meine Stellung in seinem Universum war für ihn von höchster Annehmlichkeit. Wenn Holmes die Sonne im Zentrum seines eigenen Kosmos war, so umkreiste ich ihn wie ein freundlicher Satellit, der sich in seinem Ruhme sonnte. Ich schrieb die Einzelheiten seiner Fälle nieder, wenn ich die Erlaubnis dazu hatte, und während es ihm freistand, meine Bemühungen zu kritisieren und höhnisch zu belächeln, was er meinen Hang zum Melodramatischen nannte, wußte ich doch, daß er sich insgeheim geschmeichelt fühlte durch die Aufmerksamkeit, die die Veröffentlichung meiner Werke ihm brachte. Als ich endlich seine Genehmigung hatte, meine Darstellung seines Triumphes in Dartmoor zu veröffentlichen, konnte die Druckerei kaum mit der Nachfrage Schritt halten. Manch

* So wurde Watson zum Beispiel damit aufgezogen, daß er sich nicht erinnern konnte, an welchem Körperteil er in der Schlacht von Maiwand verwundet worden war (Bein oder Schulter?) und wie seine Vermieterin hieß (Mrs. Hudson, Mrs. Turner?), und für tausend andere scheinbare Schnitzer dieser Art.

einer war der Auffassung, der ›Hund‹ repräsentierte Holmes größte Stunde.

Ich weiß jedoch, daß es auch andere Stunden gab – von denen die Öffentlichkeit nicht die leiseste Ahnung hatte –, und eines der Motive, die hinter meinem dreiwöchigen Aufenthalt steckten (obwohl er davon nichts wußte), war die Hoffnung, ihm Informationen über einige Lücken in meiner Chronologie abschmeicheln zu können.

Das Kunststück war, fehlende Fälle aufzuspüren und Holmes dazu zu überreden, einer Veröffentlichung dieser Ereignisse zuzustimmen. Er liebte Geheimnisse, unser Sherlock Holmes, und hielt in dem gewaltigen Lagerhaus seines Gedächtnisses viele quälend unklare Hinweise und seltsame Geschichten verborgen. Ich erinnere mich zum Beispiel an einen erstaunlichen Zeitabschnitt von sieben Jahren in unserer Beziehung, währenddessen er mir die Existenz seines Bruders Mycroft vollkommen vorenthalten hatte. Als es dann schließlich zur Enthüllung dieser Tatsache kam, geschah das auf die lässigste Art und Weise, die man sich nur denken kann. Ich weiß noch gut, wie ungeheuer verblüfft ich war zu erfahren, daß sein Bruder im Diogenes Club in Pall Mall lebte, nur zwanzig Minuten von unseren Räumlichkeiten in derselben Stadt entfernt.

»Ah, aber nicht in derselben Welt«, hatte Holmes mit einem leisen Lachen bemerkt, als ich ihn darauf hinwies.

Ich hätte nie die ganze Geschichte des Phantoms der Oper erfahren, hätte ich nicht eines Nachmittags versucht, ihm zu entlocken, was genau während seiner Reisen nach dem Tod seiner Nemesis Professor Moriarty geschah.

Die Tage waren heiß und erfreulich lang; Holmes' Bienenunternehmungen waren von Erfolg gekrönt, wie das unablässige Summen über unserem Grundstück bewies. Er war ganz in die Gewinnung seiner nächsten süßen Ernte vertieft, als ich so kühn war, zu ihm zu stoßen.

»Hallo, Watson, was führt Sie an meine Arbeitsstätte?« wollte er gutgelaunt wissen. »Bewegen Sie sich ganz langsam, mein lieber Junge. Die Tiere kennen Ihren Geruch nicht.«

»In dem Falle wäre ich überaus dankbar, wenn Sie mich, sobald es Ihnen paßt, an *meiner* Arbeitsstätte aufsuchen könnten«, erwiderte ich, während ich mich ängstlich umsah. »Mein Studierzimmer«, erklärte ich ihm, als ich sah, daß er nicht ganz verstand, was ich meinte.

»Geben Sie mir fünf Minuten, um die Kleider zu wechseln, seien Sie so nett.«

Zwanzig Minuten später hatte ich ihn soweit, daß er in einem Sessel gegenüber dem zerschundenen kleinen Holztisch saß, den ich mir für meinen eigenen Gebrauch ergattert hatte. Ich schenkte ihm eine Tasse Tee ein, in die er Unmengen seiner neuen Spezialität hineinrührte.

»Also dann, Watson, was hat Sie zu meinen Bienenkörben getrieben?«

»Neugier.«

»Bezüglich meiner Bienen?« Ich sah, wie sich sein Gesicht aufhellte bei der Aussicht, mir meine Fragen beantworten und endlich seine Leidenschaft mit mir teilen zu können.

»Bezüglich Ihrer Daten.« Daraufhin malte sich eine gewisse Enttäuschung in seinem Gesicht ab. Er schnitt eine Grimasse und streckte seine hagere Gestalt aus. »Holmes, ich muß darauf bestehen. Es gibt da ein paar Unregelmäßigkeiten, die mich zum Gespött der Leute gemacht haben. Nehmen sie zum Beispiel die Zeit zwischen 1891 und 1894.«

Er lächelte und rollte die Augen.

»Die sogenannten Verlorenen Jahre.«

»Als Sie ihn verlassen haben, ich meine Professor –«

»*Moriarty*«, warf er mit einigem Nachdruck ein.*

»Na schön, nachdem Sie Professor Moriarty verlassen hatten. Sie haben mich mit dem denkbar unvollständigsten Bericht beehrt, was Ihre Taten während dieses Interregnums vor Ihrer Rückkehr nach London betrifft.«

»Mein lieber Freund, wenn Sie darauf bestehen, ›Lama‹ mit zwei *L* zu schreiben, ist es wirklich nicht weiter erstaunlich, daß Ihre Leser sich fragen, ob ich wirklich in Tibet und nicht in Peru war. Meine Behauptung, den Hohen Lama getroffen zu haben, muß einfach absurd erscheinen, wenn Sie diese erlauchte Persönlichkeit wie ein südamerikanisches Säugetier schreiben. Dieselbe Schwierigkeit erhebt sich«, fuhr er fort und erwärmte sich für sein Thema, bevor ich etwas dagegen tun konnte, »wenn Sie Montpellier mit nur einem *L* schreiben – Sie und Ihre *Ls*, mein Lieber Watson! – und versuchen, Ihre Leser davon zu überzeugen, daß ich in Frankreich war und nicht in der Hauptstadt von Vermont.«

»Das sind doch alles reine Ablenkungsmanöver«, protestierte ich. »Es herrschte gerade ein Bürgerkrieg, als Sie angeblich den Kalifen in Khartoum getroffen haben wollen. Also wirklich, ich meine, ich hätte ein Recht, die Wahrheit zu wissen. Was für ein Biograph ist das, der wissentlich solche Entstellungen in sein Werk einstreut?«

»Da sprechen Sie ein sehr verzwicktes Problem an, wenn ich so sagen darf«, antwortete er mir mit einem Augenzwinkern. »Irgend jemand hat mal gesagt, daß eine

* Holmes betont hier eindeutig seine Übereinkunft mit Watson, an dem Märchen von dem Todesduell an den Reichenbach-Wasserfällen festzuhalten. Die Wahrheit hinter dieser Geschichte durfte erst nach Freuds Tod veröffentlicht werden, ein Versprechen, an das Holmes sich gewissenhaft hielt. (Siehe dazu *The Seven-Per-Cent Solution*.)

Biographie von einem Feind geschrieben werden sollte.«

»Sie haben sich immer noch nicht meiner Frage zugewandt. Womit haben Sie sich während dieser Jahre wirklich beschäftigt?«

Er sah mich einige Augenblicke lang an, während er die Spitzen seiner Finger aneinanderlegte, wie er es immer tat, wenn er zuhörte oder nachdachte. Ich hatte Angst, ihn zu unterbrechen, während er meine Bitte erwog, denn ich wußte sehr wohl, daß eine einzige unglückselige Bemerkung dazu führen konnte, daß er sich wie eine Muschel verschloß. Daher hielt ich den Atem an und hoffte, endlich zu erfahren, was ich schon so lange hatte wissen wollen.

»Das kann doch kaum von Interesse für Sie sein«, sagte er nach einer ganzen Weile.

»Sie belieben zu scherzen? Sie wissen sehr gut, daß es für mich von ganz entscheidender Bedeutung ist.«

Er hielt abermals inne und fuhr sich mit dem Zeigefinger über die Lippen. Er war keineswegs darüber erhaben, in solchen Angelegenheiten ein wenig zu kokettieren. Was mich betraf, ich versuchte, eine gleichgültige Miene aufzusetzen, während ich darauf wartete, daß ihn irgendeine Laune in die eine oder andere Richtung treiben würde.

»Es ist gewiß ein wenig verworrener als ich bisher verraten haben«, sagte er widerwillig und griff nach seiner Teetasse. »Wir sprechen über drei Jahre«, fügte er hinzu, als wolle er sagen: »Sie können kaum von mir erwarten, hier zu sitzen und Ihnen Bericht zu erstatten über die Ereignisse dreier voller Jahre.«

»Wenn Sie mir nur eine grobe Vorstellung davon geben könnten, was wirklich geschehen ist«, kam ich ihm entgegen, »oder mir wenigstens alles erzählen würden, was von besonderem Interesse ist. Es braucht nicht eher veröffentlicht zu werden, als Sie es für richtig halten.« Diese letzte Bemerkung hatte das Ziel, ihn endlich zu überreden, wie es mir in der Vergangenheit schon einige Male gelungen war.

»Wenn Sie bitte so freundlich sein würden, mich nicht mit einer solchen Herablassung zu behandeln, Doktor«, sagte er. »Ihre kleinen Tricks sind mir nicht neu.«

Nichtsdestoweniger hatte er begonnen, seine Pfeife mit Shag-Tabak zu füllen, und ich spürte, wie die Spannung zwischen meinen Schultern nachließ. Zigaretten waren der Konversation vorbehalten; die Pfeife signalisierte, daß eine Geschichte bevorstand. Ich hatte die Beziehung zwischen beiden oft genug miterlebt, um ihre Bedeutung zu kennen.

»Ich werde Ihnen von einem Teil meiner Reise berichten«, begann er schließlich, ganz im Stil der Scheherazade. »Es mag sein, daß Sie mich eines Tages in Versuchung führen können, Ihnen noch weitere Einzelheiten zu offenbaren.«

»Ich bin gespannt«, sagte ich und legte meinen Füllfederhalter und Schreibpapier vor mich hin.

»Es war eine seltsame Angelegenheit«, fuhr er fort und heftete seinen Blick auf die Decke, als hätte er mich bereits vergessen. »Ein Teil davon war, soviel steht fest, voller Komik; andere Teile dagegen waren so tragisch, daß sie sogar unter den Augen von Aristoteles Gnade gefunden hätten. Ich gestattete mir den Luxus, mich erpressen zu lassen, und machte dazu noch einige andere schwerwiegende Fehler. Insgesamt ein unverzeihlich schlechtes Benehmen in einem der einzigartigsten Fälle, zu denen ich jemals hinzugezogen wurde.«

»Ich hatte ja keine Ahnung, daß Sie in dieser Zeit überhaupt Fälle übernommen haben.«

»Seien Sie versichert, daß ich mich für diesen einen Fall um nichts in der Welt freiwillig gemeldet hätte«, bemerkte er mit ausdruckslosem Gesicht und schloß die Augen. »Sie haben mich sagen hören, daß ein Arzt, der auf die schiefe Bahn gerät, der Fürst unter den Verbrechern ist,* mein lieber Freund, aber ich versichere Ihnen, daß ein Arzt nichts ist im Vergleich zu einem Verrückten.«

»Sie machen mich neugierig.«

Er öffnete die Augen und schenkte mir ein gewinnendes Lächeln.

»Was in meiner Absicht lag, mein lieber Watson.«

* Dies scheint sich auf eine Bemerkung zu beziehen, die Holmes in dem Fall machte, den Watson ›Das gefleckte Band‹ nannte.

KAPITEL EINS

Rückkehr ins Leben

»Zu den ersten Dingen, die mir nach Reichenbach klar wurden, mein lieber Watson, gehörte die Tatsache, daß niemand auch nur im Traum daran dachte, ich könnte noch am Leben sein.* Dank des Berichtes, den Sie abgefaßt hatten, mein lieber Freund, hatte die Welt allen

* Hier, wie auch anderswo, spielen Holmes und Watson auf Holmes' Nervenzusammenbruch an. In der Annahme, daß die Wahrheit nie ans Tageslicht gelangen würde, versucht das vorliegende Manuskript, das Jahre vor *The Seven-Per-Cent Solution* entstand, der ›offiziellen‹ Version der Ereignisse treuzubleiben – das heißt, Professor Moriarty und dem Todesduell an den Wasserfällen von Reichenbach in der Schweiz. Es erweist sich jedoch als unmöglich, gewisse andere wichtige Einzelheiten zu umgehen, wie zum Beispiel versteckte Anspielungen auf Holmes' Arzt, Sigmund Freud, oder den Namen Sigerson. Henrik Sigerson, so erklärte Holmes, war nach Beendigung seiner Therapie in Wien sein *nom de guerre* als reisender Violinspieler.

Grund, mich tot zu glauben, und das gab mir die vom Himmel geschenkte Möglichkeit, einen neuen Anfang zu machen, eine Chance, die nur wenigen von uns in diesem Leben vergönnt ist.

Was für eine köstliche Aussicht, um so mehr, als sie so unerwartet kam! Eine Laune des Schicksals hatte mich in eine einzigartige Position versetzt, und als ich ihre verblüffenden Konsequenzen überdachte, wurde mir geradezu schwindelig, und eine beinahe kindliche Ausgelassenheit überkam mich in Anbetracht der vielen Möglichkeiten, dir mir plötzlich wieder offenstanden.

Ich hatte eine Zeit enormer persönlicher Schwierigkeiten hinter mir, und ich glaubte, einen kleinen Urlaub durchaus verdient zu haben, ein paar Wochen, in denen ich es mir gestatten wollte, mich von meinen Launen treiben zu lassen und in den (für mich) berauschenden Freuden der Anonymität zu schwelgen. Gewiß, eine Zeitlang hatte ich den Applaus der Menge genossen, dank Ihrer lebendigen, wenn auch unvollständigen Berichte, mein lieber Watson. Es stimmt allerdings auch, daß Berühmtheit mit der Zeit zu einem Fluch werden kann, einem Fluch, der schwer auf den Schultern desjenigen lastet, der unter dieser Last dahinwankt. Vielleicht war es mir nicht einmal aufgefallen, wie sehr ich mich bereits unter diesem Joch beugte, bis ich mich plötzlich der Möglichkeit gegenübersah, ganz und gar darauf zu verzichten.

Ich reiste, wie Sie wissen, unter dem Namen Sigerson und stieg als solcher in den Zug nach Milan. Ich hatte kein besonderes Ziel vor Augen, außer dem, fortzukommen, an irgendeinen Ort, den ich noch nicht kannte, einen Ort, der mich mit seinen fremden Städten und neuen Klängen stimulieren würde. Ich glaubte, daß diese unverantwortliche Sehnsucht mit der Zeit schon vergehen würde und ich mich wieder der Arbeit widmen konnte, für die ich geschaffen war, aber wenn ich überhaupt irgend etwas von einem gewissen Doktor gelernt hatte, dann war es das, daß ich mich nicht ganz und gar einer Lebensweise unterwerfen durfte, die mein geistiges Gleichgewicht bedrohte.

Milan, das muß ich gestehen, gefiel mir nicht. Ich fand mich in einer dunstigen, unattraktiven Industriestadt wieder, und nach der Besichtigung des Domes beschloß ich, nicht mehr lange dort zu verweilen.

Da ich nunmehr Zeit gehabt hatte, das Ganze zu bedenken, kam es mir in den Sinn, daß die Stadt, die ich wirklich gern besuchen würde, Paris war, eine Stadt, die ich kaum kannte, was nicht einer gewissen Ironie entbehrte, da ich französischer Abstammung bin.* Ich war als junger Mann zwar dort gewesen, aber immer nur kurz und immer auf der Durchreise zu irgendeinem anderen Ziel. Im Laufe der Jahre hatte ich es, wie Sie wohl wissen, vorgezogen, in London zu bleiben, da es mir nicht verborgen bleiben konnte, welch ungesunde Aufregung sich in den kriminellen Gesellschaftskreisen zusammenbraute, wenn sie erfuhren, daß ich nicht in der Stadt war. In der Euphorie meines neugefundenen zweiten Lebens zählten diese Überlegungen jedoch kein Jota. Sie verblaßten neben der plötzlichen Erkenntnis, daß ich, wenn mir der Sinn danach stand, nach Paris gehen und die Stadt erkunden konnte, die man die Metropole des 19. Jahrhunderts nannte.

Es war nicht weiter schwierig, mir einen Platz in einem anderen Zug zu verschaffen, und zweiundfünfzig Stunden nachdem mir diese Laune in den Sinn gekommen

* Holmes verfolgte seine Ahnenreihe bis zurück zu der Schwester des französischen Künstlers Émile Jean Horace Vernet (1789–1863).

war, fand Mr. Henrik Sigerson aus Oslo sich in den Straßen der schönsten Hauptstadt dieser Welt wieder.

Nun ist es so, daß ich eines jener neugierigen Geschöpfe bin, die sich in einer neuen Umgebung erst dann wohl fühlen können, wenn sie zuvor soviel wie nur möglich darüber herausgefunden haben. Kurz gesagt, ich muß wissen, wie die Dinge geworden sind, bevor ich mein Gehirn dazu bringen kann zu begreifen, wie die Dinge sind.

Daher erstand ich, bevor ich den Gare d'Orsay verließ, einen Baedeker und ähnliche Dinge und setzte mich auf eine Bank am Fluß mit Ausblick auf den Jardin de Tuilleries, aß ein Sandwich und informierte mich über die Stadt, in der ich mich nun befand.

Paris, so schien es, hatte seinen Namen von einem altertümlichen gälischen Volksstamm, den Parisii, die sich auf diesem sumpfigen Gebiet niederließen, nachdem die Legionen Julius Cäsars sie bezwungen hatten. Die Römer nannten die Stadt Lutecia, und wie auch London, begann Paris sein zivilisiertes Dasein als römisches Lager. Es nahm seinen Anfang auf der Ile Saint-Louis und der Ile de la Cité inmitten der Seine, dehnte sich jedoch bald schon auf die Flußufer zu beiden Seiten aus und entwickelte sich im kunterbunten Auf und Ab der Zeiten zu einem labyrinthhaften Gewirr schäbiger kleiner Straßen und wenig einladender Gassen. Die Könige Frankreichs fanden die Stadt so abscheulich, daß sie es vorzogen, außerhalb davon zu leben, und ließen zu diesem Zweck Versailles erbauen.

Das jedoch war ganz gewiß nicht das Paris, dem ich mich gegenübersah, als ich an meinem Sandwich knabberte und im Weiterlesen zu meinem größten Erstaunen erfuhr, daß sich die Verwandlung dieses mittelalterlichen Mischmaschs in die weltberühmte Stadt der Lichter erst in den letzten vierzig Jahren vollzogen hatte! Ich sehe, Sie lächeln, Watson. Zweifellos sind Sie wieder einmal von meiner Ignoranz erschüttert, aber, wie ich Ihnen schon mehr als einmal erklärt habe, ist das Gehirn ein Speicherraum mit höchst beschränkten Kapazitäten, und ich habe den Platz, der mir zur Verfügung steht, von Anfang an für Dinge reserviert gehalten, die etwas mit meiner Kunst zu tun haben. Ich erinnere mich noch gut, wie erstaunt Sie waren, als ich Ihnen erklärte, daß ich keine Ahnung hätte, ob die Erde sich um die Sonne drehte oder die Sonne um die Erde, da dies keine Bedeutung für meine Arbeit hatte.* Die Verwandlung von Paris, so erfuhr ich jetzt, war das Werk des Kaisers Louis Napoleon, der sich selbst den Titel Napoleon der Dritte gab. Ferner behauptete er, ein Neffe des Kleinen Korporals zu sein, aber meiner Meinung nach war er genausowenig Napoleons Neffe, wie ich es bin. Er war ein Spitzbube, der Gerissenheit und Frechheit in gleichem Maße in sich vereinte, als er die Macht ergriff und sich zum Herrscher eines vermeintlichen zweiten Kaiserreichs ausrufen ließ.

Dieser Napoleon, der so echt war wie ein Piratenkönig in einer komischen Oper, erklärte seinem Architekten, einem Baron Haussmann, daß Paris einer ›Erschließung‹ bedürfe, wenn es als moderne europäische Hauptstadt, die diesen Namen verdiene, einen Vergleich mit dem Rest der Welt aushalten sollte.

Die wahren Gründe des Kaisers schienen jedoch weit einfacherer Natur gewesen zu sein. In seiner langen Geschichte hatte Paris sein Teil an Revolutionen und Aufständen mitgemacht, und jedesmal, wenn es zu einem solchen Aufruhr kam, hörte man denselben Schrei: ›*Aux*

* Zu diesen und anderen Beispielen für Holmes' schockierende Unwissenheit lese man *Eine Studie in Scharlachrot*.

barricades!‹ Da die Straßen so zahlreich und so eng waren, fiel es dem rebellischen Pöbel niemals schwer, sie mit Möbelstücken und Wagen zu verschließen und auf diese Weise die Kräfte der Obrigkeit dazu zu zwingen, jede Straße, ja sogar jedes Haus einzeln zu nehmen.

Ob Hausmann wußte oder sich dafür interessierte, welches Louis Napoleons wahre Motive waren, konnte ich von Thomas Cook nicht erfahren, aber der Architekt erfüllte seine Mission jedenfalls mit messianischem Eifer. Er verschaffte sich eine Karte der Stadt und zeichnete, beginnend beim Arc de Triomphe, zwölf Linien hinein, gleich den Speichen eines Rades oder den Strahlen eines Sterns. Aus jeder dieser Linien machte er einen breiten Boulevard, so breit, daß niemand jemals mehr in der Lage sein würde, die Straßen der Stadt gegen die Autoritäten der herrschenden Ordnung zu verbarrikadieren. Während der Herrschaft des falschen Kaisers sah Paris sich einem Bauprogramm gegenüber, das beispiellos ist in der Geschichte aller anderen Metropolen der Erde. Die Stadt muß gebebt haben unter dem Getöse, muß erstickt sein in ihrem eigenen Staub, und ich kann mir nicht vorstellen, was aus den ihrer Habe beraubten Massen wurde, die zusehen mußten, wie ihre armseligen Behausungen dem Erdboden gleichgemacht wurden. Verantwortlich für das Ganze war Napoleons Architekt, der Mann, der überall unter dem Namen ›Der Chirurg‹ bekannt war.

Ich hatte mir am Bahnhof eine Karte besorgt und begann nach Beendigung meines Imbisses, in der Stadt herumzulaufen, voller Staunen über die gewaltigen Prachtstraßen, die der zynische Tyrann in seiner Regierungszeit geschaffen hatte.

Im Gegensatz zu London war Paris eine kleine Stadt, und binnen weniger Tage war ich in der Lage, mich mit einem gewissen Teil seiner Anatomie vertraut zu machen.

Ich schwelgte in der Gleichförmigkeit seiner rosafarbenen Schiefersteine, seiner grauen, Mansarden genannten Dächer und seinem blau-goldenen Himmel. Das Zwielicht, das die Pariser *l'heure bleu* nennen, die blaue Stunde, hat – soweit es mir bekannt ist – nirgendwo auf der Welt seinesgleichen.

Ich begann meine Erkundungsreise, indem ich den Fluß überquerte und zur Champs Élysées ging, ein Spaziergang, von dem ich überzeugt bin, daß er ebenfalls konkurrenzlos ist auf dieser Welt. Am anderen Ende erkannte ich den riesigen Triumphbogen von Napoleon dem Ersten, aber statt den langen Weg bergauf zu nehmen, der meiner Meinung nach fast eine ganze Meile messen mußte, gestattete ich es der Schwerkraft, meine Schritte zu lenken, und schlenderte in die gegenüberliegende Richtung zum Place de la Concorde, dem ehemaligen Place de la Révolution. Dies war der Ort, an dem einst die Guillotine stand und ihr grausames Werk verrichtete, das beinahe tausendfünfhundert Opfer den Kopf kostete. Der große, quadratische Platz ging heute jedoch nicht mehr in Strömen von Blut unter, sondern wurde von Pferden und Kutschen jeder Art überschwemmt.

Ich erinnere mich nicht mehr an all die Sehenswürdigkeiten, die ich an diesem ersten Tag besichtigte, aber ich weiß noch genau, daß jedes zweite Geschäft ein Restaurant war oder eine Brasserie, und daß, sobald ich müde oder hungrig war, immer ein Straßencafé auftauchte, in dem man seine müden Glieder ausstrecken und sich ein geradezu sündhaft gutes Essen einverleiben konnte. Es wird Sie interessieren (und vielleicht auch amüsieren) zu erfahren, daß mein Aufenthalt in Paris die einzige Zeit in meinem Leben war, in der ich Gewicht zugelegt habe!

Es versteht sich von selbst – und deshalb will ich auch gar nicht länger bei diesem Thema verweilen –, daß kein

Besuch des modernen Paris vollständig ist, ohne auch Monsieur Eiffels seltsamen Turm zu besteigen. An dieser Stelle sei also lediglich vermerkt, daß ich in dieser Hinsicht keine Ausnahme darstellte.

Schließlich stieg ich in einem Hotel am *rive gauche* ab, gegenüber von Notre Dame, in der Rue Saint-Julien-le-Pauvre. Passenderweise trug es den Namen der Heldin aus Hugos bemerkenswerter Novelle Esmeralda, die (wahrscheinlich) in der Nähe gelebt hatte. Das Gebäude selbst stammte aus dem fünfzehnten Jahrhundert, und die Zimmer waren winzig, würden mir aber genügen, bis ich etwas Besseres fand.

Ja, ich hatte beschlossen, eine Weile in Paris zu bleiben. Die Stadt war unwiderstehlich, und in meiner augenblicklichen losgelösten Stimmung beschloß ich, sie näher zu erkunden. Diese Entscheidung wurde durch einen weiteren wesentlichen Punkt beflügelt, nämlich meine zufällige Entdeckung einer Ausgabe des *Daily Telegraph*, in der mit einiger Ausführlichkeit über meinen Tod berichtet wurde. Ich war in einem jener zahllosen Cafés, auf die ich bereits angespielt habe, auf diese Zeitung gestoßen, die zweifellos von irgendeinem Reisenden dort liegengelassen worden war, der keine weitere Verwendung für sie hatte.

Ich nippte gerade an meinen *café au lait* und rauchte meine Morgenzigarette, als ich die schaurige Bestätigung meines Hinscheidens in mich aufnahm. Mein lieber Watson, Sie waren zuverlässig wie immer. Es war tatsächlich schwierig, eine gewisse Rührung zu unterdrücken, während ich von meinem Todeskampf mit Moriarty las – der arme, alte Moriarty! – und über den Kummer, den mein Tod Tausenden von Trauernden einflößte. Ehemalige Klienten von mir wurden befragt (einschließlich einer gewissen huldvollen Dame, die in Windsor residiert), deren gesammelte Gram mir beinahe die Tränen in die Augen trieb.*

Aber eben doch nur beinahe. Ich hatte mich noch ganz und gar nicht von der Entdeckung meiner neugefundenen Freiheit erholt, und ich fürchte, die Neuheit meiner Situation hatte sich auch noch nicht erschöpft. (Jahre später, als ich endlich dazu kam, den Roman zu lesen, begriff ich mit dem Schock des Wiedererkennens die Gefühle Tom Sawyers beim Besuch seiner eigenen Beerdigung.) Auch weitere Artikel über meinen Tod, wie sie in *Le Monde* und *Le Figaro – ›Sherlock Holmes Mort!‹* – erschienen übrigens mit interessanten Ausschmückungen, die so typisch für den französischen Journalismus sind, hatten keinen Einfluß auf meine Entscheidung. Sie bestärkten vielmehr meine Entschlossenheit, machten mir meine ungewöhnliche Freiheit und ihre neuen Möglichkeiten nur um so mehr bewußt.

Ich sollte an dieser Stelle kurz erwähnen, daß meine neugefundene Erlösung von den Fesseln meines früheren Selbst nicht dazu führte, daß ich so unvorsichtig gewesen wäre, irgendwelche meiner alten Angewohnheiten wieder aufzunehmen. Sie brauchen keine Unwissenheit vorzutäuschen, mein lieber Freund; ich spreche von meiner früheren Vorliebe für gewisse Narkotika, wenn gerade kein Fall von ausreichendem Interesse da war, der mich hätte fesseln können. Dieser Teil meines Lebens war wahrhaftig vorbei; dank unserem Freund hatte ich mich von solch kindischen Dingen freigemacht, und im Laufe dieser ganzen traurigen Geschichte, die ich Ihnen nun erzählen will, geriet ich, wie Sie gleich hören werden, nur ein einziges Mal in Versuchung, wieder bei diesen Dingen Zuflucht zu suchen.

* Es ist mir gelungen, diese Ausgabe des *Telegraph* aufzuspüren.

Schon kurze Zeit, nachdem ich zufällig auf meinen eigenen Nachruf gestoßen war, fand ich eine Unterkunft im Marias-Distrikt in der Rue Saint-Antoine. Meine Zimmer waren, verglichen mit unserer Unterkunft in der Baker Street, recht spartanisch – nicht mehr als zwei Räume und ganze vier Treppen hoch. Madame Solange, meine achtzigjährige Concierge, brachte mir jeden Morgen frische Croissants und heiße Schokolade aufs Zimmer, wobei sie unablässig unverständliche Worte vor sich hinmurmelte. Aber welche Rolle spielte schon ein Zimmer für mich, der ich lediglich einen Platz brauchte, an dem ich mich zur Nacht betten konnte? Es war eine simple Angelegenheit, meine Gladstone auszupacken und mir Klarheit über meine Situation zu verschaffen.

Jetzt, da ich mich endlich häuslich niedergelassen hatte, stand ich der Frage gegenüber, was ich als nächstes tun wollte. Ich kannte niemanden in der Stadt. Da ich aber nie das war, was man ein geselliges Wesen nennt, bereitete mir dieser Umstand nicht die geringste Schwierigkeit. Ich hatte nur einen einzigen Freund gehabt, der diese Bezeichnung wert war (jetzt ist es an Ihnen, zu erröten, Watson!), und in seiner Abwesenheit war es mir reichlich egal, ob ich andere Kameraden fand oder nicht.

Mir war klar, daß ich nicht darauf angewiesen war, eine Arbeit zu finden. Ich konnte jederzeit Mycroft telegrafisch um einen Wechsel bitten, aber darum ging es eigentlich gar nicht.* Andererseits konnte ich die Tage nicht einfach damit zubringen, ohne Ziel und Zweck durch die Stadt zu laufen. Ein Tourist erfährt mit diesem Programm niemals anderes als Oberflächliches über eine Stadt. Ich brauchte eine *raison d'être.*

* Holmes' Bruder wußte, daß er nicht tot war, ganz im Gegensatz zu seiner Haushälterin, Mrs. Hudson.

Kurzfristig spielte ich mit dem Gedanken, mich als Detektiv niederzulassen, verwarf diese Idee jedoch beinahe sofort als nicht durchführbar. Mein Französisch war zwar exzellent, es schien jedoch wenig Sinn zu machen, eine Beschäftigung, die ich gerade erst mit einiger Ernüchterung hinter mir gelassen hatte, gleich wieder aufzunehmen. Überdies wußte ich kaum etwas über die Stadt und ihre Einwohner, ein Umstand, der mich in meiner Arbeit als Detektiv ungeheuer behindert hätte. Und schlimmer noch, sollte ich mit diesem Unternehmen Erfolg haben, wäre es nur eine Frage der Zeit, bevor meine Gegenwart verdächtig genug wurde, um mein Incognito zunichte zu machen.

Sie werden sich daran erinnern, daß ich mit einer Violine reiste. Ich begann meine Pariser Laufbahn, indem ich mich als Geigenlehrer betätigte. Durch Aushänge an Anschlagtafeln erwarb ich schon bald eine kleine Klientel, die meistenteils aus Kindern bestand, aber auch einen Infanteristen namens Guzot einschloß, der, nachdem er sowohl den französisch-preußischen Krieg als auch die Pariser Kommune überstanden hatte, nunmehr gedachte, den Herbst seinen Lebens allein dem Studium der Violine zu widmen.

Mein Einkommen als Lehrer machte es mir möglich, meinen Lebensunterhalt zu bestreiten, ohne mit Mycroft Kontakt aufnehmen zu müssen, aber das Unterrichten stellte meine Geduld doch auf eine harte Probe und strapazierte die Beziehung zu meinen Nachbarn aufs äußerste. Klavierschüler mögen zwar ebenfalls Fehler machen, aber die Pianisten müssen wenigstens nicht ihre eigenen Noten fabrizieren, sie müssen sie lediglich in korrekter Weise anschlagen. Ein Geigenspieler dagegen muß die Note schaffen, die er spielt, und das kann sich als schauderhaftes Unterfangen erweisen, vor allem, wenn es sich um einen Neuling handelt.

Meine Schüler, fürchte ich, waren da keine Ausnahme. Ich hatte einen vielversprechenden Achtjährigen, aber der Rest, einschließlich des guten, alten Guzot, bereitete mir jedesmal Kopfzerbrechen. Auch Madame Solange war weder so taub noch so weit entfernt in ihrer Erdgeschoßbehausung, daß sie sich nicht beklagt und mir gedroht hatte, mich vor die Tür zu setzen.

»Monsieur Sigerson, Sie gehen zu weit!« rief sie aus. »Wer kann solch abscheuliche Klänge ertragen? *Ihnen* zuzuhören, bin ich bereit«, fuhr sie fort, womit sie auf mein regelmäßiges Üben anspielte. »Den *anderen* nicht!«

Ich mußte zugeben, daß sie da nicht ganz unrecht hatte, und anstatt mich weiter an ihren zarten Nerven zu vergehen, sah ich mich nach einer anderen Möglichkeit um, mit der ich meinen Lebensunterhalt bestreiten konnte.

Während ich noch über diese Frage nachsann, wurde ich von Ereignissen überrollt, die einerseits mein Problem lösten, mich andererseits jedoch in diesen einzigartigen Fall hineintrieben, von dem ich Ihnen nun erzählen möchte.

Ich beschloß, eine Vorstellung von *Le Prophète* in der Pariser Opéra zu besuchen. Man nannte diesen Prachtbau nach seinem Architekten auch Palais Garnier, und unter diesem Namen war er wahrscheinlich sogar besser bekannt. Sie kennen meine Vorliebe für die Oper als Musikform, Watson, obwohl mir bewußt ist, daß Sie meinen Geschmack nicht teilen. Die Oper, so scheint mir, versteht es, die Elemente des Dramas zu kombinieren mit der einzigartigen Möglichkeit des gleichzeitigen Ausdrucks von innersten Gedanken und Gefühlen. *Le Prophète* von Mayerbeer war zwar nicht ganz nach meinem

Geschmack, aber es stand nun einmal zufällig auf dem Programm. Mit der Absicht, mich ein wenig von dem Zusammenbruch meiner Karriere als Geigenlehrer zu erholen, winkte ich mir eine Droschke herbei und machte mich auf den Weg. Nicht einmal die grandiosesten Exzesse des Zweiten Kaiserreichs hatten mich auf den Anblick des Palais Garnier vorbereitet. Der Kaiser war meiner Meinung nach nie ein Mann gewesen, der sich eine Gelegenheit entgehen ließ, Eindruck zu schinden. Haussmann, sein Geschöpf, wollte nicht nur ein Opernhaus erbauen, sondern einen gewaltigen Kreuzungspunkt, an dem nicht weniger als sieben seiner spektakulären Boulevards, von denen einer passenderweise nach ihm selbst benannt war, zusammenliefen. Am Ende einer jeden dieser riesigen Prachtstraßen überwältigte ein anderes Gebäude das Auge – das Madeleine, der Place Vendòme, der Place de la Concorde – aber die Hauptattraktion, der Fixstern in dieser ganzen gewaltigen Symmetrie, ist das große Opernhaus selbst, dieses Haus, das eine so bemerkenswerte Rolle in meinem Leben spielen sollte.

Als ich es an jenem ersten Septemberabend betrachtete* – es war von innen beleuchtet und glitzerte von außen wie ein vielfacettiges Juwel –, da war ich völlig unfähig, seine wahre Größe und Vielschichtigkeit richtig einzuschätzen. Über diese würde ich mir jedoch in den folgenden Tagen und Wochen klarer werden.

Wenn man je seinen Fuß in das große Foyer der Pariser Opéra gesetzt hat, weiß man, daß keine Beschreibung der

* Die Zeitangabe September bringt einige Verwirrung in diese Geschichte. Nach Watsons Berichten begannen die Ereignisse, die er unter dem Titel *The Seven-Per-Cent Solution* aufgezeichnet hatte, Ende April 1891. Es ist zweifelhaft, daß diese Angelegenheit ganze fünf Monate in Anspruch genommen haben soll. Vielleicht ist Holmes länger in Milan geblieben, als er zugibt?

byzantinischen Opulenz dieses Gebäudes gerecht werden kann. Alles scheint eigens geschaffen zu sein, um den Besucher tief zu beeindrucken: die große Treppe mit ihren aneinandergereihten menschlichen Skulpturen sowie die Garde Républicaine mit ihren Schwertern und weißen Kniebundhosen, ihren schwarzglänzenden Stiefeln und funkelnden, mit Federbüschen gekrönten Helmen – all das vermittelte dem Betrachter das Gefühl, ein Teil der überlebensgroßen Ereignisse zu sein, die dort stattfanden, Ereignisse, die aus nichts Bemerkenswerterem bestehen als dem Erklimmen einiger Treppenstufen.

Im Theater selbst hing dann ein gewaltiger Kronleuchter über einem Publikum aus etwa zweitausend prächtig gekleideten Gästen, deren vereintes Glitzern nur noch von dem Spektakel auf der Bühne in den Schatten gestellt wurde. Das Palais Garnier rühmt sich, die größte Vorderbühne der Welt zu besitzen, und an diesem Abend sah ich mindestens fünfhundert Statisten, ganz zu schweigen von sechs oder sieben Pferden, die die Bühne in einer Darbietung von einer Pracht und Finesse bevölkerten, die sich mit nichts vergleichen ließ, was mir je zu Gesicht gekommen war. Wirkliche Rüstungen, riesige Banner und echtes Gold und Silber verwirrten das Auge, während den ganzen Abend lang eine üppige Bilderfolge die andere jagte. Es gab so ungeheuer viel zu sehen, daß es möglich wurde, sich eine Aufführung zu denken, in der sich mehr Menschen auf der Bühne als im Zuschauerraum befanden!

Zu Beginn des dritten Aktes übertraf das Stück sich selbst. Laute des Erstaunens mischten sich mit ungläubigen Ausrufen, als das *corps de ballet* mit Schlittschuhen an den Füßen auf *echtem* Eis auftrat!

Ich muß wohl nicht besonders betonen, daß die Akustik des Hauses exzellent war und daß der arme alte Meyerbeer sowohl aus dem Parkett als auch von den Sängern mehr bekam, als ihm zustand, insbesondere von der jungen Sopranistin Christine Daaé in der Rolle der Berthe. Der Gesang dieser jungen Frau war begnadet und sie selbst obendrein eine Schönheit. Ich war nicht der einzige, der voller Bewunderung für die Reinheit ihrer Stimmtechnik, die Überzeugungskraft ihres Schauspiels und die Süße ihrer Erscheinung um Luft rang. Ich fand heraus, daß die Daaé ein relativ neuer Zuwachs des Opernarsenals war, und während der Pause hörte ich, wie einzelne Zuschauer ihr große Dinge voraussagten.

Eine Kleinigkeit zog zu dieser Zeit jedoch meine besondere Aufmerksamkeit auf mich. Das Haus war ausverkauft, wie ich während des *entr'acte* mit einem Blick nach links und rechts befriedigt feststellen konnte – ausverkauft mit einer seltsamen Ausnahme. Im Ersten Rang gab es eine leere Loge. Ich erinnere mich noch, wie seltsam ich das fand, um so mehr, als ich noch vor kurzem eine Menschenmenge vor dem Theater hatte Schlange stehen sehen. Eindeutig hatten diese Leute noch gehofft, daß irgend jemand in letzter Minute absagte. Dann jedoch verbannte ich die Angelegenheit aus meinen Gedanken – zweifellos gehörte die Loge irgendeinem Exzentriker, der sie für sich reservieren ließ, ob er die Aufführung nun sehen wollte oder nicht.

Ich ahnte ja nicht, wie recht ich hatte.

Was man auch von Meyerbeers Musik halten mochte, die ganze Angelegenheit ging reibungslos über die Bühne. Es muß bereits nach Mitternacht gewesen sein, als ich nach dem fünften und letzten Akt aus der Traumwelt auftauchte, in der ich mehr als vier Stunden lang geweilt hatte, und in die kühle Nachtluft auf dem quirligen Place de l'Opéra gelangte. Ich wollte gerade hinüberschlendern ins Café de la Paix, um dort noch ein leichtes kleines Nachtessen zu mir zu nehmen, als ich eines Aufruhrs am

Bühneneingang in der Nähe der Rue Gluck gewahr wurde, dort, wo die Künstler das Theater betreten.

Das Stimmengewirr zog mich an, und ich sah zu, wie einige Leute versuchten, einen Herrn mittleren Alters im Abendanzug zurückzuhalten. Der Mann trug einen Geigenkasten und schien sich verzweifelt seinen Weg durch die protestierende Menge bahnen zu wollen.

»Niemals!« rief er und versuchte, sich mit seiner Geige durch das Gedränge zu manövrieren. »Ich würde eher sterben, als noch eine einzige Vorstellung lang in diesem gottverlassenen Haus zu spielen!« Er kam ganz nah an mir vorbei, und ich kann zu seinem wilden Gesichtsausdruck nur soviel sagen, daß ich den Eindruck hatte, einen Mann vor mir zu haben, dessen Verstand an einem seidenen Faden hing.

Trotz inständigen Bittens und einigen Gelächters in seinem Kielwasser torkelte der Geiger fast besinnungslos in den Verkehr auf dem Place de l'Opéra hinein. So verwirrt war er, daß er in die falsche Richtung sah und augenblicklich von einer Kutsche niedergestreckt wurde. Ich eilte ihm zu Hilfe, während sich eine zweite Menschenansammlung um ihn herum bildete.

»Ich hole Ihnen einen Arzt«, erbot ich mich, als ich sah, daß ihm Blut über die Stirn rann, dort, wo er mit dem Kopf auf dem Straßenrand aufgeschlagen war.

»Lassen Sie mich in Ruhe! Hol Sie der Teufel!« war seine einzige Antwort. Auch anderen gutmeinenden Leuten schleuderte er ähnliche Beschimpfungen entgegen, während er sich seinen Weg durch die Menge erzwang. Ich konnte nur zusehen, wie er ein zweites Mal an mir vorbeitaumelte, während er sich an seinem Geigenkasten festhielt wie an einem Lebensretter. Schon bald verschmolz er mit der wogenden Masse und war nicht mehr zu sehen. Ich hatte keine Ahnung, was den Geiger in solche Angst versetzt hatte, aber die Angelegenheit hatte mich plötzlich auf eine Idee gebracht.

»Brauchen Sie nicht einen neuen Geiger?« fragte ich am Bühneneingang.

»Vorspielen morgen um halb drei«, brummte ein älterer Mann von beträchtlicher Körperfülle und nur wenigen Zähnen, dessen Aufgabe es zu sein schien, unerwünschte Besucher daran zu hindern, über die Schwelle zu treten.

»Warum hat dieser Bursche –?«

»Warum? Wer weiß in diesem Haus schon, warum irgend etwas passiert!« rief er. »Sprechen Sie Französisch? *Morgen um halb drei!*«

»Halb drei.«

Ich versuchte, mich in Geduld zu fassen, und kehrte in meine Wohnung zurück, wo ich meine Geige neu stimmte. Am folgenden Tag übte ich bis in die Mittagszeit hinein und hörte erst auf, nachdem es mehrmals an die Wand meines Wohnzimmers geklopft hatte und mir klar wurde, daß Schlimmeres kommen würde, falls ich nicht auf der Stelle von meinem Tun abließ. Ich studierte das Scherzo aus dem *Midsummer Night's Dream* und die ›Meditation‹ aus *Thaïs*, beides Stücke, von denen ich glaube, daß sie einem Zuhörer einen guten Überblick über meine Fähigkeiten geben würden.

In Gedanken hatte ich die Frage, wie ich mir meinen Lebensunterhalt verdienen sollte, urplötzlich beantwortet. Das einzige, was mich im nachhinein noch wundert, ist der Umstand, daß ich so lange gebraucht habe, um auf diese Idee zu kommen. Jetzt aber, nachdem ich einmal zu diesem Entschluß gekommen war, hatte ich nichts anderes mehr im Sinn, als den Posten zu erringen, nichts anderes, als meine Violine im Orchestergraben der Pariser Opéra zu spielen, nichts anderes als (sozusagen) für mein Brot zu singen. Nicht einen Augenblick lang kam mir der

Gedanke, die Musik zu meiner Lebensaufgabe zu machen, aber in meiner augenblicklichen Stimmung entwickelte sich diese Grille zum Gipfelpunkt meines Ehrgeizes.

Am nächsten Tag benutzte ich den Künstlereingang (nicht ohne ein gewisses Prickeln, das gebe ich zu) und fand mich in Gesellschaft von sechs oder sieben anderen Bewerbern wieder, die einander voller Nervosität ansahen, während sie darauf warteten, aufgerufen zu werden. Während ich so dasaß, nahm auch meine eigene Nervosität zu, denn ich bemerkte, daß die Geiger, die vor mir hineingingen, alle nicht lange blieben, sondern schon sehr bald wieder hinausgewirbelt kamen, als würden sie von einer Drehtür angetrieben, wie man sie neuerdings in besseren Hotels und Restaurants fand. Gelegentlich hörte ich eine Art Bellen aus dem Zimmer hinter mir, und einmal auch das Krachen eines durch die Luft fliegenden Gegenstandes, der von der Wand, an die ich meinen Kopf gelehnt hatte, gestoppt wurde. Wie sehr wünschte ich mir doch, meine geliebte Stradivari bei mir zu haben statt des zweitklassigen Instruments, auf dem ich nun in Bälde meine Vorstellung würde geben müssen.*

»Kann mir irgend jemand sagen, warum dieser Bursche gestern aufgegeben hat?« fragte ich den Mann neben mir.

»Nerven, nehme ich an«, antwortete dieser trocken.

Diese Antwort sagte mir gar nichts, und da mein Gegenüber auch sonst nichts zu dem Thema zu bemerken wußte, behielt ich meine Meinung ebenfalls für mich.

* Holmes hatte seine Londoner Stradivari, deren Wert fünfhundert Guineen betrug, für nur fünfundfünfzig Schilling in der Tottenham Court Road erworben (siehe *Die Pappschachtel*). Später ging sie dann in den Besitz der Rockefeller-Stiftung über und wurde hauptsächlich von Jascha Heifetz benutzt. Das Instrument, das Holmes augenblicklich besaß, hatte einem Onkel von Freud gehört (siehe *The-Seven-Per-Cent Solution*).

Schließlich kam ich an die Reihe. Verschämt wischte ich mir meine feuchten Handflächen an meinen Hosen ab, nahm meine Geige und trat in eine Art Künstlerzimmer, das mit Spiegeln und großen, wenn auch minderwertigen Gemälden geschmückt war.

Es ist schwer zu beschreiben, wie sehr und wie innig ich mir in diesem Augenblick wünschte, den Posten zu erlangen. Seit meinen frühen Tagen als Schauspieler hatte ich nie für irgendeine Position vorgespielt, aber der Gedanke daran, noch einmal auf der Bühne eines Theaters – und ganz besonders *dieses* Theaters! – zu stehen, weckte in mir einen Ehrgeiz, der mir früher nie bewußt gewesen war.* Aber so ist es ja oft mit der menschlichen Natur; wir nehmen unsere größten Talente als selbstverständlich und betrachten sie mit Geringschätzung, während wir uns gleichzeitig nach Betätigungen sehnen, für die andere vielleicht besser geeignet wären. Clowns verspüren das Verlangen, den Hamlet darzustellen, Ärzte schreiben Romane, und in meinem Fall war da nun also ein Detektiv, der die Absicht hatte, Geige zu spielen.

Der Raum, in dem ich mich schließlich wiederfand, war weit größer, als ich erwartet hatte. Und tatsächlich schien beinahe jeder Winkel der Pariser Opéra für Riesen geplant worden zu sein. Ganz anders als die Männer, die verantwortlich waren für die schäbigen Einrichtungen, mit denen sich die Künstler in Covent Garden zufriedengeben mußten, hatten die Lakaien des Kaisers keine

* »In Ihrem Falle, Holmes, hat die Bühne ebensoviel verloren, wie das Gesetz gewonnen hat«, bemerkte Baron Dowson Holmes gegenüber an dem Abend, als er gehängt wurde (siehe *Der Mazarin-Stein*). In *The West End Horror* erfahren wir, daß Holmes als Kind sein Debüt zusammen mit Henry Irving gab. (Lesen Sie dazu Baring-Goulds Holmes-Biographie, und zwar das Kapitel über seine Amerikatour als Mitglied einer Theatergruppe im Jahre 1879.

Kosten gescheut, um für Publikum und Künstler gleichermaßen zu sorgen.

Das Künstlerzimmer (später erfuhr ich, daß es *sechs*! davon gab) hatte Garnier als Teil einer Reihe mehr oder weniger privater Appartements konzipiert, die eigens für die Bedürfnisse des Kaisers bestimmt waren. Ursprünglich sollten sie die mitternächtlichen Essen und die besonderen Rendezvous Seiner Majestät beherbergen, jetzt aber benutzte die Direktion sie fürs Vorspielen und für gelegentliche Feiern des Ensembles. Im Augenblick war das Zimmer beinahe leer; es befanden sich lediglich ein Notenständer darin, vor dem ein einfacher, kleiner Holztisch stand sowie drei wackelige Stühle, auf denen zur Zeit ein Triumvirat schwarzgekleideter Herren saß, von denen kein einziger sich dazu herabließ, sich bei meinem Eintritt zu erheben.

Die merkwürdigste Eigenart des Raumes stellte jedoch ein japanischer Wandschirm am anderen Ende des Zimmers dar. Dieser Wandschirm schien die ängstlichen Blicke meiner drei Inquisitoren geradezu magisch anzuziehen. »Mein Name ist –«, begann ich.

»*Keine Namen!*« dröhnte eine Stimme hinter dem Wandschirm. Ich erkannte die überlauten Töne, die ich schon während meiner Wartezeit im Vorzimmer gehört hatte. »Was werden Sie spielen?« fuhr die Stimme fort. Ich erklärte mein geplantes Programm, und ich glaubte einen der Inquisitoren lächeln zu sehen.

»*Noch nicht. Jetzt noch nicht!*« rief der unsichtbare Richter. »Lassen Sie uns mit einer Tonleiter in c-Moll beginnen.«

Ich war unfähig, meine Überraschung zu verbergen.

»Nur eine einfache Tonleiter?«

»Sie halten die c-Moll-Tonleiter für so einfach?« verlangte die Stimme zu wissen. »Denken Sie daran, Sie müssen jede einzelne Note genau in der Mitte treffen, und das mit immer der gleichen Betonung. Sie müssen hinaufklettern; Sie müssen hinabsteigen. Da gibt es keinen Platz für Fehler. Jede Note muß stimmen.«

Es ist schwer zu glauben, aber der Spitzbube hatte es tatsächlich geschafft, mich mit der Aussicht auf eine einfache Tonleiter in Angst und Schrecken zu versetzen. Jetzt wurde mir auch klar, welchen Sinn der Wandschirm hatte, der meinen lautstarken Gesprächspartner vor mir verbarg: Er sollte die Bewerber nicht nur einschüchtern – obwohl er zweifellos auch die Wirkung hatte –, sondern vielmehr sicherstellen, daß jeder Bewerber nur nach seinen musikalischen Fähigkeiten beurteilt wurde. Mein Prüfer würde keine Möglichkeit haben, irgend etwas über mich zu erfahren, außer den Klängen, die ich meinem Instrument entlockte.

Dieser Gedanke hatte die erfreuliche Wirkung, mich zu beruhigen, und ich spielte ihm die Tonleiter. Als ich zum Ende kam, herrschte längere Zeit Schweigen, und die Gesichter am Tisch starrten den Wandschirm an.

»Noch einmal«, befahl die Stimme schließlich. Ich wiederholte mein Spiel und bildete mir ein, diesmal ein leises und irgendwie unmelodisches Summen zu hören.

»Und jetzt den Mendelssohn.« Also stürzte ich mich in das Scherzo, und das Summen, nach wie vor falsch, wurde lauter. Die Troika schien sich zu entspannen.

»Den Massenet.«

Ich spielte die ›Meditation‹, und noch bevor ich fertig war, tauchte eine hochaufragende Gestalt aus ihrem Versteck auf. Es handelte sich um einen Mann mit kräftiger Gesichtsfarbe und einem großen Kopf, den wilde, krause und an den Schläfen langsam ergrauende Locken krönten. Die Lippen des Mannes waren auffallend dick, und die untere hing deutlich herab, als strecke ihr Besitzer sie beständig hervor. Er kam zu mir herüber und lächelte mich aus kurzsichtigen, dunklen Augen an, während die andern ehrfürchtig wie bei einer Parade dastanden.

»Sie sind kein Franzose«, stellte er fest, während er mir die Hand schüttelte.

»*Non, maître.*«

»Das habe ich mir gedacht. Die Franzosen bringen keine Geiger hervor.«

»Ich bin Norweger«, erzählte ich ihm. »Meine Name ist Henrik Sigerson.«

Daraufhin bedachten mich die unter buschigen Brauen verborgenen Augen mit einem eingehenden Blick; dann schüttelte der Mann mit einem barschen Lachen den Kopf. »Darauf wäre ich nicht gekommen«, war alles, was er sagte. »Ich bin der Dirigent der Pariser Opéra, Maître Gaston Leroux.«

»*Bonjour, Maître.*«

Wieder neigte er seinen großen Kopf. »Ich bin verantwortlich für alles, was hier geschieht. Mir entgeht auch nicht die kleinste Einzelheit. Und ich habe hier das Kommando über alles und jeden.«

Es lag etwas in seiner Haltung, als er das sagte, das das Trio schweigender, schwarzgekleideter Gestalten in diese Bemerkung einzuschließen schien. Welchen Sinn seine Worte auch gehabt haben mochten, die drei zogen es vor, nicht mit ihm darüber zu streiten.

»Sie spielen gut«, räumte er ein, und auch dies schien hauptsächlich der Erhellung jener drei Männer zu dienen.

»Vielen Dank. *Maître*, möchten Sie vielleicht etwas von meinen eigenen Kompositionen hören?«*

* Watson spielt mehr als einmal auf Holmes' Vorliebe für seine eigenen Kompositionen im Gegensatz zu dem gebräuchlichen Violinenrepertoire an.

»Ganz bestimmt nicht.« Der Gedanke schien ihn in Erstaunen zu versetzen, aber schon bald hatte er sich wieder gefaßt. »Wann können Sie anfangen?«

»Wann immer Sie wollen.«

»Die Orchesterproben finden morgens um zehn Uhr statt. Die Vorstellungen beginnen abends um acht. Es wird erwartet, daß Sie im Theater sind, und zwar *eingetragen* ...« – das letzte Wort betonte er mit scharfem Nachdruck – »mindestens eine halbe Stunde vor der Zeit. Habe ich mich in dieser Hinsicht klar ausgedrückt?«

»Ganz und gar.«

Er knurrte noch etwas Unverständliches, ging zur Tür und drehte sich dort noch einmal um.

»Wissen Sie, welches Schicksal Ihren Vorgänger ereilt hat?«

»Ich habe nicht die leiseste Ahnung.«

»Hier wimmelt es von Gerüchten. Kümmern Sie sich nicht darum.«

Mit diesen Worten war er verschwunden.

KAPITEL ZWEI

Kleinigkeiten

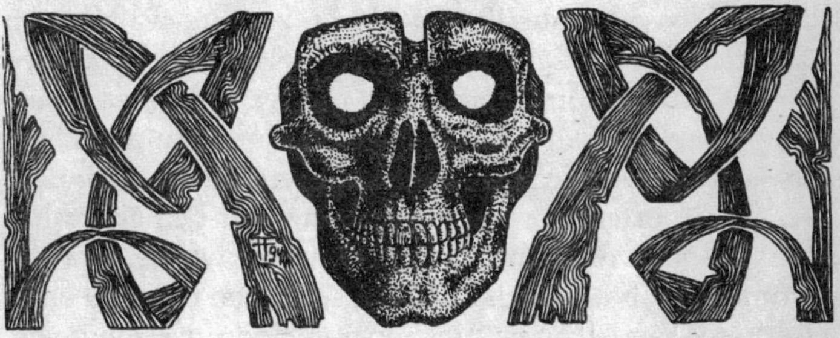

Wenn ich nun auf die ganze seltsame Angelegenheit zurückblicke, frage ich mich, warum es so lange gedauert hat, bis mir klar wurde, daß da etwas nicht stimmte. Zum Teil, glaube ich sagen zu können, lag es daran, daß meine Fähigkeiten und Begabungen wie der Rest von mir Urlaub machten. Meine Augen und Ohren waren von den neuen Eindrücken so überwältigt (insbesondere jetzt, da ich alles von der Bühne aus verfolgen durfte), daß ich sie nur widerwillig zu einer formalen Analyse zwang. Statt dessen zog ich es vor, mich meinen neuen Erfahrungen hinzugeben, dahinzugleiten auf dem Strom träumerischer Eindrücke, die so gar nicht mit meinem professionellen *modus operandi* übereinstimmten wollten.

Außerdem muß ich zugeben, daß ich mich in dieser Stadt meiner gewohnten Hilfsmittel beraubt fand. Um herauszufinden, daß etwas ungewöhnlich ist, kann es sehr nützlich sein zu wissen, was gewöhnlich ist. Frankreich, Paris, die Fremdheit der Sprache, das gewaltige Opernhaus selbst und seine vielen Schächte und Gänge – all das trug zu dem verwirrenden, wenn auch nicht unangenehmen Gefühl bei, das meine Sinne einlullte.

Und doch waren die Anzeichen die ganze Zeit über da.

Entschlossen, unbedingt *á l'heure* zu sein, war ich am nächsten Morgen schon vor den von Leroux geforderten dreißig Minuten im Opernhaus und verlief mich natürlich prompt in dem labyrinthartigen Unterbau des Theaters, als ich versuchte, den Orchestergraben zu finden. Der Wachposten am Künstlereingang, der beinahe zahnlose Koloß, von dem ich mittlerweile wußte, daß er Jérôme hieß, hatte mich mit einer schroffen Geste zu einer eisernen Wendeltreppe am anderen Ende der Eingangshalle geschickt.

Diese Stufen führten nun sowohl hinunter als auch hinauf. Da ich annahm, daß sich mein Ziel weiter unten befinden mußte, fand ich mich schon bald in einem endlosen Netz von Bühnen und weiteren Treppen, von sich windenden Korridoren und kleinen Fluren wieder. Ich kam vorbei an riesigen Kulissenstützen und gigantischen Bühnenbildern, und gelegentlich konnte ich einen Blick auf unheimliche schwarze Tiefen werfen, die mich eine gähnende Leere eher ahnen als sehen ließen. Viel später, als mir lieb war, erkannte ich, daß ich in die falsche Richtung gelaufen war, woraufhin ich versuchte, meine Schritte wieder zurückzuverfolgen.

Leider erwies sich das als weit schwieriger, als ich gedacht hätte. Die verschiedenen Ebenen, Flure, Durchgänge und unterschiedlichen Beleuchtungen führten dazu, daß ich mich hoffnungslos im Kreis bewegte. Unvorstellbar, aber ich hatte die Orientierung verloren.

Irgendwo glaubte ich das Echo eines Lachens zu hören, eines Lachens über meine Not. An einem Kreuzungspunkt traf ich auf einen älteren Mann von unsicherer Haltung, der mich aus meiner wachsenden Verwirrung errettete. Der Mann trug eine halbleere Weinflasche bei sich, und sein geröteter Gesichtsausdruck legte die Vermutung nahe, daß er dem Inhalt der Flasche bereits reichlich zugesprochen hatte, und das ohne den üblichen Umweg über ein Glas.

»Wer zum Teufel sind Sie?« fragte er ohne jedes Zeremoniell.

»Ich suche den Graben«, sagte ich und unterdrückte meine Erleichterung darüber, endlich auf ein lebendiges Wesen gestoßen zu sein.

»Den Graben, wie?« Er lachte unfreundlich. »Gehen sie nur weiter in diese Richtung, dann werden Sie den Graben schon finden.«

»Ich meine den Orch–«

»Ich weiß, was Sie meinten, Dummkopf. Folgen Sie mir.« Daraufhin stürzte er rücksichtslos an mir vorbei auf eine schmale Plattform zu und bedeutete mir mit einer Bewegung der Flasche, ihm zu folgen. Er bewegte sich mit einer Geschwindigkeit, die seine völlige Vertrautheit mit der Umgebung bewies, und nach etwa fünf Minuten waren wir wieder an der Wendeltreppe angelangt, von der aus ich meine Expedition begonnen hatte.

»Drei Stockwerke hoch und dann links.«

»Vielen Dank. Ich hatte angenommen, der –«

»Nehmen Sie besser gar nichts an in diesem Haus, sonst wird man nie mehr von Ihnen hören«, riet er mir und nahm einen Zug aus der Flasche. »Sie sind neu hier?«

»Heute ist meine erste Probe.«

Diese Feststellung quittierte er mit einem unverständlichen Brummen.

»Nehmen Sie nichts an«, wiederholte er. »Wissen Sie, wie viele Kellergewölbe dieses Haus hat?« Bevor ich noch antworten konnte, fuhr er fort: »*Fünf.*«

»Fünf?« Ich konnte meine Überraschung darüber nicht verhehlen.

»Genau, fünf. Dieses Haus ist ebenso tief wie hoch. Da unten gibt es sogar einen See«, fügte er mit einem Schluckauf hinzu.

Diese letzte Information tat ich als eine vom Alkohol inspirierte Spinnerei ab und dankte dem Mann noch einmal, eifrig darauf bedacht, ja nicht zu spät zu kommen. Während ich weiterlief, kam es mir in den Sinn, daß es mit der Moral in diesem Haus nicht zum besten bestellt war, wenn man an den verängstigten Geiger, an Jérôme, den Türhüter, oder den Trunkenbold dachte, der mir soeben den Weg gewiesen hatte.

Später fand ich heraus, daß mein in die Jahre gekommener Retter ein ›Türschließer‹ war, von denen die Opéra insgesamt zehn ihr eigen nannte. Eine menschenfreundliche Direktion behielt diese Pensionäre zu einer weniger als bescheidenen Bezahlung. Ihre einzige Aufgabe bestand darin, im Haus herumzulaufen und jede offene Tür, auf die sie zufällig trafen, zu schließen. Ich muß kaum betonen, daß es von solchen Türen einige hundert gab.

Diesmal fand ich das Orchester und brachte es fertig, bei den ersten Geigen zu sitzen, noch bevor Leroux erschien. Ich hatte gerade noch genug Zeit, um mich meinen Nachbarn zu beiden Seiten vorzustellen, einem jungen Mann mit blauen Augen zu meiner Rechten, der sich Ponelle nannte und mich mit einem warmen Lächeln willkommen hieß, und einem kahlköpfigen Individuum von etwa sechzig Jahren zu meiner Linken, das einen grimmigen Schnurrbart hatte und mir nur einen kurzen, finsteren Blick zuwarf, bevor es sich wieder seiner Violine zuwandte, deren d-Seite ihm beträchtliche Schwierigkeiten zu bereiten schien. Sein Name, so erfuhr ich später, war Bela. Und wie dieser Name bereits andeutete, war er ungarischer Abstammung und schien alles andere als erfreut zu sein, mich zu sehen.

Leroux betrat mit schnellen Schritten das Podium und wünschte uns einen schroffen guten Morgen.

»Zu den ersten Geigen gehört jetzt auch Monsieur Henrik Sigerson«, kündigte er an, wobei er mit einer ausholenden Geste seines kräftigen Armes in meine Richtung wies. Ich nickte. Leroux setzte sich einen goldenen Kneifer auf den Nasenrücken (er hing an einem ausgefransten, verblichenen Seidenband um seinen Hals) und begann ruckartig, die Seiten der vor ihm liegenden Partitur umzublättern. Ich ergriff die Gelegenheit, mein Instrument auszupacken und es hastig zu stimmen. Es wurde das Ballett aus dem dritten Akt aus *Le Prophète* gespielt – die Schlittschuhmusik.

»Was haben Sie gestern abend von der Daaé gehalten?« Leroux schien seine Frage an das Blech zu richten, während er gleichzeitig weiter in seiner Partitur blätterte.

»Erstaunlich«, sagte eine Stimme von den Posaunen. Daraufhin gab es einiges Gelächter, als wolle man damit sagen, daß man von dem jüngen Sopran etwas Derartiges nicht erwartet hätte.

»Ich werde einfach nicht schlau daraus«, gestand Leroux zustimmend. »Völlig unausgeglichenes Temperament. Manchmal scheint sie gar nicht richtig bei der Sache zu sein. Dann wieder . . .« Er ließ den Satz mit einem eleganten Schulterzucken verklingen.

»La Sorelli muß sich vor der Kleinen in acht nehmen«, bemerkte das Schlagzeug.

»Wer hat denn Sie gefragt?« fiel der Dirigent über die

Stimme her. Bevor der Mann antworten konnte, pochte Leroux nachdrücklich mit seinem Taktstock auf das Pult. *Entr'acte*! Eins, zwei . . .«

Und los ging's. Es war Jahre her, seit ich in solchem Umfang vom Blatt gespielt hatte, und nun war ich in schwerer Bedrängnis, wenn ich den anderen folgen und meine Gegenwart hier rechtfertigen wollte, aber meine Finger waren vom vielen Üben geschmeidig geworden, und, wie einmal irgend jemand bemerkt hat, die ganze Sache ist nicht soviel anders als das Fahrradfahren – wenn man es erst einmal gelernt hat, vergißt man es nicht mehr.

Leroux war ein überaus gewissenhafter Zuchtmeister mit Ohren am Hinterkopf. Ich kann nicht behaupten, daß Meyerbeers Musik besonders tiefgründig war, aber sie war gut geschrieben, und der Dirigent war fest entschlossen, ihr auch die kleinste Einzelheit abzuringen. Ich fand die Probe sehr belebend und war erstaunt darüber, wie schnell die Zeit verflog. Wir arbeiteten fast eine Stunde lang an der Passage. Dann gab es eine zehnminütige Pause, während der wir unsere Beine ausstrecken durften, bevor das *corps de ballet* auf der Bühne über uns erschien. Von meinem Stuhl aus konnte ich kaum etwas von ihren Mätzchen sehen, aber die Mädchen waren offensichtlich temperamentvoll und gut gelaunt, denn ich hörte ihr Kichern und das fröhliche, schneidende Geräusch ihrer Schlittschuhe, während sie auf dem Eis über uns herumwirbelten.

»Jammes, geh wieder zurück, wo du hingehörst!« rief Leroux einem der Mädchen zu, während er uns gleichzeitig mit einer Hand beharrlich weiterdrängte.

»Tut mir leid! Ich weiß nicht, was über mich gekommen ist«, rief eine kindliche Stimme. Jammes, so erfuhr ich später, war erst fünfzehn.

»Muß der Geist gewesen sein«, murmelte Ponelle zu meiner Rechten. Seine Aussprache war von der Violine, die unter seinem Kinn klemmte, ein wenig beeinträchtigt. Bela runzelte die Stirn. Es war ganz offensichtlich, daß er über den Geist nicht lachen konnte. Was mich betraf, so tat ich Ponelles Scherz und Belas Reaktion darauf als eine weitere Kuriosität der Opéra ab, etwas, das ich schon verstehen würde, sobald ich mit dem Haus vertraut war und seine kleinen Eigenschaften kennengelernt hatte.

Kurz darauf gesellte sich noch jemand zu uns. Ein Mann von etwa fünfzig Jahren mit einer Art Augenklappe über einem Auge und einem Zeichenblock auf dem Schoß. Er saß nicht weit von uns entfernt in einem leeren Zuschauerraum und beschäftigte sich emsig mit seiner Arbeit, wobei er, soweit ich das beurteilen konnte, nichts um sich herum wahrnahm. Seine Augenklappe diente nicht einfach nur der Bedeckung seines Auges, denn es war ein schmaler Schlitz darin, der auch ein wenig Licht hindurchsickern ließ.

»Degas«, informierte mich Ponelle mit einem Flüstern, aber der Name sagte mir zu dieser Zeit noch nichts. »Beinahe blind auf einem Auge, aber er malt immer noch gerne ihre drallen, fleischigen Beinchen.«

»Er malt nichts anderes als Pferde und Huren«, beklagte sich Bela und überließ mich meiner Verwirrung, in welche Kategorie nun wohl seiner Meinung nach das Ballett fiel.

An diesem Abend führten wir *Otello* mit dem außergewöhnlichen de Reszke in der Titelrolle auf, etwas, das ich überaus befriedigend fand, da mir Verdis Musik derjenigen von Meyerbeer unendlich überlegen schien. Von meinem Blickwinkel im Orchestergraben bot sich mir eine einzigartige Perspektive, um das Publikum zu beobachten, und La Sorelli war eine Sensation als Desdemona.

Aus reiner Neugier warf ich einen Blick in den Ersten Rang und war ein wenig gereizt, als ich feststellte, daß wieder einmal dieselbe Loge leer war.

Und so begann eine höchst erfreuliche Routine. Proben am Morgen, Vorstellungen am Abend, für gewöhnlich, aber nicht immer unter der Leitung von Leroux. Während der folgenden Tage gewöhnte ich mich an den Anblick des einäugigen Künstlers, der im leeren Parkett saß oder manchmal auch auf der Vorderbühne selbst thronte, mit unbeirrbarer Konzentration in seiner Arbeit versunken. Er schien alle Mädchen beim Namen zu kennen, und sie neckten ihn und unterhielten sich mit ihm, wenn sie Leroux außer Hörweite wähnten.

Im Laufe der Zeit wurde ich auch mit den anderen Feinheiten der Opéra vertrauter, und zwar sowohl im gesellschaftlichen als auch im dinglichen Bereich. So erfuhr ich zum Beispiel, daß die Kalliope, von der ich immer wieder hörte, in diesem Fall kein Musikinstrument war, sondern vielmehr der Spitzname für das komplizierte Gaswerk, das für die Beleuchtung des Theaters zuständig war. Obwohl die Theater in England mittlerweile ausschließlich elektrisch beleuchtet wurden,* rühmte sich das Palais Garnier noch immer eines komplizierten, gasbetriebenen Systems, das von vier Männern bedient werden mußte und seinen Standort im dritten Untergeschoß unter den Falltüren der Hauptbühne hatte.

Ich brachte ebenfalls in Erfahrung, daß die Pferde, die ich bei der Vorstellung von *Le Prophète* so bewundert hatte, auf der vierten Unterebene lebten. Dort gab es einen ganzen Stall für nicht weniger als vierzig solcher

* Im Jahre 1887 war das Savoy von Richard D'Oyly Carte für die Opern von Gilbert und Sullivan erbaut worden, das erste Theater, das ausschließlich mit elektrischem Licht versehen war.

Tiere und vier Kutschen, die alle dem einzigen Zweck dienten, die Aufführungen zu schmücken. Die Tiere kamen über die gestampfte Erde einer Spiralrampe, die fünf Stockwerke hinunterreichte, auf die Bühne. Ich bin mir nicht sicher, ob sie jemals das Licht des Tages zu Gesicht bekamen, außer bei den seltenen Ausflügen, die sie aus dem Theater hinaus und auf eine grüne Weide führten, auf der sie dann drei Wochen bleiben durften. Auch frische Luft bekamen sie nur durch die Ventilatoren, die eigens zu diesem Zweck unter dem Dach des Opernhauses angebracht waren.

Während einer Vorstellung von *Mondego* galoppierte gegen Ende des ersten Akts ein wunderschöner weißer Wallach namens César mit dem Helden auf dem Rücken zum wilden Applaus des Publikums über ein Bühnentretwerk. Als ich Jaques, den Dompteur des Tieres, kennenlernte, machte ich eine Bemerkung über Césars Vorstellung, denn es wunderte mich, daß das Pferd bei all der Unruhe nicht scheute. Jaques lachte nur.

»Der hat Theater im Blut. Er kennt die Oper auswendig, hört die Musik und weiß, wann es an der Zeit für die Tretmühle ist.«

Der junge Ponelle, der Geiger zu meiner Rechten, wurde in allen Angelegenheiten, die das Haus und seine Geschichte betrafen, zu meinem Almanach. Einmal, als er mich darauf hinwies, daß der Kronleuchter, der über dem Publikum hing, fast sechs Tonnen wog, fragte ich ihn, woher er all diese buntgemischten Einzelheiten wußte.

»Ich bin auf der anderen Straßenseite aufgewachsen, als das Haus im Bau war«, erklärte er mir und lächelte bei der glücklichen Erinnerung. »Nun ja, um genau zu sein, ein Stück die Straße hinunter – in dem Haus, in dem Alphonsine Plessis starb«, fügte er mit einem Anflug von

Stolz hinzu. »Sie wissen schon, die Frau, auf die Verdi seine Oper stützte.«* Die Bauarbeiten haben etwa im Jahre 1860 begonnen, nachdem der junge Garnier den Architekturwettbewerb gewonnen hatte. Wir Gassenkinder haben auch ein wenig mitgeholfen«, erinnerte er sich fröhlich. »Wir haben Eimer getragen und den Männern um die Mittagszeit ihre Brotbeutel gebracht und so weiter. Der Bau hat fünfzehn Jahre gedauert.«

»Fünfzehn!«

»Nun, man darf nicht die ganze Zeit rechnen, weil wir im Krieg waren und dann die Deutschen kamen. Bis zum heutigen Tage ist man hier sehr zurückhaltend, was Wagner betrifft.«

Stellen Sie sich meine Enttäuschung vor, Watson. Sie wissen, wie sehr ich Wagner liebe. Er hilft mir, mich selbst zu erkennen.

»Im Augenblick wird draußen, entlang der Rue Scribe, gegraben. Warum?« wollte ich von ihm wissen. »Noch mehr Operngebäude?« Er schüttelte den Kopf.

»Sie bauen dort ein unterirdisches Zugsystem – wie in England.«

Als Musiker aus dem Orchestergraben kam ich in der Regel kaum mit anderen Abteilungen der Oper in Kontakt. Ich ging an meinen Platz und teilte die Umkleideräume des übrigen Orchesters; sie lagen nicht in der Nähe

* Aplhonsine Plessis, eine Bäuerin aus der Normandie, nannte sich Marie du Plessis, als sie die Geliebte von Alexandre Dumas dem Jüngeren war. Nachdem sie 1849 im Alter von dreiundzwanzig Jahren an Tuberkulose gestorben war (zu dieser Zeit war sie bereits eine berühmte Kurtisane), schrieb Dumas, quasi in einem Atemzug, seinen Roman *La Dame Aux Camélias*, in dem er ihr den Namen Marguerite Gauthier gab. Das Stück wurde schlagartig berühmt und war in Amerika aus irgendeinem Grund unter dem Namen *Camille* bekannt. 1853 änderte Verdi den Namen der selbstlosen Heldin noch einmal; in seiner Oper *La Traviata* hieß sie Violetta Valery.

der Räumlichkeiten der Solisten oder des Chors, und da ich von meinem Stuhl aus nur einen sehr eingeschränkten Blick auf die Bühne hatte, sah ich nur wenig von den Vorführungen und noch weniger von den Schauspielern.

Ich hatte jedoch an der Gerüchteküche teil, und dort brachte ich so manchen kleinen oder größeren Leckerbissen in Erfahrung. Jammes' Mutter war eine herrische alte Vettel, aber Meg Giry war ›eine Persönlichkeit‹ und kümmerte sich um die Logen im Ersten Rang. Monsieur Mercier, der Bühnenverwalter, hatte eine Mätresse, deren blonde Lockenpracht äußerst suspekt war. Die Herren Debienne und Poligny, die beiden Direktoren (die ich, ohne es zu wissen, bei meinem Vorspiel hinter dem kleinen Holztisch gesehen hatte) würden sich in Kürze von ihrem Amt zurückziehen. Die Daaé hatte einen Bewunderer, angeblich handelte es sich dabei um den Vicomte de Chagny.

Der Geist hatte am vergangenen Abend wieder einmal mit Joseph Buquet gesprochen, dem Maschinenmeister (von dem es ebenfalls hieß, er sei in La Daaé verliebt).

Der Geist. Von allen seltsamen Geschichten und Tratschereien, die mir während dieser ersten beiden Wochen über den Weg liefen, war nichts so seltsam wie die gelegentlichen Anspielungen auf den Geist.

»Er ist praktisch eine Institution«, erklärte mir Ponelle. »Niemand scheint zu wissen, wo genau die ganze Sache eigentlich angefangen hat. Ich nehme an, das Gebäude ist so riesig und so gespenstisch da unten, daß die Vermutung einfach naheliegt, es könne hier spuken.

Es heißt auch, daß es da unten Leichen gebe«, fügte er mit einem respektvollen Unterton hinzu. »Aus den

Tagen der Kommunarden, als dieses Haus als Gefängnis benutzt wurde.«*

»Dieses Gebäude wurde als Gefängnis benutzt?«

Er nickte feierlich. »Und sie haben die Leichen in den See geworfen.«

»Dann gibt es also tatsächlich einen See dort unten?« Ich war überrascht.

»Ich habe ihn zwar nie zu Gesicht bekommen, aber als man die Erde für das Fundament ausgehoben hat, stieß man plötzlich auf Wasser. Paris ist auf einem Sumpf erbaut, müssen Sie wissen – und dieses Wasser brachte das ganze Unternehmen zum Stillstand. Dann verfielen sie auf den glücklichen Notbehelf, das ganze Wasser vorübergehend abzupumpen, während der sumpfige Boden mit Beton und Bitumen gepflastert und die Pfähle für das Gebäude eingesetzt wurden. Anschließend ließen sie das Wasser wieder zurücklaufen, wodurch sich eine Art unterirdischer See bildete. Das Ganze hat über acht Monate gedauert«, informierte er mich voller Stolz. »Obwohl das natürlich nicht unbedingt heißt, daß es einen Geist geben muß«, schloß er mit einem geisterhaften Lächeln.

»So einfach ist die Sache nicht«, konterte Bela, der wie immer mit seiner d-Saite kämpfte. »Es gibt Leute, die ihn gesehen haben. Es gibt Leute, die ihn gehört haben.«

»Pah. Aberglaube. Was für Leute? Wo?«

»Am Ende von Gängen; durch die Wände von Um-

* Am Ende des französisch-preußischen Kriegs im Jahre 1871 beschloß eine Gruppe radikaler Pariser, die sich wegen der demütigenden Friedensbedingungen von der französischen Regierung betrogen fühlten, die Waffen zu behalten, mit denen sie gegen die Deutschen gekämpft hatten, und Paris in einer revolutionären ›Kommune‹ zu besetzen. Das Ganze kam einer zweiten Belagerung der Stadt gleich. Die Revolutionäre harrten zwei Monate lang aus, wurden aber schließlich besiegt.

kleidezimmern. Man sagt, Madame Giry stehe mit ihm auf vertrautem Fuß.«

»Das ist ja absurd. Wie kann man mit einem Geist auf vertrautem Fuß stehen?« wollte Ponelle ungeduldig wissen.

»Das ganze *corps de ballet* ist in ihn verliebt«, fuhr Bela unbeirrt fort. »Manche sehen einen Schatten, manche haben ihn in Abendkleidung getroffen, andere kennen ihn ohne Kopf – und alle beten ihn an.«

»Aber sie beteuern auch alle, daß er einfach grauenhaft aussieht.«

»Natürlich tun sie das. Und sie sind verliebt in seine Grauenhaftigkeit. Sie kennen doch die Geschichte von *la belle et la béte.* Die Häßlichkeit des Biests übt eine unwiderstehliche Faszination aus. Zeigt mir eine einzige Frau, die nicht enttäuscht ist, wenn er sich in einen hübschen Prinzen verwandelt.«

»Es war jedenfalls kein magischer Prinz, der Monsieur Frédéric aus dem Theater vertrieben hat«, beharrte Ponelle mit einigem Nachdruck.

»Was ist mit Monsieur Frédéric geschehen?« warf ich mit plötzlichem Interesse dazwischen.

»Nun, was, glauben Sie, hat ihn dazu gebracht, schreiend hinaus auf die Straße zu rennen und zu schwören, daß er hier nie wieder spielen würde?« fragte Bela. Er wandte sich an mich. »Was glauben Sie, wie Sie zu Ihrer Stelle gekommen sind?«

»Mein Spiel«, wagte ich vorzuschlagen, obwohl die Frage mich irgendwie ärgerte.

»Seine *Kündigung*«, erinnerte er mich mit einem Stirnrunzeln. »Und wie dem auch sei«, fuhr er fort, wobei er sich nun über meine Schulter hinweg an Ponelle wandte, »die Direktion glaubt an das Phantom.«

»Die Direktion besteht aus zwei Verrückten«, schnaubte Ponelle verächtlich. »Zwei Verrückte, denen es vorherbestimmt ist, durch zwei andere Verrückte ersetzt zu werden. Das liegt in der Natur der Sache.«

Ich wollte gerade etwas zu dieser Beobachtung sagen, als ein bekanntes, herrisches Pochen unserem Gespräch ein jähes Ende setzte. »*Meine Herren*, vier Takte aus dem Buchstaben g, wenn Sie so freundlich sein wollen.«

Und so gingen die Tage dahin. Ich bemerkte, daß ich am Abend automatisch zum Ersten Rang hinaufschaute. Die Loge war und blieb leer.

»Nummer fünf«, erklärte Bela, der meinem Blick gefolgt war. »Es heißt, sie sei für das Phantom reserviert.« Ponelle, der diese Bemerkung aufgeschnappt hatte, rollte mit seinen blauen Augen.

All dies Gerede über einen Geist interessierte mich, wie Sie sich vorstellen können, Watson, nur wenig. Ich bin schon immer, gelinde ausgedrückt, skeptisch gewesen, was übernatürliche Erscheinungen betrifft. Ich denke, die ganze Sache hat mich amüsiert, aber ich kann nicht behaupten, daß sie mir in meinem damaligen Gemütszustand auch nur eines einzigen ernsthaften Gedankens wert erschienen wäre. Wenn die Wirkung, die der Geist auf Monsieur Frédéric gehabt hatte, mir zu meiner augenblicklichen Stelle verholfen hatte, konnte ich dafür nur dankbar sein. Das hallende, körperlose Gelächter, das ich zu hören geglaubt hatte, als ich an jenem ersten Tag vom Weg abgekommen war, war mir bereits völlig entfallen.

Auf jeden Fall wurde jeder Gedanke, den ich möglicherweise an den Geist verschwendet hätte, schon kurz darauf mit einem Donnerschlag zum Schweigen gebracht, der alle anderen Erwägungen aus meinem Gehirn vertrieb. Eines Morgens machte Leroux bei der Probe eine Ankündigung.

»Meine Herren, wie Sie wissen, beginnen wir heute die

Arbeit an einer neuen Aufführung von *Carmen*. Infolge der plötzlichen Indisposition von Mademoiselle Emma Calvé mußte die Titelrolle kurzfristig anderweitig besetzt werden. Wir sind daher zu großem Dank verpflichtet, daß die amerikanische Diva, Mademoiselle Irene Adler, die große Güte und Freundlichkeit besessen hat, die Lücke zu füllen.«

KAPITEL DREI

Ein Geist ganz für mich allein

Hätte Leroux mir seinen Taktstock in die Brust gejagt, er hätte kaum eine größere Wirkung erzielt. Noch während ich spürte, wie ich auf meinem Stuhl zu schwanken begann, erhob sich das Orchester um mich herum und hieß die Diva mit großem Applaus willkommen. Ich besaß soviel Geistesgegenwart, dem Beispiel der anderen zu folgen, während ich gleichzeitig meinen Kopf senkte, als wollte ich der großen Sängerin meine Ehrerbietung erweisen. Unterdessen betete ich jedoch nur darum, daß sie mich nicht erkannte.*

Ich hätte mir darüber keine Sorgen zu machen brauchen. Miss Adler nahm den Applaus oben auf der Bühne

* Für Holmes war Irene Adler immer *die* Frau. Für weitere Einzelheiten ihrer Bekanntschaft möge der Leser Watsons Bericht über die Angelegenheit zu Rate ziehen, der die Überschrift *Ein Skandal in Böhmen* trägt.

entgegen, und von dort aus war ich unsichtbar. Dann nahm die Probe ihren Lauf.

George Bizet hatte die *Carmen* 1875 für die Opéra Comique geschrieben, wo ihre Premiere ein *succès de scandale* gewesen war. Der unglückliche Verfasser starb nur drei Monate später im Alter von fünfunddreißig Jahren. Drei Monate nach seinem Tod hatte sein Meisterwerk in Wien Triumphe gefeiert und war von dort aus um die ganze Welt gegangen. Paris hatte *Carmen* zehn Jahre lang den Rücken zugekehrt, als könnte man das sensationelle Stück dadurch, daß man es ignorierte, von der Bildfläche verschwinden lassen. Dafür bestand allerdings nur eine sehr geringe Wahrscheinlichkeit, da doch so ungleiche Persönlichkeiten wie Brahms, Tschaiskowsky, Nietzsche und Wagner – Männer, die einander nicht ausstehen konnten – standhaft für den genialen George Bizet eintraten. Alle stimmten sie darin überein, daß Bizets Musik die blutrünstige Geschichte einer diebischen und schließlich von ihrem eifersüchtigen Liebhaber grausam erstochenen Zigeunerin aus dem Banalen heraushob und zu wahrer Kunst geführt hatte. Als die Franzosen sich schließlich an ein Stück wagten, das mittlerweile zur beliebtesten Oper geworden war, die je geschrieben worden war, beharrten sie jedoch darauf, den gesprochenen Dialog daraus zu streichen, und ein gewisser Ernest Guiraud, ein ›Freund‹ des verstorbenen Komponisten, wurde damit beauftragt, diese ›abstoßenden‹ Passagen durch Rezitativ zu ersetzen. Dieser kitschige Ersatz war es, der Bizets Werk nun als ›große Oper‹ auswies. Daher also ihre verspätete Aufnahme in das Repertoire des Palais Garnier.

All diese Dinge rief ich mir ins Gedächtnis, während ich die Noten des Vorspiels las. Auf diese Weise hoffte ich, das Herzklopfen, das meine Brust erschütterte, ein wenig verringern zu können. Irene Adler! Können Sie sich das vorstellen, Watson? Dieses Geschöpf, das ich vor vielen Jahren zum letzten Mal gesehen zu haben glaubte, kehrte nun zurück wie Lazarus. Was zum Teufel tat sie hier? War sie nicht verheiratet und hatte sich von der Bühne zurückgezogen? Offensichtlich nicht. Es wäre schon schlimm genug gewesen, diese Frau unter normalen Umständen wiederzusehen, aber sie hier auf dieser Bühne zu finden, machte meine Verwirrung und meine Schwierigkeiten nur um so schlimmer. Es war mir – bis zu diesem Augenblick jedenfalls – gelungen, mir ein neues Leben aufzubauen, und dieses Leben war jetzt durch das Erscheinen meiner alten und erfolgreichen Widersacherin bedroht.

Wie konnte ich ihr aus dem Weg gehen? Mit einer Krankmeldung? Das schien mir ein schlechter Rat zu sein; ich hatte schließlich erst vor kurzem meinen Dienst angetreten, und Maître Leroux würde eine Abwesenheit, die die ganze Spielzeit über dauerte, kaum dulden.

Während ich spielte, wurde ich langsam ruhiger. Ich kam zu dem Schluß, daß es mir möglicherweise gelingen würde, ihr völlig aus dem Weg zu gehen: Von der Bühne aus konnte Miss Adler nicht in den Orchestergraben sehen, und außerdem lagen die Umkleideräume der Sänger – achtzig an der Zahl! – nicht in der Nähe derjenigen des Orchesters.

Schon bald tauchten wir jedoch in die Habañera‹ ein, und eine neue Qual bemächtigte sich meiner. Ich hatte natürlich Berichte über Miss Adlers Stimme gehört – sie wurde an der Scala ebenso gefeiert wie in Warschau –, aber bisher kannte ich ihren Gesang eben nur vom Hörensagen. Jetzt, da ich ihn mit eigenen Ohren vernahm, konnte ich nicht umhin festzustellen, daß die Kritiker ihre Begabung weit unterschätzt hatten. Zu sehr hatten sie sich auf ihre Schönheit konzentriert und dabei, vielleicht auch aus Unvermögen, versäumt, die Fülle und den Reichtum ihrer Kunst zu beschreiben. Sie galt als Altistin, war in Wahrheit jedoch ein Mezzosopran, was genau die Stimmlage war, für die die *Carmen* ursprünglich geschrieben wurde (obwohl die Sopranistinnen immer wieder versuchten, die Rolle mit Transponierung nach oben zu singen).

Dies war eine Folterqual, wie sie selbst ein Torquemada nicht besser hätte ersinnen können. Unsichtbar unter ihr war ich gezwungen, dieser Sirenenstimme zu lauschen, während sie die Rolle einer Sirene spielte und Don José verführte, Tag für Tag in der Probe und Abend für Abend, wenn das Stück zur Aufführung kam, stets in dem Wissen, daß ihr Angebeteter sie am Ende ermorden würde.

Die Premiere bot alles, wofür die Pariser Opéra stand, alles, was sie sich wünschen konnte. Die Zugaben waren endlos, und dieselben Pariser, die vor sechzehn Jahren noch Bizets derbe Bearbeitung des Romans von Prosper Merimée verschmäht hatten, bejubelten jetzt Miss Adlers Interpretation von Merimées urtypischer Zigeunerin. Ich hätte schwören können, daß sie mit ihren Bravo-Rufen und ihrem Beifall den Kronleuchter ins Wanken brachten. Und obwohl ich sie nicht sehen konnte, erinnerte mich ihre verführerische Stimme in der Titelrolle daran, daß ich es hier mit einer Schauspielerin *sans pareil* zu tun hatte.*

Die Zuschauer leben in gnädiger Ignoranz, was das Chaos betrifft, das jeder Theaterproduktion vorangeht.

* Irene Adler war nicht die einzige Amerikanerin, die in der Rolle der Carmen in Europa Triumphe feierte. Auch von Minnie Hauk konnten die Pariser nicht genugbekommen.

Sie bleiben in segensreicher Weise im unklaren über verpaßte Stichwörter, abgebrochene Kulissenstützen, Mißverständnisse zwischen den Sängern und dem Dirigenten und der ganzen Anzahl geringfügiger Kalamitäten, die jede Vorstellung unweigerlich von der vorangegangenen unterscheiden. Es gibt einfach zu viele Dinge, die schiefgehen können, aber die hektischen Rufe und das wütende Flüstern hinter den Kulissen kommen denen, die nur die Musik hören wollten, kaum je zu Ohren.

Ganz anders ging es uns Musikern im Orchestergraben. Während des zweiten Akts unserer ersten *Carmen* passierte irgend etwas hinter der Bühne, denn ich hörte während der zweiten Pause Schreie und Rufe. Da wir jedoch in den Umkleideräumen des Orchesters weit entfernt von der auf der anderen Seite des Theaters liegenden Quelle des Durcheinanders waren, erfuhren wir nicht, was sich dort ereignet hatte. Aus der Entfernung, und preisgegeben an einen Sturm miteinander wetteifernder Geräusche, war es unmöglich, herauszufinden, welche Bedeutung der Lärm hatte. Und bevor noch irgendwelche Gerüchte zu uns durchdringen konnten, ging die Oper weiter und verdrängte alle Spekulationen mit Macht aus meinem Bewußtsein, denn ich mußte mich der Musik und anderen drängenden Überlegungen widmen.

Im Anschluß an die Vorstellung sollte es einen Empfang geben, bei dem wir alle erwartet wurden. Das war etwas, das ich um jeden Preis vermeiden mußte, da ich wußte, daß auch unsere Carmen dort sein würde. Bisher war es mir gelungen, ihrer Aufmerksamkeit zu entgehen, und es war nichts geschehen, was mich zu einer Änderung dieses Arrangements bewogen hätte. Schon beinahe bevor der letzte Vorhang fiel, sprang ich daher förmlich von meinem Stuhl auf und entfloh. Normalerweise zog ich mich, nachdem ich wieder in meine Straßenkleidung geschlüpft war, mit Ponelle und manchmal auch Bela in eine nahe gelegene Bar auf der Rue Madeleine zurück, wo ich mir dann ein Sandwich und ein Glas Cognac gönnte, bevor ich mich auf den Heimweg machte; heute abend mußte ich mich solcher Kameradschaft enthalten. Noch im Abendanzug, hastete ich hinüber ins Marais, stürzte in einem Eck-Bistro einen Cognac hinunter und machte mich dann auf den Weg zu meiner Unterkunft, wo ich an die Decke zu starren plante.

An meinem Ziel angekommen, traf ich auf einen großen, schlanken jungen Mann, der sich vor dem Gebäude herumtrieb. Auf dem Kopf trug er einen breiten Hut mit einer weichen Krempe, den er sich verwegen über ein Auge gezogen hatte.

»Guten Abend, Monsieur Sigerson.«

Ich wollte gerade mit einer gemurmelten Antwort an ihm vorbeihasten, als ich einen Fetzen der ›Sequidilla‹ aufschnappte, gesungen in einem kehligen Mezzosopran, der mich herumfahren ließ. Der junge Mann lachte, wobei er zwei Reihen vollkommener Zähne und blitzende, dunkle Augen sehen ließ. Es war Carmen persönlich.

»Miss Adler!«

»Wie ich sehe, sind Sie seit unserer letzten Begegnung scharfsinniger geworden.«*

Ich sah mich vorsichtig in der dunklen Straße um.

»Woher wissen Sie, daß ich hier bin?«

»Diese und andere Fragen beantworte ich Ihnen gern, wenn Sie die Güte haben wollen, mich in Ihre Räumlichkeiten zu führen«, erwiderte sie und stieß sich von der

* Bei dieser Begegnung hatte sie, ebenfalls in Männerkleidung, Holmes einen guten Abend gewünscht, und ihm war es nicht gelungen, sie in ihrer Verkleidung zu erkennen.

Wand, an der sie gelehnt hatte, ab. »Kommen Sie«, fuhr sie fort, als sie mein Zögern bemerkte. »Sie haben nichts von mir zu befürchten. Ich bin und war immer ganz harmlos.«

Statt mit ihr über diese Behauptung zu streiten, wo andere unsere Auseinandersetzung hätten mithören können, zog ich meinen Hausschlüssel heraus und ging mit ihr nach oben.

In meiner dürftigen Behausung – die mir plötzlich beinahe erbärmlich erschien – warf Irene Adler ihren Hut beiseite, zog ihre Handschuhe aus, umkreiste das Zimmer wie eine Katze, setzte sich schließlich in einen Sessel – den einzigen – gegenüber meinem Sofa und schlug ihre behosten Beine übereinander. Zeit, so schien es, spielte für sie keine Rolle. Sie war noch genauso schön wie auf dem Foto, das ich jahrelang in Ehren gehalten hatte und das nun in einsamer Pracht auf dem Kaminsims stand. Ihre Haut war noch immer so makellos wie Elfenbein und wies nun einen sanften, rosigen Ton auf; ihre glänzenden Augen strahlten mehr aus als nur Humor, sie waren wachsam und intelligent; ihr funkelndes Haar leuchtete auch heute noch wie poliertes Ebenholz. Sie war so schön, daß es beinahe weh tat, denn ich verspürte, während ich sie betrachtete, ein leichtes Pochen in meinen Schläfen. Sie wissen, wie selten ich unter Kopfschmerzen leide, Watson.

»Haben Sie nichts zu trinken für mich?«

»Ich fürchte, nein.« Ich starrte sie ungastlich an, aber sie erwiderte meinen Blick, ohne die Augen zu senken. »Bitte setzen Sie sich doch, Monsieur Sigerson. Wir haben viel zu besprechen.«

Ich sank in mein Sofa, völlig irritiert von der Tatsache, daß sie dieses Gespräch ganz und gar unter Kontrolle zu haben schien.

»Sie können sich meine Überraschung vorstellen«, begann ich in der Hoffnung, wieder Oberwasser zu gewinnen. »Ich stand schließlich unter dem Eindruck, daß Sie verheiratet seien und sich von der Bühnen zurückgezogen hätten.«

»Mr. Norton starb ein Jahr nach unserer Hochzeit an Influenza«, erwiderte sie mit leiser Stimme und wich meinem Blick für einen Moment lang aus. »Ich mußte aus finanziellen Gründen meine Karriere wieder aufnehmen.«

»Es tut mir leid, von Ihrem Verlust zu hören«, sagte ich und meinte es auch. Mir fiel auf, daß sie noch immer ihren Ehering trug. »Und es tut mir ebenfalls leid zu erfahren, daß Sie in finanziellen Schwierigkeiten sind.«

Diese Bemerkung quittierte sie mit einem philosophischen Schulterzucken wie jemand, der die Widrigkeiten des Schicksals kennengelernt und ihnen ins Auge gesehen hat.

»Mein Kopf ist immer noch über Wasser, wie wir in meiner Heimat sagen.* Und ich denke, daß ich noch ein paar gute Jahre vor mir habe«, fügte sie mit einer Pause hinzu, die mich zu einer Bemerkung einlud.

»Nach dem, was ich Tag um Tag zu hören bekomme«, erwiderte ich ernsthaft, »sehe ich noch kein Ende für Ihre Triumphe vor mir.«

»Sie sind zu freundlich.«

»Aber Sie haben mir noch nicht gesagt, woher Sie wissen, daß ich hier bin.«

Sie lächelte, und ihr Blick flog kurz zu ihrer Fotografie hinüber.

* Miss Adlers Heimat war New Jersey. Sie wurde in Hoboken geboren, dem Geburtsort von zumindest einer weiteren bedeutenden Sängerin.

»Wissen Sie, womit sich eine Diva zwischen zwei Vorstellungen die Zeit vertreibt?«

»Sind Sie sicher, daß Sie es mir verraten wollen?«

Sie ignorierte die kleine Stichelei und betrachtete die Spitze ihrer Stiefel, während sie sie lässig hin und her wippen ließ. Meine Kopfschmerzen wurden schlimmer.

»Wir beide sind doch Männer von Welt, nicht wahr?« lachte sie. »Ich glaube, ich kann es wagen, Sie ins Vertrauen zu ziehen. Eine Diva sieht sich die fremde Stadt an, in der sich sich befindet. Sie besucht Denkmäler und Museen; sie geht in Kunstgalerien.«

»Ich fürchte, ich kann Ihnen nicht ganz folgen.«

»Vor einigen Tagen war ich in der Galerie du Monde«, erklärte sie mir, »und betrachtete eine Reihe von Pastellzeichnungen und Aquarellen von Monsieur Degas.«

»Aha?«

»Stellen Sie sich meine Überraschung vor, als ich eine Reihe von Ballerinas in der Oper vor mir sah und Ihr Gesicht im Orchestergraben unter ihnen, wie Sie die Geige spielen!«*

Ich konnte sie nur mit offenem Mund anstarren. Als sie das sah, lachte sie abermals.

»Sie können sich vorstellen, wie schwer es mir fiel, das zu glauben. Degas ist schließlich, was man einen Impressionisten nennt.** Dennoch war die ›Impression‹ ganz und gar eindeutig. Wer könnte dieses markante Profil verkennen: die Adlernase, die Augen mit den schweren Lidern

* Holmes, gemalt von Degas! Diese unbezahlbare Pastellzeichnung war bis vor kurzem Bestandteil der Sammlung des verstorbenen Barons von Thurn und Taxis von Thyssen. Von Thyssens Witwe hat sie 1992 in Genf bei einer Auktion an einen anonymen Steigerer verkauft, um davon einen Teil der Erbschaftssteuern zu bezahlen.

** Der Ausdruck ›Impressionist‹ war 1891 noch abschätzig gemeint.

und die intellektuellen Brauen? Und wer könnte, wenn er Doktor Watsons Berichte gelesen hat, vergessen, wie gut Sie im Umgang mit Ihrer Stradivari sind? Als mir beim Betrachten dieses Bildes wieder einfiel, daß man Sie offiziell für tot erklärt hatte, lief mein Gehirn auf Hochtouren. Es konnte keinen Zweifel geben. Ich machte mir nicht die Mühe, herauszufinden, wie Sie in Monsieur Degas' Zeichnung gelangt waren, und ebensowenig zog ich es in Betracht, Sie zu entlarven, denn ich hatte das Gefühl, daß ich schon sehr bald Ihrer Dienste bedürfen würde. Daher stellte ich lediglich ein paar diskrete Nachforschungen in der Opéra an, um Ihren Decknamen herauszufinden.«

»Ich habe meine eigenen Gründe, warum ich incognito bleiben will«, erwiderte ich vorsichtig. »Und ich möchte auf keinen Fall, daß es sich in kriminellen Kreisen herumspricht, daß ich noch lebe. Diese Neuigkeit soll man erst erfahren, wenn ich dazu bereit bin.«

»Sie können sich darauf verlassen, daß ich Ihre Wünsche respektieren werden.« In freundlichem Schweigen saß sie da und wartete, wie ich feststellte, auf eine Erwiderung von mir. Es sah so aus, als wäre es mir bestimmt, im Umgang mit dieser Frau immer das Nachsehen zu haben. Mit schmerzhaft pochenden Schläfen erinnerte ich mich nun wieder an das, was sie kurz zuvor gesagt hatte.

»Welche Dienste meinen Sie?«

»Haben Sie etwas von dem Tumult auf der Bühne heute abend mitbekommen?«

»Ich habe etwas gehört, ja.«

»Es hat einen Selbstmord gegeben.«

»Einen Selbstmord?«

»Ich werde Ihnen alle Einzelheiten geben, die mir bekannt sind. Haben Sie eine Zigarette für mich? Diese

Rolle hat mich, fürchte ich, auf den Geschmack gebracht.«

Ich zog mein Zigarettenetui hervor und bot ihr eine an, wobei ich es vermied, in irgendeiner Weise meine Mißbilligung kundzutun. Ich hatte das Gefühl, daß ein Protest meinerseits nur dazu führen würde, daß sie mich auslachte und auf eine Art ›Künstlervorrecht‹ pochen würde.

»Wer hat Selbstmord begangen?«

Sie ließ sich Feuer geben und machte einen Aschenbecher ausfindig, bevor sie mir antwortete.

»Der Maschinenmeister, Joseph Buquet. Man hat ihn während des zweiten Akts im dritten Untergeschoß unter der Bühne erhängt aufgefunden.«

»Aha.«

»Zweifellos haben Sie mitbekommen, daß während der Vorstellung heute abend etwas passiert ist?«

»Wir haben da irgendein Durcheinander gehört, ja.«

Ich stellte fest, daß ich automatisch die Position eingenommen hatte, in der ich früher immer einem Klienten zugehört hatte, wenn er mir den Hintergrund eines Falles schilderte: die Finger aneinandergelegt, die Augen geschlossen, um jegliche Ablenkung zu vermeiden.

»Also, jetzt kennen Sie den Grund für diese Störung.«

»Das ist wirklich traurig«, hörte ich mich sagen, »scheint jedoch kaum meine Aufmerksamkeit zu erfordern.«

»Kennen Sie Christine Daaé?« fragte sie, statt mir direkt zu antworten.

»Ich kenne ihre Stimme. Wir hatten bisher keine Gelegenheit, uns kennenzulernen.«

»Sie ist meine Freundin.« Bei dieser Bemerkung öffnete ich meine Augen und sah, wie ihre amüsiert zwinkerten. »Oh, ich weiß, was die Öffentlichkeit gerne denkt und was die Zeitungen sie gerne glauben machen möchten – eine furchtbare Rivalität unter Primadonnen, haarsträubende Faustkämpfe hinter den Kulissen und so weiter.« Sie schüttelte den Kopf. »Aber wohl kaum, glaube ich, zwischen einem Mezzo- und einem Koloratursopran. Wir stehen nicht in direkter Konkurrenz, nein«, fuhr sie fort, während sie nachdenklich ihre Zigarette ausdrückte. »Ich hege keinen Groll gegen die kleine Christine. Im Gegenteil, ich habe eindeutig den Wunsch, sie zu beschützen. Ich habe sie sozusagen unter meine Fittiche genommen.«

»Ach, wirklich?«

»Es gibt Menschen auf der Welt, Monsieur Sigerson, die nur eine einzige Begabung haben. Einige sind Denkmaschinen . . .« Sie ließ diesen Satz mit einem Lächeln verklingen, und ich neigte den Kopf. »Andere haben eben andere Spezialgebiete – oder sollte ich vielleicht sagen, Beschränkungen?«

»Sprechen Sie von dem Vicomte de Chagny?«

Sie zog die Augenbrauen hoch.

»Sie haben scharfe Ohren.«

»Na, na, Madame. Auf der Bühne hört man beinahe alles, ob man will oder nicht.«

»Der junge Mann ist eindeutig in sie verliebt, aber er ist nicht der einzige.«

»Wen gibt es denn noch?«

»Joseph Buquet.«

Zum zweiten Mal öffneten sich meine Augen. Diesmal stellte ich fest, daß sie nicht lächelte.

»Der Maschinenmeister? Ja, ich habe tatsächlich etwas in der Art gehört, jetzt, wo Sie es sagen. Er hatte sich ein ziemlich hohes Ziel gesetzt, wenn er glaubte, Mademoiselle Daaés Gunst erringen zu können.«

»Das jedenfalls war auch die Ansicht des jungen Vicomte, der ihn in ihrem Ankleideraum gefunden hat, als er ihr gerade auf den Knien seine Ergebenheit beteuerte.«

»Ich nehme an, es hat eine Szene gegeben?«

Sie zuckte unmerklich mit ihren eleganten Schultern.

»Ich konnte das Ganze von meiner Garderobe aus, die neben der ihren liegt, ziemlich deutlich hören. Der Vicomte warf Buquet aus Christines Zimmer hinaus, verließ kurze Zeit später in Gesellschaft seines Bruders, dem Comte, die Oper und überließ meine arme Freundin einem hysterischen Anfall. Das war alles, was ich wußte, als ich zu ihr ging, um sie zu trösten.«

»Und anschließend hat Buguet sich das Leben genommen?«

»So scheint es.«

»Wie meinen Sie das?«

»Nachdem man die Leiche entdeckt hat –«

»Wer hat sie entdeckt? Bitte seien Sie so präzise wie möglich, wenn es um Einzelheiten geht.«

»Die Leiche wurde von zwei anderen Bühnenarbeitern gefunden. Ihre Namen weiß ich nicht. Sie stimmten ein großes Geschrei an – ich konnte es ganz deutlich während des ›Blumenliedes‹ hören – und daraufhin liefen noch einige andere Leute einschließlich Debienne und Poligny, den Direktoren« – ich nickte, da mir diese beiden Männer bekannt waren – »zu dem unglücklichen Mann hin, um das Seil durchzuschneiden. Aber als sie an den Schauplatz der Tragödie zurückkehrte, was glauben Sie, haben sie da gefunden?«

»Glauben ist nicht meine starke Seite. Ich ziehe es vor, mich mit Fakten zu beschäftigen.«

Sie gestand mir diese Auffassung zu und nickte.

»Sie fanden die Leiche des armen Mannes bereits auf dem Boden – und das Seil, an dem er gehangen hatte, war verschwunden.«

»Verschwunden?«

»Das heißt, irgend jemand hatte es bereits durchschnitten. Die Hälfte des Seils hing immer noch an dem Balken, unter dem man seine Leiche entdeckt hatte. Jemand hatte es durchtrennt. Buquet lag auf dem Boden, aber der Rest des Seils, der Teil, der um seinen Hals geschlungen war, war nicht mehr da.«

»Vielleicht war es einer der anderen Bühnenarbeiter?«

»Das wurde auch zunächst angenommen. Aber da man diesen Bereich nach der grausigen Entdeckung versiegelt und einen Wachposten davor aufgestellt hatte, direkt an der einzigen Tür, die in das dritte Untergeschoß hinunterführt, schien diese Lösung unmöglich zu sein. Wie dem auch sei, alle leugneten, die Leiche auch nur angerührt zu haben.«

»Und doch . . .«

»Genau. Wo ist das Seil?« Sie erhob sich mit ängstlicher Miene und zog eine Runde durch das kleine Zimmer.

»Sie haben natürlich auch die Polizei gerufen, aber ich verfüge über eine gewisse Erfahrung mit der Obrigkeit und gebe mich da keinen großen Hoffnungen hin. Um genau zu sein: Ich habe Angst um meine Freundin. Sie scheint irgendwie im Mittelpunkt einer Intrige zu stehen, die um sie herumwirbelt, von der sie aber nichts weiß. Sie ist genausowenig verantwortlich für das, was geschieht, wie eine Kerze für die Motten, die sie umkreisen und dann im Sturzflug ins Feuer geraten, wo sie sich tödlich versengen.«

»Gibt es noch andere Motten?«

Sie zögerte, und ein winziges Stirnrunzeln trat auf ihre zarten Brauen über dem Nasenrücken.

»Es gibt einen Mann . . .« Sie hielt inne.

»Fahren Sie fort.« Sie sah mich zweifelnd an und ließ sich dann seufzend zurück in ihren Sessel fallen.

»Aber ich habe ihn nie gesehen.«

»Und?«

»Ihr Ankleideraum liegt direkt neben dem meinen, wie ich bereits sagte. Ich kann die beiden hören – keine einzelnen Worte, Sie verstehen schon, lediglich den monotonen Klang ihres Gesprächs. Ihre Stimme, dann seine, dann wieder ihre.« Mit einer vagen Bewegung ihrer Finger verstummte sie. »Manchmal habe ich den Eindruck, er ist ihr Gesangslehrer, denn ich höre die beiden singen.«

»Ach, wirklich?«

Sie nickte.

»Das ist ja seltsam.«

»Ganz meine Meinung.«

»Aber kaum etwas Ungewöhnliches in einem Opernhaus. Vielleicht ist er wirklich ihr Lehrer.«

»Meines Wissens nach hat sie keinen. Ich denke, sie hätte ihn mir gegenüber einmal erwähnt, wenn es ihn denn gäbe, denn genau das sind die Dinge, über die wir sprechen.«

»Sie sagen, Sie hören die beiden singen. Sprechen Sie von Duetten?«

»Manchmal. Bei anderen Gelegenheiten singt sie, und dann höre ich ihn leise sprechen, als mache er seine Kommentare zu ihrer Darbietung. Das Ganze kann natürlich ein falscher Eindruck von mir sein.«

Ich nickte.

»Haben Sie je Gelegenheit gehabt, Mademoiselle Daaé gegenüber diesen Gentleman zu erwähnten?«

»Das wäre sehr indiskret gewesen«, erwiderte sie vernünftig. »Sagen Sie mir«, fügte sie dann hinzu, setzte sich auf und lächelte, »haben Sie schon mal von dem Phantom der Oper gehört?«

»Es ist in aller Munde. Jeder Streich, jedes verpaßte Stichwort wird ihm in die Schuhe geschoben.«

»Manche Leute glauben, es gibt ihn wirklich.«

»Mademoiselle Daaé zum Beispiel?«

»Sie gibt es zwar nicht zu, aber sie tut es. Hinzu

kommt, daß Madame Giry, die Mutter der kleinen Meg, die sich um die Logen auf dem großen Rang kümmert, ebenfalls von der Existenz des Geistes überzeugt ist.«

»Hat sie ihn denn jemals zu Gesicht bekommen?«

»Nein, aber sie hat seine Stimme gehört.«

»Schon wieder Stimmen. Ich glaube, wir entfernen uns langsam vom meinem Tätigkeitsbereich«, warf ich ein. »Ich bin kein Exorzist.«

»Ich wünsche, daß Sie Christine beschützen«, sagte Irene Adler ohne Umschweife. »Wenn die Calvé sich erholt, was nicht mehr lange dauern wird, wird sie meine Rolle wieder übernehmen, und ich werde die Stadt verlassen, um andere Engagements wahrzunehmen. Wie die Dinge liegen, werde ich schon in vier Tagen in Amsterdam erwartet. Ich wünsche, daß Sie Christine beschützen«, wiederholte sie mit einiger Bestimmtheit, als wollte sie sich selbst in dieser Hinsicht Klarheit verschaffen. »Der Vicomte mag sie zwar lieben, aber er ist noch ein grüner Junge, noch ein Novize in den Finessen dieser Welt. Ebenso wie seine Angebetete.«

»Und wenn ich mich weigere?«

Sie hörte auf umherzulaufen und betrachtete mit unergründlicher Miene und schiefgelegtem Kopf ihre Fotografie auf dem Kaminsims.

»Sollten Sie sich weigern ...« Sie zögerte, und als sie weitersprach, klang es beinahe wie ein Selbstgespräch: »... ich nehme an, ich wäre dann gezwungen, noch einmal über mein Schweigen bezüglich Ihres Incognitos nachzudenken.«

»Ich vergaß, daß Erpressung Ihre Spezialität ist.«*

»Immer nur für einen guten Zweck«, stellte sie, nicht im

* Im *Skandal in Böhmen* glaubte Holmes, Irene Adler erpresse den König von Böhmen. Eine Anschuldigung, die nur teilweise zutraf.

geringsten ungehalten, fest. »Ihr Lohn wird mein Schweigen sein.« Ich setzte mich auf und versuchte, durch die Benommenheit meines Kopfschmerzes hindurch einen klaren Gedanken zu fassen, während sie so tat, als betrachtete sie ihre Fingerspitzen.

»Wie soll ich mich mit einem Teil der Bühnengemeinde vertraut machen, mit dem ich für gewöhnlich keinen Kontakt habe?« wollte ich wissen. »Ich kann kaum in irgendeiner Verkleidung herumlaufen und gleichzeitig meinen Platz im Orchester behalten.«

»Darüber habe ich bereits nachgedacht. Heute abend gibt es zu Ehren der Herren Poligny und Debienne eine Abschiedsfeier hinter der Bühne. Sie wissen sicherlich, daß die beiden ihr Amt als Operndirektoren niederlegen. Die Feier hat gewiß gerade erst angefangen. Sie sind noch immer im Abendanzug und werden mich begleiten. Ich werde Sie als einen Freund aus meinen Tagen an der Königlichen Oper von Oslo vorstellen. Auf diese Weise können Sie Christine und viele der Hauptpersonen in dieser Affäre kennenlernen.«

»Wird man den Empfang in Anbetracht dessen, was geschehen ist, nicht absagen?«

»Aber Monsieur Sigerson, Sie kennen sicher die Maxime, die uns versichert, daß die Show weitergehen muß?«

»Ich bin korrekt gekleidet, was man von Ihnen nicht gerade sagen kann«, bemerkte ich, während ich mich widerwillig erhob und nach meinem Umhang griff.

»Ich bin wie immer eine Ausnahme.« Sie lächelte und nahm ihren eigenen Mantel von dem Stuhl, auf den sie ihn geworfen hatte. »Im Land von George Sand und Sara Bernard wird man meine etwas unkonventionelle Art schon tolerieren, wenn nicht sogar verstehen, vor allem, da ich Künstlerin bin. Können wir jetzt gehen?«

Ich hatte keine Wahl.

KAPITEL VIER

Das erste Blut fließt

Der Empfang, der in einem dieser gewaltigen Künstlerzimmer stattfand, war eine ziemlich gedämpfte Angelegenheit. Dennoch handelte es sich um eine jener Situationen, die für den Augenblick eine falsche Jovialität schaffen, eine fadenscheinige Demokratie, die die Klassenunterschiede der auf der Bühne bestehenden Trennung aufheben, eine Situation, in der die Direktoren so tun, als mischten sie sich unter Gleichgesinnte, wenn sie mit den Damen sprechen, die die Leute zu ihren Plätzen führen; Garderobenmeisterinnen kommen in engen Kontakt mit Musikern, und Tenöre flirten mit dem *corps de ballet*, dessen einziges Interesse allerdings darin besteht, am Buffet genüßlich zu schlemmen.

La Sorelli saß in einer Ecke, um ihre Abschiedsrede für die scheidenden Direktoren zu proben, und half ihrer

Erinnerung mit einem Glas Champagner und einer in der Nähe stehenden Flasche auf die Sprünge.

Leroux hielt in einem anderen Teil des Raums hof, umlagert von Mitgliedern des Ensembles, die an seinen Lippen hingen. Er sah aus wie ein Mann, der die Wahl hatte, entweder sich selbst oder andere zu langweilen und sich, ohne zu zögern, für letzteres entschieden hatte.

Christine Daaé war nicht anwesend. Der Tod von Buquet und die vorangegangene furchtbare Szene in ihrem Ankleideraum hatten die junge Sopranistin so verstört, daß ein Arzt ihr ein Beruhigungsmittel gegeben und dafür gesorgt hatte, daß man sie nach Hause brachte.

Mein Erscheinen mit Irene Adler am Arm – die nach wie vor in Männerkleidung steckte – verursachte eine mittlere Sensation, und ich sah, wie meine Aktien aufgrund unserer Bekanntschaft stiegen. Diejenigen, die in mir nur ein weiteres Rädchen der großen Maschinerie der Oper gesehen hatten, waren nun emsig damit beschäftigt, meinen Status noch einmal zu überdenken. Glücklicherweise waren meine Kopfschmerzen im Schwinden begriffen, jetzt, da ich einen Auftrag hatte, der mich ablenkte.

»Sigerson, Sie sind wirklich ein verschlagener Teufel«, rief Ponelle aus und nahm mich beiseite. »Sie haben keinen von uns wissen lassen, daß Sie mit Mademoiselle Adler bekannt sind.«

»Schließlich bin ich Musiker von Beruf«, wich ich aus und überließ ihn seinen Mutmaßungen, als ich eine ungeduldige Geste meiner Gastgeberin bemerkte.

Sie stellte mich Debienne und Poligny vor, mit denen ich seit unserem ersten Gespräch kein Wort mehr gewechselt hatte. Die beiden Herren machten sich nicht die Mühe, meine Echtheit als alter Freund von Irene Adler aus ihren Tagen an der Oper in Oslo in Zweifel zu ziehen, da sie sich in einer erhitzten Diskussion mit der kleinen

Jammes, Meg Giry und ihrer Mutter befanden, die zuvor alle von Monsieur Mifroid von der Pariser Präfektur befragt worden waren. Ein erregter Chor von Ausrufen und Entsetzen begleitete ihre Unterhaltung. Die kleine Jammes beharrte darauf, daß man nur den Geist für Buquets Tod verantwortlich machen könne, und Meg Giry pflichtete ihr voller Enthusiasmus bei.

»Ich habe ihn persönlich gesehen«, brüstete sie sich, überglücklich, im Zentrum der Aufmerksamkeit zu stehen, die dieser Behauptung folgte.

»Was? Wann?«

»Ich war die letzte, die bei der Schlußvorstellung von *Le Prophète* die Leiter hinunterstieg, und er stand am Ende des Ganges im Licht der einzigen Lampe in der Nähe der Kellertür. Er war in Abendkleidung.«

»Er ist immer in Abendkleidung«, fügte eine andere Stimme hinzu.

»Was hat er getan?« wollte eine weitere wissen.

»Er verbeugte sich tief in meine Richtung und verschwand durch die Mauer! Noch nie im Leben hatte ich solche Angst.«

»Und sein Gesicht?« wollte eine dritte wissen.

»Grauenvoll! Ein Totenschädel!« Diese Information stieß auf ein allgemeines entsetztes Aufkeuchen. »Jawohl, ein Totenschädel«, wiederholte Meg, eindeutig befriedigt von der Reaktion, die ihre Worte hervorgerufen hatten.

»Joseph hat auch behauptet, ihn gesehen zu haben«, warf Jammes dazwischen, die eifrig darauf bedacht war, das Rampenlicht zurück auf sich zu ziehen. Augenblicklich scharte sich die Gruppe wieder um Megs Rivalin.

»Buquet? Bist du da sicher?«

»Er hat es mir selbst gesagt«, beteuerte der kleine Racker. »Er sagte, das Gesicht habe kein Gesicht – es gebe keine Nase und keinen Mund, nur dunkle, blitzende Augen.«

»Nun, damit ist die Sache klar«, schloß eine der vielen Stimmen. »Es muß der Geist gewesen sein, der ihn getötet hat.«

Die Feststellung, die das Gespräch zum Stillstand brachte, wurde von den Direktoren nicht bestritten.

»Wo genau wurde die Leiche des armen Mannes gefunden?« fragte ich, und versuchte, ein unverdächtiges Benehmen an den Tag zu legen. Vielleicht hätte sich niemand die Mühe gemacht, meine Frage zu beantworten, wäre da nicht meine neue Bedeutung als Vertrauter von Mademoiselle Adler gewesen.

»Zwischen einer Kulissenstütze und einer Statue aus *Le Roi de Lahore*«, sagte Poligny und schüttelte bei der Erinnerung daran den Kopf.

»War dieser Buquet die Art Mensch, die sich umbringt?«

Irgend jemand kicherte.

»Er hätte viel eher *Sie* umgebracht.«

Die Direktoren pflichteten dem bei.

»Buquet war nicht der Mann, der irgend etwas einfach hingenommen hätte.« Das Schweigen, das dieser Feststellung folgte, ließ nur eine Erklärung offen.

»Und habe ich recht verstanden, Sie glauben beide an den Geist?«

»Wir wissen, daß es ihn gibt.«

»Darf ich fragen, woher Sie das wissen?«

Sie sahen einander kurz an, unsicher, ob dies ein Thema war, das sie in aller Öffentlichkeit diskutieren wollten. An ihrer Stelle ergriff Madame Giry das Wort.

»Ich kümmere mich um seine Loge, Monsieur«, verkündete sie mit einer hochtrabenden Herablassung in der

Stimme, die die ganze Gruppe einschloß. Ich konnte sehen, woher die Tochter ihre Selbstherrlichkeit hatte.

»Loge fünf?«

»Aber ja! Woher wußten Sie –?«

Ich fegte ihre Frage mit einem kleinen Lachen vom Tisch.

»Und woher wissen Sie, daß er diese Loge belegt, wenn Sie ihn doch nie zu Gesicht bekommen haben?«

»Oh, aber er läßt mir doch immer drei Francs Trinkgeld liegen.«

»Ein aufmerksamer Geist«, mußte ich zugeben.

»Und er hat strikte Anweisung erteilt, daß diese Loge zu allen Zeiten für ihn reserviert bleiben muß.«

»Sie haben ihn gehört?«

»Durch die Wand, Monsieur. Er hat die süßeste Stimme auf der Welt.«

Ich betrachtete Poligny und Debienne, die ihrerseits jedoch so taten, als hätten sie nicht zugehört, und sich am Buffet zu schaffen machten.

Die Soirée nahm ihren Lauf, und die Spekulationen über den Tod des unglücklichen Maschinenmeisters rissen nicht ab. Die grausige Angelegenheit übte eine Faszination aus, die noch zu neu war, als daß man ihr hätte widerstehen können. Ich nahm Irene Adler am Ellbogen und führte sie vorsichtig aus dem Zentrum der Unterhaltung fort.

»Ich würde mir gern den Schauplatz von Buquets angeblichem Selbstmord ansehen«, erklärte ich ihr leise. »Falls irgend jemand meine Abwesenheit bemerkt, würden Sie so nett sein, mich zu entschuldigen?«

Sie nickte, und als La Sorelli ihre Rede begann, in der sie Debienne und Poligny in den Himmel lobte und sich dankbar von ihrem Schaffen an der Oper verabschiedete, schlüpfte ich leise aus dem Raum.

Bevor ich mich an meinen Abstieg machte, stellte ich fest, wo sich der zur Zeit leere Umkleideraum von Christine Daaé befand und untersuchte ihn. Es war ein ungewöhnlich geräumiges Zimmer mit Spiegeln an den Wänden und einem Wandschirm ähnlich demjenigen, der mich bei meinem Vorspielen von Leroux getrennt hatte. Ein Spülbecken, ein Schrank mit mehreren Kostümen, ein Sekretär, ein Drehstuhl und ein Diwan komplettierten die spärliche Einrichtung. Ein köstlicher Duft erfüllte den Raum, zweifellos der Geruch von Mademoiselle Daaés Eau de Toilette.

Ich war mir nicht sicher, was ich durch diese Untersuchung zu erfahren hoffte, aber das Zimmer sagte mir nichts. Ich war aus der Übung, Watson. Hinzu kam, daß ich hier die Quellen entbehren mußte, aus denen ich für gewöhnlich schöpfte. In London wäre ich in der Lage gewesen, die Männer, die Buquet gefunden hatten, zu befragen, ich hätte die Leiche untersuchen können – in einem Wort, ich hätte die Kleinigkeiten zusammentragen können, die ich brauchte, um meine Beweiskette konstruieren zu können. Hier jedoch hatte ich keinen solchen Luxus. Tatsächlich war es so, als hätte man mir eine Hand auf dem Rücken gefesselt. Dennoch blieb mir nichts anderes übrig, als mit den wenigen Mitteln, die mir zur Verfügung standen, meine Arbeit, so gut es ging, voranzutreiben.

Ich verließ den Ankleideraum, stieg wieder in den leeren Flur hinauf und ging von dort aus zur Wendeltreppe am anderen Ende des Ganges, wo ich zögernd stehenblieb. Ich fühlte mich etwa so wie Alice, als sie sich entschloß, in den Kaninchenbau hinunterzuspringen.

Eingedenk der Tatsache, daß ich mich schon einmal in der unterirdischen Weite diese Gebäudes verlaufen hatte, gab ich peinlich genau auf meinen Weg acht, während ich meinen Abstieg in das nächste Kellergewölbe in Angriff nahm.

Schon bald hatte ich die Geräusche der Abschiedsfeier hinter mir gelassen. Das Klatschen und die Trinksprüche im Anschluß an La Sorellis Abschiedsrede verklangen immer mehr, während ich die Stufen hinabstieg.

An einer Stelle, die ich für den dritten Treppenabsatz hielt, ergriff ich eine große Laterne, die an einem Wandleuchter neben der Treppe gehangen hatte. Solchermaßen ausgerüstet, trat ich an die Kulissenstütze, wo ich sogleich auch die Statue aus *Le Roi de Lahore* wiedererkannte. In der Dunkelheit über mir hing der Balken, an dem der arme Buquet sein Ende gefunden hatte. Im Schatten konnte ich jedoch noch ein Stück von einem braunen Hanfseil erkennen, das einen säuberlichen, dreieckigen Schnitt an seinem unteren Ende aufwies. Die polizeiliche Untersuchung war eindeutig unvollständig gewesen, denn sie hatten das Seil noch nicht entfernt.

Ich hatte nur eine schwache Beleuchtung und keine Lupe, Watson; wie dem auch sei, Sie kennen meine Methoden. Ich ließ mich auf dem Boden nieder und machte mich daran, den Schauplatz zu untersuchen. Wie befürchtet, gab er nur wenig preis. Zu viele Füße waren in letzter Zeit darauf herumgetrampelt, hatten den Staub aufgewirbelt und die Spinnweben zerfetzt, was all meine Bemühungen vereitelte.

Wie die Dinge standen, waren Ort und Umstände der Tat in mehr als eine Richtung interpretierbar. Während niemand auf dem Empfang einige Stockwerke über mir Joseph Buquet eines Selbstmords für fähig hielt, gab es dennoch keinen direkten Beweis, der diese Möglichkeit ausgeschlossen hätte. Wäre es nicht sogar denkbar, daß der ›Geist‹ (in Ermangelung eines anderen Namens mußte diese Bezeichnung herhalten), weit entfernt davon,

Buquets Mörder zu sein, tatsächlich versucht hatte, ihn zu retten? Daß er den unglückseligen Maschinenmeister entdeckt und das Seil durchgeschnitten hatte, während die anderen davongelaufen waren, um Alarm zu schlagen und Hilfe zu holen? Auch das wäre eine Erklärung dafür gewesen, daß die Leiche sich bei ihrer Rückkehr auf dem Fußboden befunden hatte.

Warum aber hatte er dann das Seil vom Hals des Toten mitgenommen?

Ich hatte gerade beschlossen, meine Versuche einzustellen und mich zu erheben, als mich ein gewaltiger Schlag auf den Hinterkopf beinahe ohnmächtig werden ließ. Auch die Lampe entfiel meinen Fingern, und mit einem Mal herrschte überall Finsternis.

Noch bevor ich wieder zu mir kam, wurde ich von einem Paar starker Arme von hinten ergriffen und wieder zu Boden gezogen, ein Vorgang, der mir die Luftröhre abschnitt. In dem Versuch, meinen im Dunkeln verborgenen Angreifer abzuschütteln, rollte ich mich auf die Seite, aber er ließ sich nicht beirren und lockerte keinen Augenblick lang seinen eisernen Griff. Sein Umhang hüllte uns beide ein, während wir uns über den Betonboden wälzten, und ich hörte nahe bei meinem rechten Ohr, wie er verzweifelt nach Atem rang. Meine Augen rollten in ihren Höhlen nach oben, denn auch ich bekam keine Luft mehr und versank langsam in Bewußtlosigkeit.

Als mir klar wurde, daß die Situation eine verzweifelte Maßnahme erforderlich machte, entsann ich mich meiner Kenntnisse des *baritsu** und warf ihn über die Schulter, so daß er mit einem Krachen und einem lauten, über-

* Eine altertümliche japanische Kampfkunst, deren Meister Holmes war (siehe *Das leere Haus*). Diese Disziplin ist so geheim, daß es mir nicht gelungen ist, irgendwelche lebenden Anhänger ausfindig zu machen.

raschten Ausruf auf dem Boden landete. Wenn dies der Geist war, dann hatte er jedenfalls Knochen.

Als ich im Dunkeln um mich tastete, fand ich auch die Laterne wieder und zündete sie an, bevor ich mich aufrappelte und zu meinen Angreifer hinübertaumelte.

»Darf ich fragen, mit wem ich die Ehre haben?« sagte ich keuchend.

Er streckte sich mit einigen Schwierigkeiten und Stöhnen, schielte zu mir hinauf und fuhr sich mit der Zunge über eine gespaltene Lippe.

»Sind Sie das Phantom?« wollte er wissen.

»Sind *Sie* es?«

»Ich, Monsieur, bin Vicomte Raoul de Chagny.«

Ich streckte dem zweiten Sohn einer der ältesten Familien Frankreichs die Hand entgegen. Widerwillig griff er danach, und ich zog ihn auf die Füße. Im Licht der Treppe über uns sah ich, daß er kaum mehr als ein Junge war, bestenfalls achtzehn Jahre alt, und sein Gesicht war schmutzig und verängstigt.

»Was tun Sie hier?«

»Dieselbe Frage könnte ich Ihnen stellen«, konterte er, während er immer noch um Luft rang.

»Ich glaube, die Umstände geben mir das Recht, die Fragen zu stellen«, beharrte ich freundlich. »Warum haben Sie mich angegriffen?«

»Sie sind nicht einer von ihren Liebhabern?«

»Von wem sprechen Sie?«

»Von Christine! Bin ich Ihnen nicht in ihren Ankleideraum gefolgt?«

Ich starrte ihn einen Augenblick lang verwirrt an und widerstand dem Impuls zu lachen. Mir wurde klar, daß der junge Mann noch weniger als ich wußte, woran er eigentlich war. Alle vielleicht noch vorhandenen Gedanken, ihn wegen seines Verhaltens zu tadeln, wurden zunichte im Angesicht der traurigen, zerzausten Figur, die er abgab. Bei Lichte betrachtet, hatten wir uns beide durch ein merkwürdiges Zusammentreffen seltsamer Umstände lächerlich gemacht.

»Wohin sind Sie nach Ihrem Streit mit Buquet gegangen?« fragte ich.

»Dieser Schuft«, begann der andere.

»Vicomte«, drängte ich, »bitte beantworten Sie mir meine Frage. Wo waren Sie während der heutigen Abendvorstellung?«

Er seufzte, und ich sah, wie er sich beschämt und auch ein wenig reuig seine Kleider abklopfte.

»Mein Bruder hat keine Billigung für das, was er als meine Vernarrtheit bezeichnet. Er hat mich nach meinem – Ausbruch hier abgeholt und darauf bestanden, daß ich mit ihm im Maxime zu Abend aß. Ich bin gerade erst zurückgekehrt und mußte feststellen, daß sie nicht mehr da ist.«

»Wissen Sie, warum sie nicht mehr da ist?«

»Ich habe keine Ahnung.«

»Monsieur le Vicomte«, sagte ich nach kurzem Nachdenken, »ich glaube, Sie könnten etwas zu trinken gebrauchen.«

KAPITEL FÜNF

Die Geschichte des Vicomte

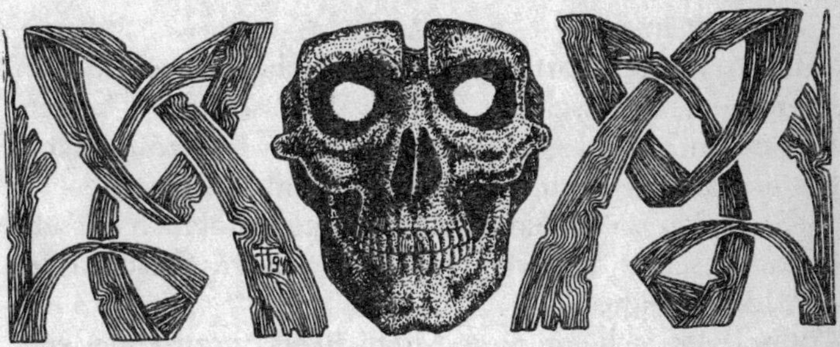

Es heißt, daß es am Scheideweg dieser Welt, auch bekannt unter dem Namen Café de la Paix, nur eine Frage der Zeit sei, bis man auf einen Bekannten trifft. Genau das aber wollte ich unbedingt vermeiden. Nichtsdestoweniger mußte ich mich dem kleinen Vicomte fügen, was die Auswahl des Lokals betraf, in dem wir unseren Trunk nehmen wollten. Wie bei einem Duell, in dem der Herausforderer die Waffen wählen darf, so ging der junge Mann auch in unserem Falle davon aus, daß es sein Vorrecht sei, den Schauplatz unserer Versöhnungsfeier zu wählen. Da er mit allen Stammlokalen der *haute monde* vertraut und nur das Beste gewohnt war, hätte mich seine Wahl eigentlich nicht überraschen dürfen. Sie verursachte mir jedoch ein gewisses Unbehagen, und ich hielt meinen Kopf in mein Cognacglas gesenkt. Durch ein Eckfenster konnte ich draußen die Löffelbagger auf der Rue Scribe sehen, die dort müßig herumstanden wie geisterhafte Wächter in einer Ruhepause von ihren Arbeiten an der geplanten Pariser Untergrundbahn.

De Chagny gab sich mit einem Absinth zufrieden, den er in einem Schluck hinunterstürzte, bevor er einen neuen bestellte.

»Tot, sagen Sie?«

In so wenig Worten wie möglich berichtete ich ihm über die Ereignisse, die seinem Verlassen des Theaters früher am Abend gefolgt waren. Seine einzige Antwort bestand darin, noch eine weitere Runde zu bestellen.

»Stehe ich unter Verdacht?« wollte er plötzlich wissen, bevor er seinen nächsten Drink an seine aufgeschwollenen Lippen führte.

»Ihr Alibi scheint diese Möglichkeit auszuschließen«, informierte ich ihn, was ihn jedoch keineswegs zu beruhigen vermochte.

»Ich habe den Mann nicht getötet, um Himmels willen. Wissen Sie denn nicht, wer ich bin?« stellte er ungehalten fest.

Ich war müde. Ich antwortete, ohne nachzudenken.

»Neben Ihrer Ahnenreihe und der Tatsache, daß Sie kürzlich die École Navale* abgeschlossen haben und nun auf eine Überfahrt auf der *Requin* warten, die sich im nördlichen Polarkreis auf die Suche nach Überlebenden der *D'Artois* Expedition machen wird, weiß ich nur wenig. Sie haben einen älteren Bruder, mit dem Sie sich gut verstehen, aber –«

Er starrte mich mit offenem Mund an.

»Also sind Sie mir doch gefolgt!«

»Wie bitte? Nein, ganz gewiß nicht«, begann ich, wäh-

* Die französische Marineakademie mit Sitz in Lamvic Toulmic.

rend ich bereits nach einer plausiblen Erklärung suchte. »Das Ganze ist Teil einer neuen Wissenschaft der Deduktion«, erklärte ich, bevor er mich abermals unterbrechen konnte. »Ich habe mich mit dieser Wissenschaft ein wenig beschäftigt.«

»*Was* für eine Wissenschaft?«

»Ich schaue Sie an, und was sehe ich? Ich sehe einen jungen Mann, der sich so aufrecht hält, daß es auf eine militärische Ausbildung schließen läßt; die Tatsache, daß Sie der Marine angehören, entnehme ich aus dem Anker, den Sie sich ein wenig impulsiv auf Ihre linke Hand haben tätowieren lassen; die Tatsache, daß Sie ein Leutnant sind, entnehme ich aus dem Taschentuch, das Sie in Ihrem Ärmel statt in Ihrer Brusttasche tragen, ebenso wie dem Siegelring am Ringfinger Ihrer rechten Hand. Obwohl Sie in Zivil und nicht in Uniform sind, lassen Sie es sich nicht nehmen, Ihre Kappe auch im Haus zu tragen, ganz wie es den Sitten der Marine entspricht. Eindeutig sind Sie nicht im Dienst, und Sie sind auch nicht krank. Sie machen also einen etwas ausgedehnten Urlaub, aber warum? Warum, frage ich mich, hat dieser junge Leutnant so viel Zeit? Er wartet offensichtlich darauf, sich einzuschiffen, aber seine Befehle sind noch nicht durchgekommen. Was kann das sein, das so lange dauert? Ich habe in der Zeitung davon gelesen, daß es bei der Ausrüstung der *Requin* Verzögerungen gegeben hat, daß ihre geplante Antarktisfahrt aufgeschoben wurde. Aufgrund all dieser Umstände war ich so kühn zu schließen, welcher Art Ihr Dienst ist und welches Ihr Ziel.«

Er starrte mich immer noch an.

»Wissenschaft der Deduktion.« Plötzlich hellten sich seine Züge auf, und er schnipste mit den Fingern. »Oh, ich verstehe, wie Dupin!«

»Wie *wer*?«

»Sie wissen schon, Auguste Dupin, der berühmte französische Detektiv.«

Ich war drauf und dran, meine Verärgerung über diese idiotische Bemerkung zu zeigen und damit auch noch den Rest meines Incognitos zu zerstören, dann aber besann ich mich eines Besseren und bestellte mir statt dessen einen zweiten Cognac.*

»Wer sind Sie eigentlich?« fragte er weiter, bevor er sich noch einen Absinth bestellte.

»Ein Geiger.«

»Oh.«

»Der Ihnen vielleicht bei Mademoiselle Daaé ein wenig helfen kann«, sagte ich zu meiner eigenen Überraschung.

»Sie weigert sich, mit mir zu sprechen«, murmelte er.

Ich wußte, daß ich nicht mehr viel Zeit hatte, wenn ich irgend etwas aus ihm herausholen wollte, solange er noch einigermaßen bei klarem Verstand war.

»Wie haben Sie die Dame kennengelernt?«

»Nun«, sagte er gedehnt. »Wie Sie bereits herausgefunden haben, warte ich hier darauf, an Bord der *Requin* zu gehen. Wir hatten endlose Probleme mit der Beschaffung unserer Arktis-Ausrüstung, und mein Kapitän ist, wie Sie sich vorstellen können, keineswegs versessen darauf, dasselbe Schicksal zu erleiden, das die *D'Artois* ereilt hat. Also warte ich.« Er zuckte mit den Schultern wie ein Mensch, der Rückschläge dieser Art gewohnt war. »Mein Bruder Philippe nahm mich vor einem Monat in die Oper mit, sozusagen um mich ein wenig abzulenken. Ich verstehe wirklich nicht viel von Musik, aber, Monsieur –«

»Sigerson.«

»Monsieur Sigerson, wie dieses Mädchen vom ersten

* Holmes verachtete Dupin, den er als ›überaus mittelmäßigen Burschen‹ betrachtete – siehe *Eine Studie in Scharlachrot*.

Augenblick an, als ich sie sah, meine Seele gefangengenommen hat! Von dem Augenblick an, als ich sie hörte, denn sie trillert wahrhaftig wie ein Kanarienvogel.« Er errötete bis an die Haarwurzeln. »Ich weiß, das ist keine korrekte Ausdrucksweise, was die Musik betrifft.«

»Kümmern Sie sich nicht um die Ausdrucksweise. Fahren Sie fort. Sie haben die junge Dame kennengelernt?«

»Ich habe nicht locker gelassen. Ich habe ihr Blumen geschickt und meine Karte. Schließlich war sie bereit, mich zu empfangen. Ich erklärte ihr, daß sie mich verzaubert hatte. Sie machte mich glauben, daß sie nicht unempfänglich für meine Gefühle war, aber . . .«

»Aber was?«

»Sie ist so verdammt geheimnisvoll! So unschuldig auf der einen Seite, so voller Geheimnisse auf der anderen. Sie schwört, daß ich keinen Rivalen habe, aber wie kann ich da sicher sein? Ich schrecke davor zurück, sie für treulos zu halten, und doch kann ich diese Möglichkeit nicht ganz aus meinen Gedanken verbannen!« Er ballte eine Hand zur Faust und hieb sie in die andere hinein.

»Welche Gründe haben Sie, an ihr zu zweifeln? Buquet?«

Diese Frage tat er mit einem Schulterzucken ab. »Ich gebe zu, daß ich den Schuft heute abend in ihrer Ankleidekabine auf Knien vor ihr gefunden habe«, gestand er und schwenkte das Glas, das er in Händen hielt. »Aber ich weiß, daß das Ganze seine Idee war, nicht ihre, und ich habe ihn hinausgeworfen. Natürlich hatte ich nicht die geringste Ahnung, daß der Bursche sich das Leben nehmen würde.«

In seinem augenblicklichen fortgeschrittenen Zustand schien er vergessen zu haben, daß ich ihm von Beweisen erzählt hatte, die auf Buquets wahres Schicksal schließen ließen.

»Wer dann?«

»Ich werde Ihnen das krasseste Beispiel nennen. Ich bin hergekommen, um sie als Margarete im *Faust* zu hören. Gütiger Himmel, wie sie gesungen hat! Niemand hat je eine solche Stimme gehört; das ganze Haus war verzaubert, war wie verrückt und hat sie in den Himmel gejubelt, der von ihrem Namen widerhallte. Selbst mein Bruder, der mehr von Gesang versteht als ich, meinte, sie habe noch nie in ihrem Leben so gesungen. Das ›Juwelenlied‹ war mehr als vollkommen – was für eine Begabung, und so wunderschön verpackt dazu, wenn Sie, ehm, verstehen, was ich meine«, schloß er, abermals errötend.

»Wo hat sie Gesang studiert, wissen Sie das?«

»Das ist es ja – sie hat nie studiert außer mit ihrem betagten Vater, der mittlerweile tot ist. Niemand kann sich ihr enormes Können erklären, und am Ende der Vorstellung brach sie auf der Bühne regelrecht *zusammen*; so sehr hatte der Beifall sie mitgenommen!«

»Sie sind sicher, daß das keine, sagen wir, schauspielerische Freiheit war?«

»Sehe ich vielleicht wie ein Narr aus, Monsieur?«

Es schien mir angeraten, den Kopf zu schütteln. Der kleine Vicomte unterbrach seinen Bericht, um einen fünften Absinth zu bestellen.

»Ich bin nach der Vorstellung hinter die Bühne gegangen; man hat mich in ihren Ankleideraum geführt, wo ich sah, wie die Garderobenmeisterin mit ihrem Kostüm auftauchte. Ich hörte sie leise murmeln: ›Sie ist nicht sie selbst heute abend.‹ Ich wartete, bis die Frau gegangen war. Ich wollte gerade an die Tür klopfen, als ich Stimmen hörte!«

»Ihre Stimme?«

»Ja, aber auch die eines Mannes! ›Christine, Sie müssen mich lieben‹, sagte die Stimme. Sie konnte kaum sprechen vor Tränen, als sie erwiderte: ›Wie können Sie so reden, *wenn ich doch nur für Sie singe?*‹«, Der junge Vicomte griff sich bei der Erinnerung daran ans Herz. »Ich dachte, ich würde auf der Stelle meinen Geist aushauchen, aber es kam noch mehr. ›Sind Sie sehr müde?‹ wollte die Stimme wissen. ›Oh, heute nacht habe ich Ihnen meine Seele gegeben, und jetzt bin ich tot!‹ erklärte sie ihm. ›Ihre Seele ist wunderschön, Kind‹, sagte die Stimme voll unendlicher Zärtlichkeit. ›Und ich danke Ihnen. Kein Kaiser hat je ein solches Geschenk erhalten. Heute abend haben die Engel geweint.‹«

»Können Sie die Stimme beschreiben, die Sie gehört haben? Die Männerstimme?«

»Oh, Monsieur, es war die schönste Stimme, die ich je gehört habe, ausgenommen ihre, natürlich, so voller Süße und Sehnsucht! ›Heute abend haben die Engel geweint!‹«,

Heiße Tränen strömten nun über das Gesicht des Vicomtes, während er in sein leeres Glas hineinstarrte und sich die furchtbaren Worte noch einmal ins Gedächtnis rief.

»Was haben Sie als Nächstes getan?« drängte ich ihn sanft.

»Ich wartete darauf, daß er hinauskam, das habe ich getan«, sagte er trotzig, wobei er mich verschwommen ansah, als wollte er mich herausfordern, ihn zu tadeln. »Ich war entschlossen, meinen Rivalen zu stellen und ihm eine Tracht Prügel zu verabreichen oder ihn zum Duell zu fordern«, fügte er mit einer Spur Unsicherheit hinzu.

»Aber er kam nicht hinaus, das ist ja das Seltsame daran, Monsieur! Die Tür öffnete sich nach einiger Zeit, und Christine trat hinaus, mit ihrem Mantel bekleidet, und vollkommen allein. Ich hatte mich mittlerweile versteckt, und sie sah mich nicht, sondern lief durch den

Korridor. Als sie verschwunden war, stürmte ich in ihren Ankleideraum. Sie hatte das Gas abgedreht, und ich fand mich in völliger Dunkelheit wieder. ›Ich weiß, daß Sie hier sind!‹ rief ich, warf mich gegen die Tür und lehnte mich mit meinem ganzen Gewicht dagegen. ›Und Sie werden dieses Zimmer nicht verlassen, bevor Sie sich mir offenbart haben!‹ Aber das einzige Geräusch, das ich vernahm, war das Schlagen meines eigenen Herzens, das Keuchen meines eigenen Atems. Ich suchte hastig nach dem Schlüssel, schloß die Tür hinter mir und zündete das Gas wieder an. Und so, wie ich jetzt vor Ihnen sitze, Monsieur, so habe ich gesehen, *daß das Zimmer vollkommen leer war.* Ich habe daraufhin fast den Verstand verloren und habe überall nach ihm gesucht; ich habe den Schrank aufgerissen, die Kleider durchwühlt, hinter den Diwan gesehen – alles sinnlos. Er hatte sich in Luft aufgelöst. Das einzige, was ich hören konnte, während ich zitternd dort stand, war das entfernte Geräusch von Musik.«

»Musik? Aber die Vorstellung war doch gewiß vorbei.«

»Die Musik kam nicht aus der Opéra.« Er machte eine ungeduldige Handbewegung.

»Woher dann?«

»Von . . .« Er zuckte verzweifelt mit den Schultern. »Wer weiß schon, woher? Einfach aus der Luft!«

»Was für eine Art Musik? Gesang?«

»Ja, Gesang, eine Männerstimme, aber auch . . .« – Er sah mich an, als suche er bei mir Bestätigung für seine Worte – »Eine Orgel?«

»Aus der Nähe? Oder weiter weg?«

»Sehr weit weg und wunderschön; die Musik gab meinen innersten Gefühlen Ausdruck, dem Schlagen meines Herzens selbst!«

Dieses Geständnis hatte ihn entkräftet, aber er war

noch immer nicht fertig. Er hob seinen Blick dem meinen entgegen und schüttelte den Kopf.

»Dann kam das Furchtbare. Ich war mittlerweile vollkommen außer Fassung und folgte Christine nach Hause. Dort habe ich so lange an die Tür gehämmert, bis sie mir öffnete. Ich habe ihr ihren Verrat ins Gesicht geschrien, ihr gesagt, daß ich alles gehört hätte, und von ihr verlangt, daß sie mir den Namen meines Rivalen nannte. Daraufhin wurde sie totenbleich, Monsieur. Beinahe wäre sie mir ohnmächtig in die Arme gesunken, aber dann wurde sie plötzlich furchtbar wütend. Ich hätte nicht gedacht, daß sie so wütend sein kann«, erinnerte er sich kopfschüttelnd. »Sie, so gut, so rein.« Er hielt inne, als müsse er erst alle Kraft zusammennehmen, um seinen Bericht beenden zu können. »Es gab eine furchtbare Szene. Sie beschuldigte mich, gelauscht zu haben und mich in Dinge einzumischen, die mich nichts angingen.« Bei diesem Eingeständnis legte er auf beinahe kindliche Weise die Hand über den Mund. »Als ich am nächsten Morgen nach Hause kam, wartete dort bereits ein Brief auf mich – von ihr«, fügte er verbittert hinzu. »›Wenn Sie mich lieben‹, hieß es da, ›versuchen Sie nie wieder, mich zu sehen.‹ Gütiger Himmel!«

Wieder rannen ihm die Tränen übers Gesicht, und er fiel schluchzend über den Tisch, den Kopf in seinen Armen verborgen. Es schien ihm völlig gleichgültig, was für eine Figur er vor den anderen Gästen abgab. Ja, es sah tatsächlich so aus, als würde er in Kürze gar nichts mehr von dem bemerken, was um ihn herum vorging. Ich sah mich kurz um und begriff, daß ich ihn irgendwie nach Hause schaffen mußte. In der Uhrtasche seiner Weste fand ich eine seiner Visitenkarten, zahlte die Rechnung und bat einen Kellner, mir zu helfen, ihn in eine Droschke zu verfrachten. Der Mann kam meiner Bitte wortlos nach, denn er war offensichtlich an solche Szenen unter der Kundschaft des Cafés schon lange gewöhnt.

»Avenue Kléber, Nummer sechsunddreißig.«

Gedankenverloren saß ich während der kurzen Fahrt neben dem jungen Mann, dessen Kopf an meiner Schulter ruhte, während er begonnen hatte, seinen Rausch auszuschlafen. Das war wirklich eine schöne Bescherung, Watson. Der Kanarienvogel hatte, so schien es, einen Lehrer, einen unsichtbaren Gesangsmeister! Wie sollte ich jetzt vorgehen? Noch nie hatte ich mich solchen Hindernissen gegenübergesehen. All meine Instinkte verlangten von mir, noch am selben Abend ins Leichenschauhaus zu gehen, um die Leiche Buquets zu untersuchen, aber unter welchem Vorwand konnte ich dort erscheinen? Mir fehlte das ganze Drum und Dran meiner Verkleidungen, ich verfügte weder über Perücken noch über falsche Nasen oder gefälschte Dokumente, mit denen ich meine Identität hätte verändern und rechtfertigen können, ja, genau betrachtet, hatte ich nicht einmal einen eigenen Fall. Wer war mein Klient? Eine Frau, die ich noch nie gesehen hatte? Worin bestand mein Lohn? Hatte es überhaupt ein Verbrechen gegeben? Was das betraf, war ich zumindest einigermaßen sicher. Wie konnte man sich sonst das Verschwinden von Buquets Seil erklären? Wie sehr ich mir doch wünschte, Sie bei mir gehabt zu haben, alter Freund. Mag sein, daß Sie, wie ich bereits festgestellt habe, selbst keine Leuchte sind, Watson, aber Sie wirken erleuchtend. Ich hatte niemanden, vor dem ich meine Theorien darlegen konnte, und ich vermißte Ihre beruhigende Gegenwart zutiefst. Sie haben die Fähigkeit, mein Junge, immer die richtige Frage zu stellen, immer das Richtige zu sagen, und das in der richtigen Art. Nun hatte ich niemanden als mich selbst, mit dem ich über meine durcheinanderwirbelnden Gedanken hätte sprechen können.

Was das fehlende Seil betraf, schien eine Tatsache offensichtlich zu sein: Jemand hatte den unglücklichen Buquet heruntergeschnitten und war mit dem Seil verschwunden. Die einzige Frage war nur: warum? Welche Rolle konnte es für den armen Buquet gespielt haben, ob man ihn am Balken hängen ließ oder nicht?

Mein müdes Gehirn konnte nur eine einzige Antwort darauf ersinnen: Um die Welt davon in Kenntnis zu setzen, daß sein Tod kein Selbstmord war! Und wenn nicht Selbstmord, dann Mord.

Und warum sollte irgend jemand den Maschinenmeister ermorden? höre ich Sie sagen. Einfach deshalb, mein lieber Freund, weil er Christine Daaé liebte.

Die Droschke hielt vor einem imposanten Anwesen, und mit Hilfe des Fahrers gelang es mir, den kleinen Vicomte gegen eine der korinthischen Säulen vor dem Eingang zu stützen, während ich an der Klingelschnur zog. Einige Augenblicke vergingen, bevor ein Licht in der Halle auftauchte und in der Tür eine größere, stämmigere, ältere und schnurrbärtige Version des Vicomtes erschien.

Der Comte de Chagny starrte erst seinen Bruder und dann mich mit einem frostigen Gesichtsausdruck an.

»Es ist schon spät«, stellte er sehr richtig fest.

»Ihr Bruder hat ein wenig zu viel getrunken«, erwiderte ich. »Er steht unter einem schlimmen Schock«, fügte ich wie zu seiner Verteidigung hinzu.

Der Comte zögerte noch einen Augenblick länger und schien sich dann plötzlich zu entscheiden.

»Henri!« rief er, und ein ältliches Faktotum erschien auf der Bildfläche, das dem Vicomte ins Haus half, während der Comte selbst im Türrahmen stehenblieb, um mich am Eintreten zu hindern.

»Vielen Dank.«

»Der Vicomte ist in Mademoiselle Daaé verliebt«, wagte ich zu äußern.

»Das wird vergehen«, versicherte er mir und schlug mir die Tür vor der Nase zu.

KAPITEL SECHS

Meine Tarnung

Die Herren Debienne und Poligny waren damit beschäftigt, zu packen. Als ich sie am folgenden Morgen besuchte, befanden sich ihre Büros in völligem Chaos, und die beiden scheidenden Direktoren legten mit trübsinniger Miene Akten zusammen, sammelten Andenken ein, stritten sich, was die Besitzverhältnisse einiger Souvenirs betraf, und gaben einer kleinen Armee von Möbelpackern, die hin und her liefen und Gegenstände jeder Art von einem Ort zum anderen trugen, ihre Anweisungen. In der allgemeinen Verwirrung schienen sie mein Eindringen nicht weiter ungewöhnlich zu finden.

Draußen vor den verrußten Fenstern, drei Stockwerke weiter unten, befanden sich die Löffelbagger und Preßlufthämmer, die in einem leichten Nieselregen an der Untergrundlinie auf der Rue Scribe arbeiteten, wobei ihre schwach bis zu uns heraufklingende Kakophonie das Tohuwabohu im Zimmer noch unterstrich.

»Das Ende einer Ära – der Poligny-Debienne-Ära«, bemerkte Poligny.

»Der Debienne-Poligny-Ära«, korrigierte ihn sein *alter ego* und ließ dieser Verbesserung ein gewichtiges Seufzen folgen.

»Ich möchte mit Mademoiselle Christine Daaé sprechen«, unterbrach ich.

»Nicht hier«, sagte Poligny, während er einen Stapel von Dokumenten durchsah, bevor er sie Debienne hinüberreichte, der einen kurzen Blick darauf warf, bevor er sie zurückgab.

»Wir haben gute Arbeit geleistet«, stellte Debienne mit einem Blick auf ein Plakat an der Wand fest.

»Sehr gute Arbeit.«

»Wo kann ich sie finden?«

Es war das erste Mal, daß sie mich überhaupt zur Kenntnis nahmen.

»Ich verstehe nicht, warum Sie mit diesem Ansinnen zu uns kommen, Monsieur . . .«

»Sigerson«, erinnerte ich ihn. »Ich bin, wie Sie vielleicht noch wissen, ein Freund von Mademoiselle Adler.«

»Monsieur Sigerson«, sagte Poligny, »Sie müssen uns verzeihen. Ihre Bekanntschaft mit Mademoiselle Adler ist zwar zweifellos sehr beeindruckend, stellt aber noch keinen *passe-partout* dar.«

»Ich fürchte, Sie müssen sich etwas Besseres einfallen lassen«, fügte Debienne hinzu, zerknüllte einige Papiere und warf sie in den Mülleimer. Ich holte tief Luft.

»Nun gut, meine Herren, Sie zwingen mich, Ihnen die Wahrheit zu sagen.«

»Aha«, sagte Poligny, ohne mir auch nur die geringste Aufmerksamkeit zu schenken.

»Ich bin hier auf Veranlassung von Scotland Yard«, erklärte ich ihnen in meinem besten Eton-Akzent.

Augenblicklich ließen beide von ihren Arbeiten ab und sahen mich an.

»Was?«

»Auf Verlangen von Monsieur Mifroid von der Pariser Präfektur«, fügte ich hinzu, wobei ich nun wieder französisch sprach. »Ich habe mich hier als Mitglied des Orchesters eingeführt, um Ermittlungen anzustellen, was den Tod von Joseph Buquet betrifft.«

Bei diesen Worten betete ich, daß die beiden Männer genug mit ihren eigenen Angelegenheiten zu tun hatten, um sich nicht daran zu erinnern, daß meine Anstellung im Orchester schon *vor* Buquets Tod begonnen hatte. Falls ihnen dieser Widerspruch doch auffallen sollte, hätte ich nun selbst unter Verdacht gestanden.

»Scotland Yard?« wiederholte Debienne. Ein nervöser Tick war an seinem rechten Auge aufgezuckt, und er legte die Hand darüber. »Warum sollte die Präfektur einen Engländer brauchen, um Buquets Tod zu untersuchen?«

»Sie brauchten keinen Engländer«, erklärte ich mit einem gespielten Hauch von Ungeduld. »Sie brauchten einen Polizisten, der Geige spielt.« Mittlerweile erfreute ich mich ihrer ungeteilten Aufmerksamkeit.

»Leroux hat immer gesagt, daß Sie kein Norweger wären«, erinnerte sich Poligny plötzlich. »Ihr Name?«

Ich hätte mich beinahe verschluckt, als ich es sagte, Watson, aber ich hatte kein Make-up, das ich zu meiner Tarnung hätte benutzen können, nur meinen Verstand. Möge Gott mir verzeihen.

»Inspektor Lestrade.«*

* Von allen Männern Scotland Yards hielt Holmes Lestrade wahrscheinlich für den am wenigsten kompetenten.

»Ich trage aus naheliegenden Gründen keine Ausweispapiere bei mir«, fuhr ich ein wenig hastig fort, »aber Mademoiselle Adler wird Ihnen meine Identität bestätigen, da bin ich mir sicher.«

Die beiden Männer sanken in ihre Stühle hinter ihren Schreibtischen.

»Scotland Yard«, wiederholten sie.

»Die Präfektur hält diese Angelegenheit für äußerst ernst, meine Herren. Dürfte ich Sie um ein wenig mehr Ungestörtheit bitten?«

Poligny zögerte, wandte sich dann aber an die Möbelpacker.

»Gehen Sie hinaus«, sagte er. »Wir werden nach Ihnen schicken.«

Die Möbelpacker zuckten die Achseln und verließen den Raum. Die Änderung der Pläne kam ihnen wahrscheinlich nicht ungelegen. Ich spürte förmlich, wie sie die Aussicht auf einen kleinen *apéritif* erwogen.

»Also«, fuhr ich fort, als Debienne die Tür hinter dem letzten der Männer geschlossen hatte, »was können Sie mir über das Phantom sagen?«

Die beiden Männer tauschten vorsichtige Blicke.

»Zeigen Sie ihm den Vertrag«, wies Poligny Debienne an.

Mit einem neuerlichen Seufzer holte Debienne einen Schlüssel aus der Tasche, mit dem er den großen Safe in einer Ecke des Zimmers öffnete. Er durchstöberte die unordentlich übereinandergelegten Papiere, die darin aufbewahrt wurden, und zog schließlich mehrere Blätter heraus, die er mir gab, während sein Augenlid noch immer wie ein epileptischer Signalmast zuckte.

»Das sind die Bedingungen des Pachtvertrages für die Oper«, erklärte er und bedeckte sein Auge mit der Hand. »Die meisten Klauseln sind vollkommen üblich.«

»Das sehe ich«, bemerkte ich, während ich das Dokument überflog.

»Wir möchten Ihre Aufmerksamkeit auf die drei Bedingungen lenken, die auf Klausel siebenundsechzig folgen.«

Hastig blätterte ich die Seiten durch und kam zu den Bedingungen, die in einer eleganten Handschrift auf das Dokument geschrieben worden waren und sich damit deutlich von den getippten Buchstaben unterschieden, die den größten Teil des Vertrages ausmachten.

»Diesen Nachtrag haben wir im Safe gefunden, kurz nachdem wir unser Amt angetreten hatten«, bemerkte Poligny, stützte sein Kinn auf die Hand und sah mir unglücklich beim Lesen zu. »Nur wir haben einen Schlüssel zu diesem Safe«, fügte er hinzu, als könnte ich seine Worte eventuell mißverstanden haben.

»Das sind also die Bedingungen, die der Geist stellt?«

»So ist es.«

Die Bedingungen lauteten:

I. Die Loge 5 aus dem Ersten Rang steht grundsätzlich dem ausschließlichen Gebrauch des Geistes zur Verfügung.

II. Der Geist wird eventuell von Zeit zu Zeit einen Austausch in der Besetzung bestimmter Aufführungen verlangen. Solch ein Austausch ist ohne Fragen oder Einwände durchzuführen.

III. Der Geist erhält an jedem Ersten eines Monats eine Barauszahlung, bestehend aus zwanzigtausend Francs. Sollte die Direktion in irgendeinem Monat aus irgendeinem Grund mit der Zahlung des Unterhalts für den Geist (der insgesamt zweihundertvierzigtausend Francs im Jahr beträgt) um mehr als vierzehn Tage in Verzug geraten, lehnt der Geist jede Verantwortung für die Konsequenzen ab.

Ich blickte auf.

»Sie haben sich an diese Bedingungen gehalten?«

»Buchstabengetreu«, antwortete Debienne. »Das schien uns sicherer zu sein.«

»Ich bin doch neugierig, wie es kommt, daß ein Geist Geld verlangt«, wandte ich ein.

»Man kann es mit der Neugier auch übertreiben«, erwiderte Poligny.

»Wenigstens wissen wir jetzt, woher die drei Francs Trinkgeld stammen, die Madame Giry erhält«, murmelte ich mehr zu mir selbst als zu ihnen. »Und wie wird das Geld übergeben?«

»Madame Giry läßt es am Ersten eines jeden Monats in einem Umschlag in seiner Loge liegen. Das Geld stammt aus dem Budget für die Instandhaltung.«

»Diese Narren!« brach es plötzlich aus Debienne heraus, und das Zucken an seinem Auge war jetzt vollkommen außer Kontrolle geraten. »Sie haben ja keine Ahnung, was sie da tun!« Aufgeregt fuhr er sich mit der Hand durch sein langsam dünner werdendes Haar.

»Von wem sprechen Sie?«

»Von Moncharmin und Richard, den beiden neuen Direktoren!« rief Poligny, als hätte er es mit einem Idioten zu tun. »Sie fordern das Unglück geradezu heraus.«

»Wie das?«

Wieder tauschten die beiden unglücklichen Männer vorsichtige Blicke.

»Sie glauben nicht an die Existenz des Geistes«, beklagte sich Debienne und legte eine Hand über seine dünnen Brauen. »Sie scheinen zu glauben, daß es sich bei der ganzen Angelegenheit um einen Streich von uns handelt, und sie haben hinreichend klargemacht, daß sie nichts damit zu tun haben wollen.«

»Ein Streich!« wiederholte Poligny mit einem traurigen Lachen.

»Wirklich?«

»Wirklich. Sie haben gesagt, sie würden sich keinen Deut um die Nachträge in dem Vertrag scheren. Sie werden ihm nicht sein Geld auszahlen, sie werden die Besetzung nicht ändern, und, was am allerschlimmsten ist, sie wollen Loge fünf verkaufen!«

»Von heute abend an!« fügte Poligny kopfschüttelnd hinzu. »Sie haben die Absicht, sich selbst in Loge fünf zu setzen! Sie haben Madame Giry nach Hause geschickt«, fuhr er fort, als spreche er über ein Sakrileg, »und sogar gedroht, sie zu entlassen und jemand Neues einzustellen!«

»Es kommt noch schlimmer«, fuhr Debienne fort. »Sie haben darauf bestanden, daß heute abend La Sorelli singt. *Mon Dieu*«, murmelte er mit einem entsetzten Flüstern.

»Auch das ist ein Vergehen?« hakte ich nach.

»Wir haben ihnen ausdrücklich erklärt, daß der Geist verlangt, daß heute abend Christine Daaé die Rolle der Margarete im *Faust* singt. Sie haben uns ausgelacht«, schloß Poligny.

Ich konnte nicht umhin zu bemerken, daß die beiden Männer immer abwechselnd sprachen.

»Wie hat der Geist seinen Wunsch, daß Mademoiselle Daaé heute abend singen soll, übermittelt?«

»Er spricht mit uns.«

»Direkt?«

»So direkt, wie wir jetzt mit Ihnen sprechen, Inspektor. Wir hören seine Stimme hier im Büro.«

»Durch den Äther«, ergänzte Debienne und nahm damit meine nächste Frage vorweg. »Er spricht überall in diesem Gebäude. Und er hört alles, was gesagt wird.«

»Das läßt tief blicken.«

»Ich verstehe nicht, was Sie damit meinen.«

»Das ist auch nicht wichtig«, informierte ich sie, denn sie würden ja schon in Bälde nichts mehr mit der ganzen Angelegenheit zu tun haben. »Zu welcher Zeit hat der Geist Sie von seinen Änderungswünschen bezüglich der Besetzung des heutigen Abends informiert?«

»Um zehn Uhr heute morgen, direkt nachdem ich ins Büro gekommen war«, antwortete Poligny, ohne zu zögern. »Ich habe sie gebeten, vernünftig zu sein«, bemerkte er zu Debienne.

»Gebeten und wieder gebeten«, bestätigte der andere. Ich erhob mich.

»Meine Herren, ich muß meine erste Frage noch einmal wiederholen.« Sie warfen mir beide einen gleichermaßen verständnislosen Blick zu. »Wo kann ich Mademoiselle Daaé finden?«

»Sie lebt bei ihrer kranken Großmutter.«

»Ich dachte, sie wäre eine Waise?«

»Es ist auch nicht wirklich ihre Großmutter, sondern eine ältere Witwe, der sie diesen Titel verliehen hat. Die beiden haben Zimmer in der Rue Gaspard. Die alte Dame nennt sich, glaube ich, Mutter Valerius.«

»Vielen Dank.« Ich ging auf die Tür zu, blieb dort jedoch noch einmal zögernd stehen.

»Ja?«

»Reine Neugier. Was wird aus Direktoren wie Ihnen, wenn Ihre Amtszeit in einem Haus wie diesem zu Ende geht?«

Sie warfen einander einen kurzen Blick zu.

»Sir«, erklärte Debienne und richtete sich zu seiner vollen Größe auf. »Sie haben die Ehre, mit den neuen Direktoren des Tabor Opera House of Leadville, Colorado, zu sprechen.«

»Verzeihen Sie mir, meine Herren, daß ich Ihre wertvolle Zeit in Anspruch genommen habe.«

KAPITEL SIEBEN

Der Engel

Sie erinnern sich gewiß noch, lieber Watson, an die Ereignisse von Dartmoor, die Sie freundlicherweise niedergeschrieben und unter dem Titel *Der Hund von Baskerville* veröffentlicht haben. Ich habe Ihnen erklärt, daß ich von Anfang an wußte, daß wir es nicht mit einem Geisterhund zu tun hatten. Von dem Augenblick an, in dem Sir Henry Baskerville im Northumberland Hotel ein sehr wirklicher Stiefel gestohlen wurde, hatte ich nicht mehr den leisesten Zweifel. Kein Geisterhund braucht eine irdische Fährte, um seine Beute aufspüren zu können.

Und kein Geist brauchte zwanzigtausend Francs im Monat.

Ich war mittlerweile davon überzeugt, daß der sogenannte Geist und Buquets Mörder ein und derselbe waren, sehr wahrscheinlich jemand, der bei der Oper angestellt war und über ausreichende Kenntnisse ihrer komplexen Innereien verfügte. Er hatte ein leidenschaftliches Interesse an Mademoiselle Daaé entwickelt, eine Anziehung, die sich sehr wahrscheinlich als fatal erweisen würde, zumindest für jeden Rivalen im Streit um ihre Zuneigung. Daher erschien es mir weise, zuerst mit der jungen Frau zu sprechen, über deren Wohlergehen ich wachen sollte, bevor noch mehr geschehen konnte. Ich würde versuchen herauszubekommen, ob sie ihren unsichtbaren Freier kannte, und hoffen, daß dieses Wissen mir dabei helfen würde, ihm das Handwerk zu legen, bevor er noch mehr Schaden anrichten konnte.

Mutter Valerius' Räume in der Rue Gaspard waren einfach, aber sauber. Es gab wohl auch ein Dienstmädchen, aber es war das Objekt meiner Neugierde selbst, das auf mein Klopfen an der Tür erschien. Sie trug einen hübschen, dunkelblauen Morgenrock mit weißen Blenden an Handgelenken und Hals. Aus der Nähe war Christine Daaé sogar noch hübscher, als ich es von meinem Sitz im Parkett während der Aufführung von *Le Prophète* hatte sehen können. Ihr Haar war von üppigem Blond, und im Augenblick trug sie es zu Zöpfen geflochten, die ein herzförmiges Gesicht mit klaren Brauen und weit auseinanderliegenden grauen Augen umrahmten, Augen, in denen der Übermut einer Achtzehnjährigen tanzte. Ihre Nase war klein, aber gerade, ihr Kinn stark, mit einer winzigen Spur Starrsinn, und ihre Haut überzog ein jugendliches Glühen, das nur eine Spur blasser war als ihre rosigen Lippen. Ich wage zu sagen, daß sie ziemlich genau die Art Frau war, die auch Ihnen, Watson, in unbeschwerteren Tagen gefallen hätte. Sie hatte, wie ich wußte, keinen Mangel an Bewunderern, und nachdem ich sie jetzt gesehen hatte, konnte ich durchaus verstehen, wie weit diese Männer um ihrer Schönheit willen gehen würden.

»Monsieur Sigerson, kommen Sie herein!«

Mein Erscheinen schien sie nicht weiter in Erstaunen zu versetzen. Als ich den Grund dafür erfragte, lächelte sie.

»Aber Irene hat mir doch alles von Ihnen erzählt! Sie hat mir gesagt, ich könne Ihnen vertrauen wie ihr selbst, und ich glaube alles, was sie sagt. Sie hatte eine Art Vorahnung, daß Sie mich vielleicht besuchen würden.« Innerlich seufzte ich auf vor Erleichterung und Dankbarkeit für die weitsichtige Miss Adler. Dies entging jedoch der jungen Frau, die sich bereits umgedreht hatte, um mich ihrer kranken Beschützerin vorzustellen, der fröhlichen Mutter Valerius, die unter einer schweren Bettdecke in einem Himmelbett lag und mich freudig begrüßte.

»*Chérie*, hole Monsieur Sigerson eine Tasse Tee.«

»Aber natürlich, *grandmaman*!« sagte das Mädchen und verließ, noch bevor ich irgendwelche Einwände erheben konnte, den Raum.

»Sie ist ein gutes Mädchen«, sagte die alte Frau mit einem Nicken in Richtung Tür.

»Wie haben Sie sie kennengelernt?« fragte ich.

»Ihr Vater, der arme Mann, hatte ein paar Zimmer von mir gemietet, bevor er geholt wurde.«

»Geholt?«

Sie hob ihre Augen himmelwärts.

»Ein guter Mann, ein echter Heiliger, und wie sehr er sein Kind geliebt hat!«

»Ich habe mir sagen lassen, daß er ihr einziger Musiklehrer war.«

»Sie können selbst hören, Monsieur, daß sie niemals einen anderen gebraucht hat.«

Nach einer Weile kam das Mädchen mit einem Tablett zurück, auf dem alle Utensilien versammelt waren, die wir zum Teetrinken brauchten.

»Nimm deinen Besucher mit ins Wohnzimmer, Kind«, wies Mutter Valerius sie an. »Es besteht keine Notwendigkeit, mich zu unterhalten.«

Christine protestierte, gab jedoch schließlich dem freundlichen, aber beharrlichen Drängen ihrer Beschützerin nach.

»Ja, Irene hat mir gesagt, daß Sie kommen würden«, wiederholte sie, während sie ein wenig von dem dunklen Gebräu in meine Tasse goß und sie mir reichte. »Wie aufmerksam von ihr, Sie zu meinem Schutz zu mir zu schicken, da sie doch selbst schon bald nach Amsterdam fahren muß. Ich dachte, Sie könnten vielleicht mein zweiter Engel werden«, fügte sie mit einem schelmischen Lächeln hinzu.

»Ihr zweiter? Betrachten Sie Mademoiselle Adler als ihren ersten?«

»O nein.« Sie konnte kaum ein Kichern unterdrücken. »Ich bewundere Mademoiselle Adler, und sie ist sicher sehr vieles, aber sie würde nie behaupten, ein Engel zu sein.«

Im Stillen pflichtete ich ihr bei.

»Wissen Sie irgend etwas über den Operngeist?« begann ich. Zu meiner Überraschung lachte sie herzlich. »Es gibt keinen Operngeist.«

»Nein? Aber –«

»*Das* ist doch mein erster Engel!«

Sie hätte mich kaum mehr erstaunen können, wenn sie plötzlich die Flucht ergriffen hätte, was sie in ihrer Aufregung auch beinahe tat.

»Der Geist ist kein Geist, sondern ein Engel?«

»Ich werde es Ihnen erklären«, sagte sie einfach, aber mit einem so verzückten Gesichtsausdruck, daß ich mich plötzlich ein wenig unwohl fühlte. »Ich brenne darauf, es Ihnen zu erzählen. Als mein Vater mich im Singen unterwies, hat er mir oft von dem Engel der Musik erzählt.«

»Der Engel der Musik?«

»Mein Vater war ein überaus religiöser Mann, Monsieur, und er hat mich dazu erzogen, die Heiligen zu lieben! Wenn er mich singen hörte, sagte er, meine Stimme sei so wundervoll, daß ich vielleicht, wenn ich nur meine Studien weitertrieb und hart arbeitete, eines Tages vom Engel der Musik besucht werden würde, dessen Inspiration meine Ausbildung vollenden würde. Wie schade, daß er nicht lange genug gelebt hat, um das mitzuerleben«, schloß sie mit einem Seufzer.

Unter dem Vorwand, ein wenig von meinem Tee zu trinken, sah ich mir das Mädchen genau an. In ihrem Gesicht lag keine Unze Falschheit, und in ihren klaren, grauen Augen keine Spur von Doppelspiel. Im Gegenteil, ich begann zu sehen, was Irene Adler damit gemeint hatte, als sie von der Möglichkeit sprach, Christine Daaé könne so einfach sein, daß es schon an Einfältigkeit grenze. Das Kruzifix an der Wand und die gelassene Demut in ihrem Gesicht machten deutlich, daß jede Art von Täuschung und Betrug ihr fernlagen.

»Und der Engel ist also tatsächlich zu Ihnen gekommen?«

Sie nickte eifrig und konnte es kaum erwarten, ihr Geheimnis mit jemandem zu teilen.

»Er ist in meinen Umkleideraum gekommen. Das war vor drei Monaten! Oh, er hat die wunderschönste Stimme, die man sich denken kann, und er ist ein hervorragender Lehrer!« fügte sie hinzu, als sei dies der endgültige Beweis für seine Identität.

»Er unterrichtet Sie?« Irene Adlers Eindruck hatte sich also doch als richtig erwiesen.

»Täglich. Er ist sehr streng, aber auch sehr freundlich. Wenn er mich unterrichtet, ist es so, als könne er in meinen Gedanken lesen, denn er weiß genau, was ich fühle und wovon ich träume! Und wenn ich nachher singe, ist es so, als sei meine Stimme, ja sogar meine Seele von einem anderen Wesen besessen.«

Ich erinnerte mich an Leroux' Bemerkung über die Unausgeglichenheit von Christines Gesang und die allgemeine Übereinstimmung, daß seine Beobachtung zutraf. »Singt er auch selbst?«

»O Monsieur, er hat die allerschönste Stimme! Nur diese Stimme kann die unaussprechliche Sehnsucht beschreiben, die in jeder menschlichen Brust wohnt, die Sehnsucht nach Verständnis, nach Liebe. Und er ist außerdem auch Komponist«, fuhr sie fort und klatschte vor Begeisterung in die Hände.

»Komponist?«

»Er arbeitet täglich an seiner Oper und erzählt mir davon. *Der Triumph des Don Juan* soll sie heißen, und er hat mir versprochen, wenn sie fertig ist, wird er mich zu einer Aufführung mitnehmen!« Ihre Augen glitzerten bei dieser Aussicht.

Ich fand den Gedanken äußerst unerquicklich.

»Er komponiert auf der Orgel?«

»Woher wissen Sie das?«

»Reine Spekulation, das versichere ich Ihnen. Ich nehme an, der Engel hatte wenig Verwendung für Joseph Buquet«, sagte ich aufs Geratewohl.

Sie nickte und senkte den Kopf. »Aber er hat ihm nichts getan«, erklärte sie nachdrücklich. »Es war Raoul, der den armen Joseph aus meinem Ankleideraum hinauswarf. Er ist allerdings sehr eifersüchtig«, fuhr sie nachdenklich fort.

»Der Vicomte?«

»Mein Engel.«

»Ihretwegen?«

»Er will, daß ich mich aufspare.«

»Für ihn?«

»Für meine Musik«, korrigierte sie mich mit einem verblüfften Gesichtsausdruck. Ganz eindeutig hatte ihr noch niemand etwas von dem fehlenden Seil am Galgen erzählt.

»Welchen Eindruck hat Buquet während der Auseinandersetzung mit dem Vicomte auf Sie gemacht?« wollte ich wissen. Sie knabberte an einem Finger und konzentrierte sich.

»Er war aufgeregt.«

»Können Sie etwas präziser werden? Hatte er Angst? War er wütend?«

»Sehr wütend.«

»Als er Sie in Ihrem Ankleideraum verlassen hat, kam er Ihnen da nicht wie ein Mann vor, der die Absicht hatte, sich das Leben zu nehmen?«

Ich konnte sehen, daß dieser Gedanke ihr nicht gefiel.

»Es ging alles so schnell, Monsieur.«

Ich merkte, daß diese Richtung der Befragung eine Sackgasse war, und beschloß daher, eine andere Taktik einzuschlagen.

»Ich nehme an, daß der Geist auch für den armen Vicomte de Chagny keine besonders freundlichen Gefühle hegt.«

Daraufhin wurde sie sehr blaß, und ihre Hand flog unwillkürlich an ihre Kehle.

»Wenn Sie ein gottesfürchtiger Mensch sind, Monsieur, dann müssen Sie Raoul von mir fernhalten!«

»Warum?«

»Weil ... ich habe Ihnen doch gesagt ... mein Engel erwartet ... er besteht darauf, daß ich meine Stimme für meine Kunst bewahre.«

»Sind Sie absolut sicher, daß das das einzige ist, von dem er wünscht, daß Sie es bewahren?«

Sie warf mir einen verständnislosen Blick zu, dem sogleich ein besorgtes Stirnrunzeln folgte.

»Ich darf ihn nicht verärgern«, sagte sie eindringlich, »sonst wird er mir meine Stimme wegnehmen!«

»Unsinn.«

»Und er könnte Raoul etwas antun!«

»Engel fügen Menschen in der Regel keinen Schaden zu«, stellte ich ohne besondere Skrupel fest.

»Haben Sie noch nie etwas von Racheengeln gehört?« konterte sie, griff nach meiner Hand und drückte sie leidenschaftlich. »Bitte, bringen Sie ihn dazu, sich von mir fernzuhalten! Ich liebe ihn« – hier senkte sie ihre Stimme und sah sich ängstlich im Zimmer um, als fürchte sie, jemand könne unser Gespräch mithören – »aber er darf nicht in meine Nähe kommen!«

»Der junge Mann liebt Sie auch, und er kann nicht verstehen, warum –«

»Bitte!« Mittlerweile war ihre Kehle vor Angst wie zugeschnürt. »Ich bitte Sie!«

»Und haben Sie keine Angst, der Racheengel könne Ihnen etwas antun?«

Sie sah mich erstaunt an, blinzelte und wies dann auf sich selbst, indem sie ihren Zeigefinger an ihre Brust legte.

»Mir? Oh, mir würde er niemals etwas zuleide tun – nicht um alles auf der Welt! Er liebt mich!«

Als ich sah, wie erregt sie plötzlich war, beschloß ich, das Thema zu wechseln. Ich streichelte ihre Hand und löste sie sanft aus ihrem Griff um mein Handgelenk. Dann trank ich noch einmal etwas von meinem Tee.

»Heute abend wird also der *Faust* gegeben.«

»Ja, *Faust*.«

»Sind Sie sehr enttäuscht, daß Sie nicht die Margarete singen werden?«

»Oh, aber ich werde singen.«

»Im Programm steht, daß Carlotta Sorelli singen wird.«

Sie lachte. Es war ein temperamentvolles, mädchenhaftes Lachen, das ansteckend wirkte und einlud, ihre Heiterkeit mit ihr zu teilen.

»Ich weiß, daß sie im Programm steht, aber das ist mal wieder typisch für ihn! Er genießt es, mich zu verspotten und zu provozieren. Er hat mir versprochen, daß ich heute abend singen werde, und ich habe keinen Zweifel an seinen Worten. Er hat geschworen, daß meine Vorstellung heute abend wie eine Bombe im Publikum einschlagen wird. Und wenn er etwas verspricht, dann kann man sich darauf verlassen!«

Bevor ich auf diese Bemerkung etwas erwidern konnte, vernahm ich ein dreifaches, gedämpftes Schlagen der Uhr über dem Kaminsims.

»Lieber Himmel«, rief sie aus, »ich muß meinen Mittagsschlaf halten. Der Engel besteht darauf, daß ich mich vor jeder Vorstellung ausruhe. Können Sie mir noch einmal verzeihen?«

»Natürlich.«

Ich war ganz zufrieden damit, das Gespräch an dieser Stelle zu beenden, denn ich hatte nicht den Wunsch, diese groteske Unterhaltung fortzusetzen. Es war mir offenkundig, daß der Geisteszustand des Mädchens überaus anfällig war, und meine jüngsten Erfahrungen hatten mich gelehrt, daß man mit den zarten Mechanismen eines menschlichen Herzens in so prekärem Zustand auf keinen Fall herumspielen durfte.

Ich erhob mich, verabschiedete mich von Christine und bat sie, auch Mutter Valerius meinen Dank zu übermitteln.

»Oh, ich werde ihr danken, so wie ich Mademoiselle

dafür danke, daß sie Sie zu mir geschickt hat. Jetzt bin ich ganz zuversichtlich, daß alles wieder gut werden wird.«

Mit diesen Worten erhob sie sich kurz auf die Zehenspitzen und gab mir einen unschuldigen Kuß auf die Wange.

»Eine letzte Frage, wenn Sie so gütig sein wollen, Mademoiselle.«

Sie zögerte und blieb lächelnd in der halb geöffneten Tür stehen.

»Hat dieser – hat Ihr Engel auch einen Namen?«

»Aber natürlich. Er heißt Nobody.«

»Nobody?« Es war mir nicht möglich, eine gewisse Überraschung in meiner Stimme zu unterdrücken, und ich konnte sehen, wie sehr sie das verblüffte.

»Stimmt etwas nicht?«

»Keine Sorge. Sprechen Sie eigentlich Englisch, Mademoiselle?«

»Kein Wort. Warum?«

»Reine Neugier. Guten Tag.«

KAPITEL ACHT

Noch mehr Blut

Ich stand in der Rue Gaspard, mein lieber Watson. Der übliche Pariser Verkehr sauste und brauste um mich herum, überall war das Klipp-Klapp der Pferde zu hören, und mir wurde klar, daß ich es mit einem ganz hübschen Problem zu tun hatte. Es war, um genau zu sein, ein Drei-Pfeifen-Problem – meine einzige Schwierigkeit bestand nun aber darin, daß ich keine drei Pfeifen Zeit hatte, um es zu lösen. In weniger als sechs Stunden würde sich der Vorhang vor dem *Faust* heben.

Bedenken Sie meine Lage. Ich wußte, daß die Herren Moncharmin und Richard fest entschlossen waren, die drei von dem Geist in den Vertrag eingefügten Klauseln zu mißachten.

Ich hatte den starken Verdacht, daß der Geist oder der Engel, das Phantom oder Nobody oder wie immer man ihn nannte, verantwortlich für den Tod von Joseph Buquet war.

Ich wußte außerdem, daß er geschworen hatte, dieser Nobody, daß Christine Daaé heute abend singen würde.

Die arme, gutgläubige, bedrängte, sanftmütige und fromme Christine, die sich ebensowenig etwas Böses vorstellen wie einen falschen Ton singen konnte – im Bann eines Schurken, der mit ihrem zarten Gemüt herumspielte und ihre ein wenig beschränkte Unschuld ausnutzte. Und dieser Kerl, Watson, betrachtete sie als sein ausschließliches Eigentum, und zwar mit dem Recht seiner persönlichen *droit du seigneur.* All diese Dinge deuteten stark auf ein Unheil hin, und doch – je länger ich darüber nachdachte, um so hilfloser fühlte ich mich.

Wie konnte ich, allein auf mich gestellt, verhindern, daß die Dinge sich entwickelten, wie es das Phantom wünschte?

Und wenn ich allein keinen Erfolg haben konnte (was sehr wahrscheinlich schien), wohin konnte ich mich mit meinem Verdacht wenden, und welche Art von Hilfestellung suchte ich eigentlich?

»Gehen Sie zur Polizei«, höre ich Sie sagen. Guter, alter Watson. Sie nehmen immer den direktesten Weg. Was sollte ich der Polizei denn sagen?

Daß ich einen Verdacht hatte? Ein Gefühl? Eine Befürchtung?

Ich hatte nicht den Funken eines Beweises, mein Junge, und meine Vorahnung des Unglücks basierte auf Nichtigkeiten. Solche Nichtigkeiten betrachte ich, wie Sie wissen, als überaus wichtig für das Schmieden meiner logischen Kette, aber diese Dinge sind noch kein Beweis. Wäre ich so stumpfsinnig wie Lestrade selbst oder übereifrig wie Hopkins, hätte ich einfach nicht weiter über die Angelegenheit nachgedacht.*

Und warum sollten sie auch auf mich hören, auf mich, einen einfachen Geiger?

»Sagen Sie ihnen, wer Sie sind!« höre ich sie ausrufen. »Verzichten Sie auf Ihr Incognito!«

Seien Sie versichert, daß ich es in Erwägung gezogen habe, meine wahre Identität zu offenbaren, Watson. Wahrscheinlich standen Menschenleben auf dem Spiel, und diese Überlegungen mußten schließlich schwerer wiegen als mein eigenes Bedürfnis, mich im Verborgenen zu halten. Aber schon im nächsten Augenblick wurde mir klar, daß eine solche Offenbarung meiner Sache eher schaden würde, statt ihr zu nützen. Es bestand sogar eine gewisse Wahrscheinlichkeit, daß das Ganze zu meiner Inhaftierung führen würde, und das zu einer Zeit, zu der meine Freiheit von höchster Wichtigkeit war. Mit einem Wort, wie konnte ich behaupten, Sherlock Holmes zu sein, wenn die ganze Welt, einschließlich der Pariser Presse, über seinen Tod berichtet hatte? Würde eine solche Behauptung nicht auf alles einen Zweifel werfen, was ich der Polizei zu sagen hatte? Ja, sogar auf meine eigene geistige Gesundheit? Konnte es nicht dazu führen, daß man mich als möglicherweise gefährliches Subjekt in Gewahrsam nahm?

Nein, die Polizei kam nicht in Frage. Selbst wenn sie meinen Worten Beachtung schenken würden, was wäre dann geschehen? Hunderte von Polizeibeamten, die die Opéra durchsuchten und das Publikum aufscheuchten?

* Es ist anzunehmen, daß Holmes hier von Inspektor Stanley Hopkins von Scotland Yard spricht, den er allerdings erst im Jahre 1895 kennenlernte. Da Holmes von diesen Ereignissen im Jahre 1912 berichtet, benutzt er Hopkins zweifellos als ein Beispiel für das Beste, was der Yard zu bieten hatte.

Eine solche Aktion hätte sehr wohl auch meinen Widersacher verschrecken können, hätte ihn dazu bringen können, von seinem Vorhaben völlig abzulassen, in welchem Fall die Polizei mich gewiß für verrückt gehalten hätte und ich wieder einmal in Gefahr gewesen wäre.

Am besten schien es mir daher noch, Moncharmin und Richard aufzusuchen. Ich würde versuchen, diesen beiden Herren die Durchführung ihrer neuen Politik auszureden, bevor sie Grund hätten, sie zu bedauern.

Und hier sah ich mich neuerlich vor großen Schwierigkeiten.

Ich wußte, daß die beiden Herren an einem Regierungsessen teilnahmen, wo sie den Beginn ihrer Amtsperiode feierten, und ich selbst mußte mich um zwei Uhr nachmittags zu einer Sonderprobe einfinden. Ich konnte unmöglich meine Position aufs Spiel setzen, indem ich nicht teilnahm. Meine Entlassung aus der Opéra war das letzte, was ich mir augenblicklich hätte leisten können. Meine einzige Hoffnung bestand also darin, die neuen Direktoren nach der Probe und vor der Abendvorstellung aufzuspüren. Und das war für meinen Geschmack eigentlich zu knapp. Aber ich sah keinen anderen Ausweg aus meinem Dilemma. In der Zwischenzeit wollte ich den Vicomte aufsuchen und ihm Christine Daaés Warnung übermitteln. Ich war mir nicht sicher, ob mein Auftrag, Mademoiselle Daaé zu beschützen, auch Dienste als Amor einschloß, der ihrem Liebsten Nachrichten überbrachte, aber er zumindest würde zuhören, was ich zu sagen hatte. Ich verspürte nicht den leisesten Wunsch, ihn dasselbe Schicksal erleiden zu sehen wie Joseph Buquet.

In der Avenue Kléber erschien auf mein Klingeln hin Henri, das Faktotum, und versuchte, mich abzuwimmeln. »Ich habe strikte Anweisungen, niemanden ins Haus zu lassen«, sagte er fest und machte wie sein Herr Anstalten, mir die Tür vor der Nase zuzuschlagen. Diesmal fing mein Fuß sie jedoch am Türpfosten ab.

»Es ist eine Angelegenheit von größter Wichtigkeit, und ich muß den Vicomte augenblicklich sprechen«, erklärte ich ihm. »Sollten Sie mir den Eintritt verwehren, sehe ich keine andere Möglichkeit, als Krawall zu schlagen.«

Henri war, wie ich feststellen konnte, kein junger Mann mehr, und die Aussicht auf das, was ich eventuell tun würde, wo ich doch buchstäblich bereits einen Fuß in der Tür hatte, bewog ihn zu einer Entscheidung.

Ich fand die Chagny-Brüder in der Bibliothek, in der viel zu viele ungelesene Bände zu stehen schienen. Ich war nicht weiter überrascht zu sehen, daß der Vicomte mit Unmengen schwarzem Kaffee seine Kopfschmerzen zu kurieren versuchte. Offensichtlich war er gerade erst aufgestanden. Monsieur Le Comte war, wie ich bemerkte, in seine Lektüre versunken und zog unwillig die Augenbrauen zusammen, als er mich sah.

»Ich hoffe, Sie vergeben mir mein Eindringen«, begann ich, »und verzeihen auch Ihrem Diener, der mich lieber hineingelassen hat, als eine Szene vor Ihrer Haustür zu provozieren.«

»Wer sind Sie, und was wollen Sie?« fragte der Comte hochnäsig. Bei anderer Gelegenheit, Watson, hätte ich ihm liebend gern Manieren beigebracht, aber für den Augenblick war der Grund meines Kommens wichtiger.

»Ich bin ein Freund Ihres Bruders und bringe ihm eine Nachricht von Mademoiselle Daaé.«

Bei diesen Worten blickte der kleine Vicomte auf, und Hoffnung durchflutete seine geschwollenen Züge, aber der Comte, dem man den Ärger deutlich vom Gesicht ablesen konnte, kam ihm zuvor.

»Der Vicomte hat nicht die Absicht, sich in Zukunft

mit der Person abzugeben, von der Sie sprechen«, informierte er mich, immer noch mit demselben herablassenden Tonfall. »Wir werden in Kürze die Stadt verlassen, um auf unserem Chateau in der Normandie ein wenig zu jagen.«

»Philippe«, warf der junge Mann kläglich ein, aber da legte ihm der andere seine Hand kräftig auf die Schulter, und er sagte nichts mehr.

»Ich bin hier, um Ihnen zu sagen, daß das genau das ist, was die junge Frau wünscht«, sagte ich und wandte mich direkt an den Vicomte, so als existiere sein Bruder gar nicht. »Sie läßt Ihnen ausrichten, daß sie Sie liebt –«

»Das *reicht*!« brüllte der Comte und kam drohend auf mich zu. Er war ein großer Mann, und die Aussicht auf eine kleine Prügelei mit ihm ließ mir das Wasser förmlich im Munde zusammenlaufen.*

»Sie liebt mich!« wiederholte der glückliche junge Mann und erhob sich unsicher auf die Füße.

»– aber daß es das Beste für sie wäre, sie im Augenblick nicht zu sehen«, fuhr ich unbekümmert fort. »So lange, bis diese Angelegenheit beendet ist. Sie können sich jetzt wieder beruhigen«, sagte ich an den Comte gewandt. »Ich gehe.«

Der kleine Vicomte blieb noch ein wenig unsicher stehen und winkte mir hinter dem Rücken seines Bruders zaghaft zu.

Ich saß kaum auf meinem Stuhl, als die Probe begann. Zu den komischen Aspekten einer Opernaufführung gehört das unablässige Auswechseln der Sänger, das für

* Holmes' Fähigkeiten als Boxer, Schwertkämpfer, Stockfechter und Baritsu-Experte sind zu gut bekannt, um hier beschrieben werden zu müssen.

gewöhnlich sehr kurzfristig erfolgt. Die stimmliche Ausrüstung eines Sängers ist ein so anfälliger Mechanismus, daß schon die kleinste Kleinigkeit für seinen Zusammenbruch verantwortlich sein kann. Einmal wohnte ich einer Aufführung von *Bohème* in Covent Garden bei, in der jedes Mitglied eines Quartetts von Liebenden ersetzt wurde, und zwar in jedem der aufeinanderfolgenden vier Akte, so daß am Ende des Stücks keiner der ursprünglichen Sänger mehr auf der Bühne stand. Rodolpho war nach dem ersten Akt indisponiert; Musetta nach dem zweiten; Mimi fiel während des dritten aus; und Marcello war nicht mehr er selbst im vierten. Als die Oper ihr Finale erreichte, gestanden vier völlig Fremde einander ihre unsterbliche Leidenschaft.

Die augenblickliche Probe war für zwei Uhr angesetzt, statt für zehn, damit Gerhardt Huxtable, der den überstrapazierten Jean de Reszke ersetzen sollte (der heute abend in *Faust* singen würde), die Rolle des Don José in unserer Vorführung der *Carmen* lernen konnte. Irene Adler, immer noch in der Titelrolle, versuchte Huxtable über seine Anfangsschwierigkeiten hinwegzuhelfen und ihm die notwendigen Hilfen auf der Bühne zu geben.

Ich gestehe, daß meine Gedanken an diesem Nachmittag nicht bei der Musik waren. Die Klagen des Chors, der sich gegen das Rauchen im ersten Akt wehrte, hatte ich schon früher gehört. Zu sehr war ich davon in Anspruch genommen, daß ich in Kürze mit den beiden Direktoren sprechen und ihnen meine Sache unterbreiten mußte, bevor es zu einem weiteren Zwischenfall kam, um dem zweiten Akt besondere Aufmerksamkeit schenken zu können. Die Zeit hatte sich, wie ich bereits erwähnte, in dieser Angelegenheit gegen mich verschworen. Gegen Ende des dritten Akts, als der muskulöse Huxtable seinen Messerkampf mit Escamillo ausführte, seinem Rivalen um Carmens Gunst, stellte ich fest, daß ich an den Geist dachte – an Nobody, wie Christine Daaé ihn nannte – und an seine kleinen Tricks. Es war offensichtlich, daß seine Vernarrtheit in den jungen Sopran solche Ausmaße angenommen hatte, daß jeder, der ihre Gunst oder ihre Freundschaft suchte, in Gefahr war. Wir hatten bereits miterlebt, was dem armen Buquet geschehen war, und das Mädchen selbst war in heller Aufregung vor Angst um ihren jungen Liebhaber.

Wir waren schon mitten im vierten Akt unserer *répétition,* als mir plötzlich ein neuer Gedanke kam: Irene Adler hatte sich Christine Daaés angenommen – hatte sie unter ihre Fittiche genommen, wie sie es ausdrückte.

Und tatsächlich, jetzt, da ich darüber nachdachte, hatte Irene Adler eigentlich noch viel mehr getan: Sie hatte sich so sehr für Christine Daaés Angelegenheiten interessiert, daß sie einen Detektiv engagiert hatte. Während mein Verstand sich gegen die Vorstellung sträubte, der Geist könnte allwissend sein, spekulierte ich plötzlich, ob sich seine Eifersucht wohl nur auf das männliche Geschlecht beschränkte. Wenn sein Geisteszustand, wie ich befürchtete, solche Unterscheidungen nicht machte, dann befand sich Miss Adler in Gefahr – um so mehr, als sie sich augenblicklich in der Domäne der Kreatur aufhielt.

Als Carmen dem verschmähten Don Juan ihren ewig währenden Abscheu entgegenschleuderte (der ehrfurchtgebietende und energische Huxtable, der die physischen Aspekte seiner Erniedrigung direkt zu genießen schien, suhlte sich in der Demütigung seiner Männlichkeit), und als der Chor hinter der Bühne Escamillos Triumph bejubelte, rasten meine Gedanken. Mit Ausnahme von Buquets scheinbarem Selbstmord bevorzugte der Geist für gewöhnlich derbe Streiche und Unfälle.

Bizet, mit seiner Schwäche für Ironie, hatte es zuwege gebracht, daß das Finale seiner Oper draußen vor der Stierkampfarena einen echten Mord zeigte, vor einem echten Publikum, während zur gleichen Zeit in der Arena selbst – das heißt hinter der Bühne – ein unsichtbarer Torero (er erfand das Wort *toreador,* weil er eine zusätzliche Silbe benötigte) einen unsichtbaren Stier vor einem unsichtbaren Mob aufspießte. Es war genau die Art von Ereignis, die Nobodys Vorliebe für das Sensationelle und Bizarre traf.

Über unseren Köpfen wurde der Streit zwischen Carmen und José immer verzweifelter. Jetzt würde es nicht mehr lange dauern, und José würde sein Messer ziehen, sie aufschlitzen wie eine Makrele und die Oper beenden, indem er ihren Namen schrie.

Sein Messer.

In Windeseile war ich von meinem Stuhl aufgesprungen, raste durch die Tür des Orchestergrabens, stürzte zur Leiter und rannte über die Bühne. Ich hatte keine Zeit mich umzusehen, sondern stürmte durch die Kulissen und warf mich auf Miss Adler, um meinen Körper zwischen sie und den kräftigen Messerstoß des Tenors zu bringen – etwas, das alle Anwesenden zutiefst bestürzte, während wir beide zu Boden fielen.

»*Sherlock!*«

Können Sie sich vorstellen, welche Wirkung es hatte, diesen Namen auf ihren Lippen zu hören, Watson? Ein Blitz durchzuckte meinen Körper wie ein elektrischer Stromschlag, und das, obwohl ich mittlerweile meine Hand über ihren Mund gelegt hatte.

»Ist alles in Ordnung mit Ihnen? Lieber Gott, sagen Sie, daß Sie nicht verletzt sind!« rief ich und starrte auf ihr wachsbleiches Gesicht.

Das Messer war ausschließlich für den Gebrauch in

Theateraufführungen konstruiert und die Klinge so beschaffen, daß sie in ihren Griff zurückfuhr, sobald sie auf Widerstand – wie zum Beispiel einen Körper – stieß. Das Opfer konnte, indem es den Griff fest an sich drückte, den Eindruck erwecken, getroffen zu sein. Wenn das Opfer oder ein anderer Schauspieler fest an dem Griff ›zog‹, fuhr die Klinge, angetrieben von einer inneren Feder, wieder hinaus, und das Messer konnte aus der ›Wunde‹ entfernt werden.

In diesem Falle hatte sich die Klinge jedoch unerklärlicherweise geweigert, in ihren versteckten Schaft zurückzugleiten. Ihre Spitze hatte Miss Adler bereits gestreift, aber dank meines unorthodoxen Eingreifens war nichts Schlimmes geschehen.

»Es hat bei dem Messerkampf im dritten Akt noch ganz normal funktioniert«, rief Escamillo aus.

»Ich schwöre, Monsieur Mercier«, jammerte der Kulissenmeister, »niemand war auch nur in der Nähe meines Kulissentischs! Niemand!«

»Natürlich nicht, Léonard. Es war ein Unfall«, erklärte Mercier, der Verwalter, der sich mittlerweile an der Klinge zu schaffen gemacht hatte, so daß sie nicht mehr klemmte.

»Was war das, was sie gerufen hat?« wollte irgend jemand wissen. »Es klang wie –«

»Sie hat gefragt, ob ihr wohl jemand ein Glas Wasser holen könne«, dolmetschte ich barsch. In kürzester Zeit wurde ihr Wunsch erfüllt. Mit einiger Anstrengung half ich Miss Adler, sich aufzusetzen. Sie war noch immer totenblaß, und ihre Züge waren gezeichnet von einer Angst, die ich noch nie darauf gesehen hatte.

»Können Sie das trinken?« fragte ich sanft. Sie nickte und schluckte.

»Sie haben mir das Leben gerettet«, sagte sie und holte mehrfach tief Luft.

»Wenn das stimmt, dann hat meine eigene Existenz einen Sinn gehabt.«

Sie schenkte mir einen kurzen Blick und ließ sich von mir auf die Füße helfen. Plötzlich wurde mir bewußt, daß ich im Zentrum der allgemeinen Neugier stand. Als es jedoch bereits anfing, für mich peinlich zu werden, wurde die Aufmerksamkeit Gott sei Dank von mir abgelenkt, weil der heroische Gerhardt Huxtable plötzlich beim Anblick von Miss Adlers Kratzwunde ohnmächtig zusammenbrach.

Leroux räusperte sich gewichtig und murmelte im Orchestergraben etwas davon, daß die heutige Probe beendet sei.

»Woher haben Sie gewußt, daß etwas mit dem Messer nicht stimmte?« wollte Bela von mir wissen, als wir unsere Instrumente wegschlossen.

»Lediglich ein sechster Sinn, Bela.«

»Aber –« begann Ponelle.

»Sie müssen mich entschuldigen«, unterbrach ich ihn, »ich komme bereits zu spät zu einer wichtigen Verabredung.«

Es war schon fast sechs Uhr, als ich endlich bei den neuen Direktoren der Opéra vorgelassen wurde. Moncharmin, muß man sagen, sah wenigstens wie ein Direktor *aus*, denn er war sehr groß und trug einen distinguierten Backenbart und einen gut gewachsten Knebelbart von derselben elfenbeinartigen Schattierung – eine trotzige Hommage an den verstorbenen Kaiser. Er hatte keine Ahnung von Musik und konnte keine Note von der anderen unterscheiden. Ponelle hatte nicht übertrieben, als er Operndirektoren im allgemeinen als Idioten bezeichnete. Richard dagegen ähnelte genau dem Buchhalter, der er zweifellos war, konnte jedoch zumindest eine gewisse Vertrautheit mit dem Repertoire für sich in Anspruch nehmen. Die Büros der neuen Direktoren schienen sich in nicht minder chaotischem Zustand zu befinden als zu der Zeit, da sie noch von ihren Vorgängern belegt worden waren. Die beiden Herren, bereits im Abendanzug, waren vollauf damit beschäftigt, eine Phalanx hektischer Sekretärinnen zu überwachen, die sich um die Verteilung der Eintrittskarten für den Maskenball der Oper kümmerten, ein Jahresereignis von höchster gesellschaftlicher Bedeutung, das bereits in zwei Tagen stattfinden sollte. »Und keine einzige Karte ist bisher zugestellt worden!« rief Moncharmin.

»Wofür wir allen Grund haben, dankbar zu sein«, gab Richard mißmutig zurück. »Wenn man bedenkt, an wen einige der Karten gehen sollten! Sie müssen verrückt gewesen sein«, fügte er hinzu, womit er, wie ich annahm, Debienne und Poligny meinte. Dann hielt er einen Briefumschlag hoch, als trage dieser irgendeine Seuche in sich. »Dies hier ist für den jüdischen Bankier de Reinach bestimmt.«

»Was stimmt nicht mit de Reinach?« wollte Moncharmin wissen, während er ungeduldig einen weiteren Stapel von Briefen durchstöberte. »Er hat jede Menge Geld.«

»Lesen Sie denn keine Zeitung? Er ist in den Panama-Skandal verwickelt!«*

Moncharmin richtete sich auf.

»Was Sie nicht sagen. Dann streichen Sie ihn von der Gästeliste.«

»Meine Herren«, sagte ich und hustete leise, um die beiden an meine Gegenwart zu erinnern.

* Baron Jacques de Reinach war einer der ersten Geldgeber des französischen, von Ferdinand de Lesseps ausgearbeiteten Plans, einen Kanal über den Isthmus von Panama zu bauen. Der Versuch scheiterte nach zehn Jahren mit dem größten Finanzskandal des 19. Jahrhunderts, also genau zu der Zeit, als Holmes in Paris weilte. De Reinach nahm sich daraufhin das Leben.

»Oh, ja, was gibt es, Sigerson?«

»Ich bin hier, um eine Warnung zu übermitteln. Von dem Geist«, fügte ich hinzu, womit ich hoffte, ihre Aufmerksamkeit zu erlangen.

»Nicht schon wieder. Mein lieber Mann, wir sind schon gewarnt worden. Wir haben bereits ein Übermaß von Warnungen erhalten.«

Als er die Überraschung auf meinem Gesicht sah, zuckte Richard die Achseln und holte eine Note hervor, geschrieben mit einer vertrauten Handschrift und auf vertrautem Papier. Die Botschaft lautete:

Sie haben also die Absicht, die Bedingungen unseres Vertrags zu brechen? Seien Sie gewarnt, denn ich kenne kein Pardon.

Das Papier trug keine Unterschrift.

»Dies haben wir heute morgen in unserem Büro gefunden«, erklärte Richard.

»Das ist dieselbe Handschrift und dasselbe Papier wie bei den Nachträgen zum Pachtvertrag«, stellte ich fest.

»So ist es«, gab Moncharmin zu.

»Und das sagt Ihnen gar nichts, Ihnen beiden?«

»Nur, daß wir weiter Opfer eines Streichs sind, der nun lange genug gedauert hat«, bemerkte Richard gelassen.

»Meine Herren, es gibt keinen Streich und kein Phantom«, begann ich. Nichtsdestotrotz mahnte ich sie ernsthaft, die Bedingungen des Geistes nicht zu mißachten. Während ich ihnen darlegte, was ich wußte, hörten sie mir mit ungeduldigem Schweigen zu. Ich erklärte ihnen in der entschlossensten Ausdrucksweise, die mir zu Gebote stand, daß mit dem Geist, wie auch immer er in Wirklichkeit heißen oder wo auch immer er in Wahrheit sein mochte, nicht zu spaßen war, und daß Menschenleben auf dem Spiel standen. Ich drängte sie, Madame Giry wieder einzustellen und ihre Pläne, die Loge fünf zu besetzen, fallenzulassen. Und vor allem flehte ich sie an, Christine Daaé zu gestatten, heute abend die Margarete zu singen. Was das Geld anbetraf, so hatte ich das Gefühl, das konnte warten.

»Die Besetzung ändern?« fragte Moncharmin mit einem ungläubigen Blick. Von allem, was ich gesagt hatte, schien nur das letzte in sein Gehirn eingedrungen zu sein.

»Solche Änderungen gibt es doch jeden Tag«, erinnerte ich ihn.

»Aber wegen eines Geistes!«

»Es ist kein Geist, sondern ein Mann, jemand, von dem ich glaube, daß er ein Angestellter der Opéra ist, ein Mann, der einen Groll hegt und ein gefährliches Temperament hat.«

Daraufhin berichtete ich ihnen von dem jüngsten Streich des Geistes und dem, was um ein Haar geschehen wäre.

»Was haben Sie gesagt, wer sind Sie?« wollte Moncharmin, nunmehr gänzlich verwirrt, wissen.

»Er ist der Polizist, der Geige spielt«, erinnerte Richard ihn. »Sie wissen doch, Poligny hat es uns erzählt. Die Präfektur möchte, daß er diese Sache mit dem toten Maschinenmeister untersucht«, fügte er hinzu, als Moncharmin immer noch nicht zu wissen schien, worum es ging.

Zu meinem Erstaunen brach letzterer in Gelächter aus. »Mein lieber Freund«, sagte Moncharmin und legte mir eine Hand auf die Schulter. »Sie haben Ihre Rolle wirklich gut gespielt.«

»Meine Rolle?«

»Natürlich! Wir hätten Sie nie für einen Polizisten gehalten, da Sie doch so ein guter Geiger sind!« Er lachte, zutiefst erfreut über seinen eigenen Scherz.

»Aber wirklich«, fügte er hinzu. »Wie Sie sehen können, sind wir furchtbar beschäftigt. Haben Sie an den Marquis de Saint-Evremonde gedacht?«* fragte er Richard und kehrte damit zu dem Thema zurück, das den ersten Platz in seinen Gedanken einnahm.

»Ja, der Bote ist bereits unterwegs.«

»Ich kann Ihnen versichern, meine Herren, daß dies kein Streich ist. Ein Mann ist bereits tot, und keine geringere Persönlichkeit als Mademoiselle Irene Adler wäre vor einer Stunde beinahe getötet worden – in diesem Haus und mit einem Kulissenmesser, dessen Klinge klemmte!«

»Ja, wir haben schon von dem Messerunfall gehört«, informierte Richard mich. »Aber irgendein Bursche ist gerade rechtzeitig dazwischengefahren. Und Ende gut, alles gut, sage ich immer.«

»Den Kulissenmeister werden wir natürlich entlassen«, fügte der andere hinzu.

»Sie können doch nicht wirklich glauben, daß das tatsächlich ein Unfall war«, flehte ich die beiden an. »Meine Herren, ich bitte Sie – bevor es zu spät ist!«

»Also, was immer auch dahinterstecken mag, wir haben genug davon. Ich kann Ihnen versichern, daß die Opéra nicht mehr mit der Schludrigkeit unserer Vorgänger geführt wird«, erklärte mir Moncharmin in einem freundlichen, aber festen Ton. »Wir danken Ihnen für Ihre Bemühungen, *mon ami,* doch diese Art von derbem Humor mag ja in Leedville genügen« – er schien an dem Wort beinahe zu ersticken – »in Paris wird so etwas allerdings nicht mehr hingenommen. In der Zwischenzeit

* Diese Aristokratenfamilie wurde während des *Terreur* (1793) beinahe ausgerottet, überlebte jedoch in einem Sprößling eines Nebenzweigs, der sich Darnay nannte. Einer der Nachfahren Darnays (er heiratete die Tochter eines Bastille-Gefangenen und hatte mehrere Kinder mit ihr) nahm offensichtlich den Namen und Titel der Familie wieder an.

werden Sie uns vielleicht vergeben, aber wir müssen vor dem heutigen Abend noch viel erledigen, und auch Sie werden gewiß mit Ihrer wertvollen Zeit etwas Besseres anzufangen haben.«

»Sie weigern sich also absolut, irgendeiner meiner dringenden Bitten nachzukommen?«

Sie sahen einander an, und nun konnte man auf ihren Gesichtern eine leise Spur von Verärgerung feststellen.

»Bitte danken Sie den Herren Debienne und Poligny für ihre Hartnäckigkeit«, sagte Richard und begleitete mich zur Tür, »aber jeder noch so gute Witz nutzt sich irgendwann einmal ab.«

»Sie sind also fest entschlossen, die Loge fünf heute abend zu besetzen?«

»Felsenfest.«

»Dann gestatten Sie mir wenigstens, mit in der Loge zu sein.«

»Was?«

»Kommt gar nicht in Frage!« Moncharmin schnaubte ungehalten über mein Ansinnen. »Ihre musikalischen Pflichten –«

»Sind hinfällig geworden angesichts meiner Verantwortung als Polizeibeamter«, konterte ich glatt. »Außerdem bin ich bereit, für meinen Platz zu zahlen.«

Dieses Angebot ließ sie zögern. Mit dem verbindlichsten Gesichtsausdruck, den ich annehmen konnte, blickte ich von einem zum anderen. Richard zuckte mit den Schultern.

»Wie Sie wollen, Sigerson. Aber halten Sie sich bitte im Schatten.«

»Jawohl, bleiben Sie im Schatten«, wiederholte Moncharmin diese Anweisung zufrieden. »Dies ist schließlich unser Abend.«

KAPITEL NEUN

Das Werk des Engels

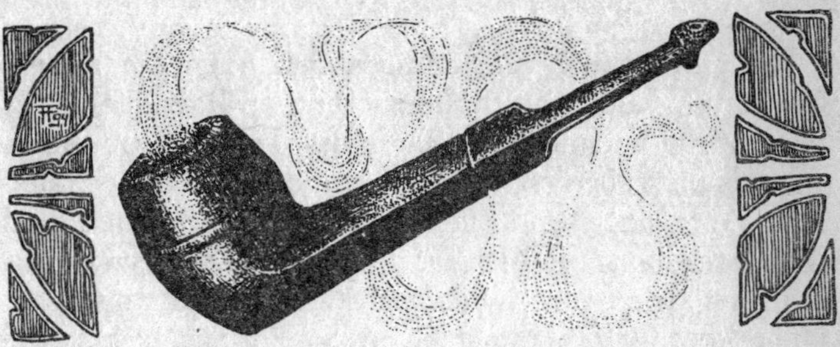

Die Zeit war jetzt so knapp, daß ich nicht einmal mehr nach Irene Adler fragen konnte, die man, wie ich wußte, in ihr Hotel gebracht hatte. Ein Telefongespräch war das einzige, was ich noch zuwege brachte, und der Empfangschef versicherte mir, daß er sie persönlich in ihre Suite gebracht hatte. Es gab also nichts mehr, was ich an dieser Front noch hätte tun können. Dringendere Angelegenheiten verlangten meinen vollen Einsatz.

Bevor ich meine Abendkleidung anzog, unternahm ich noch einen letzten nutzlosen Versuch.

»Wo kann ich einen Satz von Plänen für die Opéra finden?« frage ich den alten Jerôme am Bühneneingang.

»Die nächste Führung findet in fünfzehn Minuten statt«, sagte er, ohne aufzusehen oder den Pfeifenstummel aus seinem Mund zu nehmen, der dort zwischen seine drei letzten Zähne eingeklemmt war.

»Was für eine Führung?«

»Genau!« fuhr er mich höhnisch an. »Sie glauben wohl, das hier ist der verdammte Eiffelturm? Pläne!« schnaubte er und wandte sich wieder seiner Zeitung zu.

Mercier, der Verwalter, war da schon ein wenig hilfreicher.

»Es gibt keinen vollständigen Satz Pläne in diesem Gebäude«, sagte er schulterzuckend, während er über meine Bitte nachdachte. »Zumindest keinen, der weitergeht als bis Kellergeschoß vier – und das sind die Ställe. Jede Abteilung kennt ihre eigenen Örtlichkeiten und weiß, was da zu tun ist.« Er zuckte wieder mit den Schultern und strich einen widerspenstigen Wirbel an seinem Hinterkopf glatt. »Ich nehme an, Sie könnten sich an die Stadtplanungskommission in der Rue de Varenne wenden, obwohl ich nicht glaube, daß sie im Augenblick offen haben. Wozu brauchen Sie die Pläne?«

Mir blieb nichts anderes übrig, als ohne die Pläne in das Labyrinth hinabzusteigen, um mich auf die Suche nach diesem modernen Minotaurus zu machen. Nach dem Beispiel des Theseus besorgte ich mir aus dem Kostümfundus ein Knäuel grünen Garns. Als ich das zweite Untergeschoß hinter mir gelassen hatte, begann ich, das Garn in meinem Kielwasser abzuwickeln, während ich mich durch Korridore und Flure schlängelte.

Was versuchte ich da zu erreichen? Ich wußte, daß ich nicht erwarten konnte, die Kreatur selbst zu entdecken; vielmehr suchte ich verzweifelt nach irgendeinem Hinweis, was seinen *modus operandi* betraf – denn es war klar, daß er über diesen Ort herrschte. Ich würde mich mit allem zufriedengeben, das es mir ermöglichte, ihn aus seinem Versteck aufzuscheuchen.

Nach mehreren endlosen Tunneln traf ich auf die Spiralrampe, die von den Pferden benutzt wurde, und folgte ihr nach unten zu den Opernställen. Bis zu diesem Punkt war ich niemandem begegnet, aber in den Ställen waren einige Stallknechte in eine erregte Debatte verwickelt.

»Was haben Sie hier unten zu suchen?« wollte einer von ihnen wissen und stolzierte großspurig zu mir herüber.

»Es ist schon in Ordnung, das ist Sigerson«, sagte mein Freund Jacques. »Er war es nicht, um Himmels willen.«

»Was ist passiert?« Ich mußte die Frage mehrmals stellen, bevor einer von ihnen antwortete.

»Sie kennen doch César?«

»Den wunderschönen weißen Wallach aus *Mondego*?«

»Er ist gestohlen worden!«

»Was Sie nicht sagen. Wann?«

»Gerade eben – das heißt innerhalb der letzten zwölf Stunden. Zur Zeit sind nur vierzehn Pferde in den Ställen – oder waren, sollte ich besser sagen, denn César ist verschwunden, und gleich wird hier die Hölle los sein.«

»Sie werden uns samt und sonders rauswerfen, das sage ich euch«, prophezeite der freimütige Stallknecht, der mich anfangs angesprochen hatte.

»Verstehe ich recht, daß es keine Möglichkeit gibt, daß César sich einfach hier unten verirrt haben könnte?«

»Wohin verirrt? Er könnte nur nach oben gehen, Monsieur. Und dann kommt er auf die Bühne.«

»Warum kann er nicht nach unten?«

Sie schüttelten den Kopf.

»Sehen Sie doch selbst, Monsieur. Dort ist ein eisernes Tor, das immer verschlossen ist, und dieses Tor trennt den Rest des Gebäudes vom See. Ich kenne niemanden, der den Schlüssel dazu hat. Und es ist schon seit einiger Zeit nicht geöffnet worden, wie Sie an dem eingerosteten Schloß sehen können.«

»Der Torbogen, zu dem er mich führte, war achtzehn Fuß hoch, reichte bis zur Decke und schloß mit dem steinernen Fußboden ab, so daß kein Mensch und erst recht kein Pferd hindurch konnte. Das Schloß war schon seit Jahren nicht mehr benutzt worden.

»Sind die Ställe nachts unbemannt?«

»Die Ställe sind nie unbemannt. Es sind immer mindestens zwei von uns im Dienst. Gibt es irgend etwas, was wir für Sie tun können, Monsieur? Wir haben im Augenblick eigentlich nicht viel Zeit . . .«

»Ich verstehe.« Keiner hatte an diesem schicksalsschweren Tag so recht Zeit für mich. Ich drehte mich um, um denselben Weg, den ich gekommen war, wieder zurückzugehen, blieb dann jedoch noch einmal stehen. »Sagen Sie mir, hören Sie hier manchmal Geräusche?«

»Was für Geräusche?« fragte der ehrliche Jacques.

»Musik zum Beispiel.«

»O ja, die ganze Zeit. Das ist der Organist.«

»Der Organist.«

»Er übt andauernd, und die Musik treibt zu uns herunter. Manchmal hören wir ihn auch singen – ein voller, schöner Bariton.«

Ich fragte mich, ob die Musik nicht eher zu ihnen *hinauf* trieb.

»Aha. Vielen Dank. Ich werde auf alle Fälle nach César Ausschau halten.«

»Na, das wird schon was nützen«, hörte ich einen von ihnen murmeln, als ich mich daran machte, der Spur meines Garns, das ich im Gehen aufwickelte, nach oben ins Theater zu folgen.

Als ich im zweiten Untergeschoß ankam und um eine Ecke bog, blieb ich abrupt stehen.

Jemand hatte das Garn durchtrennt. Der Rest meiner grünen Spur war nirgendwo zu sehen. Ich hatte eine klare

Vorstellung, wo ich mich befand; das Garn war nur durchgeschnitten worden, um mir die Gegenwart meines unsichtbaren Widersachers anzuzeigen. Er hatte sich auf die merkwürdigsten Visitenkarten spezialisiert.

Und dann hörte ich wieder den leisen Klang dieses körperlosen Lachens.

Ich zog mich um und nahm, wie vereinbart, meinen Platz hinter Moncharmin und Richard in Loge fünf ein. Ich hatte einen guten Blick auf die Bühne, da die beiden neuen Direktoren sich vor dem Publikum verbeugten und mit ihrem Erfolg brüsteten; sie kosteten ihr Debüt voll und ganz aus. Nichts konnte jedoch das ungute Gefühl zerstreuen, mit dem ich der Vorstellung entgegensah. Ich war zuvor auf der Bühne herumgestrichen und hatte festgestellt, daß alles war, wie es sein sollte. Den armen Léonard hatte ich so erschreckt, daß er ganz bestimmt für die nächsten Stunden seinen Kulissentisch auch nicht eine Minute lang aus den Augen lassen würde. Das *corps de ballet* schwatzte glücklich vor sich hin wie eine Schar Gänse, und der Chor war damit beschäftigt, Strumpfhosen anzuziehen und Perücken geradezurücken. La Sorelli befand sich in ihrem Ankleideraum und übte Tonleiter.

Ich war so kühn gewesen, sie zu fragen, ob ihr irgendwelche Gerüchte zu Ohren gekommen seien.

»Pah! Ich bekam sogar einen Drohbrief.«

»Dürfte ich ihn wohl sehen?«

»Ich habe ihn weggeworfen«, sagte sie voller Verachtung. »Ich bekomme so was jeden Tag«, fügte sie hinzu. »›Sorelli, du sollst heute abend nicht singen! Du hast den Frosch im Hals!‹ Ha!« Sie lachte wieder. »Das ist eine Verschwörung von der Clique. So war es auch in La Scala. La Sorelli hat nie den Frosch im Hals.«

»Wessen Clique?«

»Nun, die von dieser kleinen Schlampe La Daaé natürlich. Sie glauben, sie können dadurch ihre Karriere vorantreiben, und zwar auf meine Kosten!« Ihr Lachen klang wie das Bellen eines kleinen Hundes, aber sie war nicht eingeschüchtert. Christine Daaé war eine Rivalin, und Drohung hin, Drohung her, die Sorelli beabsichtigte zu singen.

»Sie sehen aus wie ein Mann, der etwas im Schilde führt«, hatte Ponelle, bevor er in den Orchestergraben ging, festgestellt. Er hatte mich entdeckt, als ich aus den Kulissen das Haus betrachtete.

»Durchaus möglich«, war alles, was er von mir zu hören bekam. Ich bat ihn, mich bei Leroux zu entschuldigen. Bei diesem Ansinnen weiteten sich seine Augen, aber er ging, ohne mich zu weiteren Erklärungen zu drängen.

Von meinem Aussichtspunkt zwischen Moncharmin und Richard erspähte ich in Reihe M eine kleine Frau, deren Kleider so aussahen, als gehörten sie nicht ihr, und die sich mit erstaunten Blicken im Publikum umsah, wobei sie ihren Kopf in alle Richtungen warf und ihrem Begleiter, der ebenfalls fehl am Platze schien, mit lebhaften Gesten allerlei erklärte.

»Meine Concièrge!« lachte Richard und wies seinen Partner auf die Frau hin. »Nach dem heutigen Abend wird sie sich um den Ersten Rang links kümmern. Ich dachte, ich gönne ihr vorher einen Blick auf die Oper, wenigstens ein einziges Mal in ihrem Leben, das arme Geschöpf.«

Hinter ihnen stand ich auf, als hätte man mich mit einem Hammer auf die Stirn geschlagen. Natürlich! Er würde es auf Madame Girys Ersatz abgesehen haben – und ich zweifelte keinen Augenblick daran, daß er wußte, wer sie war. Im Falle des Phantoms hatte jede Wand Ohren.

Mit schnellen Blicken überprüfte ich die Leute, die um die ahnungslose Concièrge herumsaßen. Alles schien, wie es sein sollte. Die Leute rechts und links von ihr waren wie die vor und hinter ihr voll und ganz damit beschäftigt, mit ihren Nachbarn zu plaudern oder ihre Programme zu studieren. In Ermangelung eines verborgenen Attentäters, der mit einem Gewehr auf der Lauer lag, kam ich zu dem Schluß, daß ihr im Augenblick wohl keine Gefahr drohte. Also ließ ich mich wieder in meinen Sessel sinken.

Nun betrat zu vereinzeltem Applaus der erste Geiger den Orchestergraben, die Oboe stimmte ein a an, und die anderen Instrumente fielen augenblicklich ein.

Dann dämpfte die Mannschaft, die drei Stockwerke tiefer die Kalliope bediente, die Hauslichter, und Leroux selbst trat, von einem warmen Applaus willkommen geheißen, aus den Kulissen. Er verbeugte sich, griff nach seinem Taktstock, und schon vernahm man das vertraute *tap, tap, tap,* bevor der erste Takt erklang.

Alles verlief völlig normal. Der erste Akt war ein gewaltiger Erfolg mit dem großen de Reszke als Faust, der sich danach sehnte, die Geheimnisse des Lebens zu entschlüsseln, und Plançon als Mephisto, der in einem hellen, blitzroten Licht durch eine Falltür auf der Bühne erschien und dem Faust einen Handel vorschlug. Die Arien stießen auf begeisterten Applaus. Gounouds Musik war, wenn auch immer noch zu süß für meinen Geschmack, eindeutig eine Verbesserung gegenüber der von Meyerbeer.

Ärgerlicherweise schwatzten meine beiden Gefährten, wenn auch mit gedämpften Stimmen, wie zwei Elstern und gratulierten sich gegenseitig zu tausend Kleinigkeiten, zu denen sie auch ihren Widerstand gegen den Geist zählten.

»Ich wußte, daß das Ganze reiner Unsinn war«, zischte Moncharmin selbstgefällig mit einer Stimme, die man noch mehrere Logen weit gehört haben mußte.

»Absolut dummes Zeug«, pflichtete ihm der andere in einem gedämpften Brummen bei.

Was mich betraf, so wußte ich jedoch, daß der Ärger, wenn er denn kam, im zweiten Akt beginnen würde, wenn nämlich Margarete ins Spiel kam. Aber hier irrte ich mich. Der Eröffnungschor, der mir so vertraut war, als gäbe es ihn schon seit dem Beginn aller Zeit, und Mephistos ›Lied von der Ratte‹ liefen hervorragend mit einem Plançon, das muß man schon sagen, der sich exzellenter Stimme erfreute. La Sorelli machte einen überaus günstigen Eindruck in der Rolle, die ihr nach Ansicht des Publikums ganz auf den Leib geschrieben war, und noch bevor ich wußte, wie mir geschah, war der Vorhang wieder gefallen.

»Hervorragend, hervorragend!« riefen diese beiden Idioten (Ponelle *hatte* recht), erhoben sich und applaudierten, nahmen jedoch gleichzeitig den Applaus des Publikums entgegen, ganz so, als wären sie verantwortlich für diese Produktion, die in Wirklichkeit schon vor ihrer Ankunft zur Vollendung gebracht worden war.

Hatte ich mich geirrt? War ich all dem Aberglauben und dem Hokuspokus, die diesen Ort umgaben, zum Opfer gefallen? Gott weiß, Watson, dies war eine Situation, in der ich überglücklich gewesen wäre, mich geirrt zu haben. Mein Atem ging schon bei dem bloßen Gedanken daran leichter. Und doch hatte irgend jemand César unter den Augen zweier Stallburschen gestohlen, jemand spielte die Orgel, jemand hatte mein grünes Garn durchgeschnitten, jemand hatte über mein Unbehagen gelacht – und Don Josés einziehbares Messer hatte geklemmt.

Na und? fragte ich mich. Konnte nicht ein Bühnenarbeiter den Faden durchtrennt haben? Konnte nicht irgendein Stallbursche mit dem Pferd auf und davon gegangen sein, oder konnte es sich nicht doch in irgendeinem verborgenen Winkel dieser unterirdischen Stadt verlaufen haben? Konnten nicht das Lachen wie das Orgelspiel von oben stammen und lediglich durch einen der Schächte, die die Tiere mit frischer Luft versorgten, nach unten gelangt sein?

Und war es nicht denkbar, daß das Messer wirklich einfach geklemmt hatte?

Aber wohin war das Seil des erhängten Joseph Buquet verschwunden? Stand uns eine weitere makabere Heldentat bevor oder nur einer der merkwürdigen Streiche des Geistes?

Diese widersprüchlichen Überlegungen gingen mir in der Pause durch den Kopf, während ich der kleinen Concièrge und ihrer Begleitung (später stellte sich heraus, daß es ihr Ehemann war) ins Foyer folgte, wo sie auf Anordnung ihrer künftigen Arbeitgeber freie Getränke erhielten. Die gute Frau genoß das Leben offensichtlich über ihre kühnsten Erwartungen hinaus und hatte nicht die geringste Ahnung davon, daß ich jeden Augenblick darauf gefaßt war, sie zu Boden zu werfen, falls in ihrer Nähe irgend etwas Verdächtiges geschehen sollte.

Aber nichts dergleichen geschah, und als sie in den Zuschauerraum zurückkehrte, nahm ich wieder meinen Platz in Loge fünf ein, wo ich sogar noch vor den beiden Direktoren eintraf. Kurze Zeit später gesellten sie sich zu mir, gerüstet mit Champagnergläsern aus der Bar. »Nun, gefällt es Ihnen, Sigerson?« fragte Moncharmin beflissen. Dann bot er mir ein Glas voll mit diesen winzig kleinen Bläschen an, das ich, wie ich gestehe, dankbar entgegennahm.

»Die Oper ist nicht vorbei, ehe der Sopran gesungen hat«, stellte ich fest.

Dieser Satz veranlaßte sie, in stürmisches Gelächter auszubrechen. Sie schüttelten sich noch, während das Haus langsam wieder dunkel wurde, und tauschten auf meine Kosten bissige Bemerkungen aus über geigespielende Polizisten. Tatsächlich stieg in mir ein gewisses Mitleid für die arme Präfektur und sogar für Scotland Yard auf, die immer von oben herab behandelt wurden – und das von Menschen, die sich voller Verzweiflung an sie wandten, sobald irgend etwas nicht stimmte.

Leroux kehrte unter noch donnernderem Beifall zurück, und der dritte Akt begann.

Was dann geschah, war so unfaßbar, daß ich selbst jetzt nicht ohne ein ungläubiges Kopfschütteln daran zurückdenken kann. Margarete, das heißt La Sorelli, ist in ihrem Garten und beginnt, die wunderschöne Arie ›Il était un roi de Thule‹ zu singen.

»Ribitt!«

Moncharmin und Richard sahen einander an. Hatten wir da wirklich einen Frosch gehört?

»Was war das?« flüsterte Richard.

La Sorelli versuchte weiterzumachen.

»RIBITT!«

Diesmal konnte es keinen Zweifel geben, und, was noch schlimmer war, das Froschquaken *stammte aus La Sorellis Mund!*

Und doch versuchte sie weiterzusingen.

»RIBITT!«

Nun waren auch die Direktoren auf den Füßen, und ich hinter ihnen ebenfalls. Voller Bestürzung schlug die Diva sich die Hände über den Mund, als wolle sie das seltsame Geräusch ersticken, aber als sie ihre Finger fortnahm, um einen neuen Versuch zu wagen . . .

»*RIBITT, RIBITT!*«

»Was zum Teufel soll das bedeuten?« Moncharmin schrie diese Worte fast.

Das Publikum, das zuerst mit einer gewissen Verblüffung reagiert hatte, brach nun in hämisches Gelächter aus.

»*RIBITT, RIBITT, RIBITT!*«

»Die Sorelli hat einen Frosch im Hals!« rief ein Witzbold aus einem der obersten Ränge, woraufhin das ganze Theater zu lachen und in die Hände zu klatschen begann.

»Wir wollen die Daaé!« rief ein anderer, diesmal oben von den Göttern.*

»Daaé! DAAÉ!« begann die Menge zu rufen.

»Sing, verdammt noch mal, *sing!*« rief Richard der armen Frau zu, während Moncharmin sich mit einem feinen Baumwolltaschentuch verzweifelt übers Gesicht wischte.

Noch immer versuchte der gedemütigte Sopran, dieser Aufforderung nachzukommen. In völliger Verzweiflung gab sie Leroux ein Zeichen, der seinerseits den Musikern, die sich erhoben hatten, mit wilden Gesten bedeutete, daß sie sich wieder setzen sollten. Dann begannen sie die Arie von neuem.

»*RIBITT, RIBITT, RIBITT, RIBITT, RIBITT!*«

»DAAÉ! DAAÉ! DAAÉ!«

Schließlich konnte die unglückliche Frau es nicht mehr ertragen und floh, die Hände noch immer an den Hals gelegt, unter tumultartigem Applaus, in den sich nun auch Gejohle und Buh-Rufe mischten, von der Bühne.

»Eine Katastrophe!«

»Ein Unglück!« sagten die Direktoren zueinander. »Schicken Sie nach der Daaé!«

* Die Götter waren die billigsten Plätze, so genannt, weil sie in ihrer Höhe dem Himmel am nächsten waren.

Der Vorhang senkte sich plötzlich, und das Publikum fuhr nun in rhythmischer Einigkeit fort, den Namen des jungen Sopran zu rufen. Man konnte auch gedämpftes Rufen und leises Geklapper von Schritten hinter dem Vorhang hören.

Als er sich wieder hob, stand La Sorellis Ersatz auf der Bühne.

Das Haus war mittlerweile so außer sich vor Raserei, daß es eine gute halbe Minute dauerte, bevor die Zuschauer wieder auf ihren Plätzen saßen und zuhörten.

Noch einmal stimmte das Orchester *Il était un roi de Thule* an. Mademoiselle Daaé sang mit dem einfachsten und reinsten Ausdruck, als seien die Musik und die Worte Ideen, die ihr gerade eben erst gekommen waren.

Es gibt verschiedene Arten von Schweigen, Watson, insbesondere im Theater. Es gibt das aufmerksame Schweigen, dann das gelangweilte, das feindliche Schweigen und schließlich das atemlose Schweigen.

Es war diese letzte Art des Schweigens, die Christine Daaés elektrisierende Darbietung würdigte. Ich mußte zugeben, daß das Phantom in einer Hinsicht recht hatte. La Sorelli konnte sich selbst in Bestform nicht mit diesem Mädchen messen. Sogar diese beiden unmusikalischen Scharlatane vor mir schwiegen verblüfft ob ihrer Kunst.

Am Ende des Aktes brach das Haus in leidenschaftlichen Beifall aus. Sie verlangten augenblicklich eine Zugabe und erhielten sie auch. Diesmal war es sogar noch besser.

Von diesem Augenblick an konnte Christine nichts mehr falsch machen. Sie zeigte alles, was sie konnte, und das Haus zollte ihr den Beifall, der ihr gebührte. Noch einmal atmete ich vor Erleichterung auf. Nobody, oder wer immer er war, hatte beschlossen, der Direktion lediglich einen bizarren Streich zu spielen. La Sorelli mußte schmachvoll von der Bühne abgehen, das stimmte, aber es war nichts wirklich Schlimmes passiert.

In dieser Hinsicht sollte ich mich jedoch irren.

Wir waren mittlerweile bei dem berühmten ›Juwelenlied‹ angelangt, das Mademoiselle Daaé mit solcher Meisterschaft sang, daß der Applaus und die Bravo-Rufe im Anschluß an diese Arie das Gebäude regelrecht erzittern ließen. Noch einmal mußte sie das Lied wiederholen, und der Applaus war nun ohrenbetäubend.

»*Ihr Gesang wird wie eine Bombe im Publikum einschlagen!*« kam es mit einem plötzlichen, grabesstimmenhaften Flüstern, und zwar so nah, daß ich heißen Atem an meinem Ohr zu spüren glaubte. Ich muß Ihnen gestehen, Watson, daß sich mir bei diesen Worten die Nackenhaare aufstellten. Die beiden Clowns, die sie ebenfalls gehört hatten, wirbelten nun in Panik herum.

»Wer hat das gesagt?« wollte Richard wissen. Zitternd sah er mich an.

»Ich nicht.«

»Ich nicht!« riefen Moncharmin und ich im Chor. Ihre entsetzten Spekulationen wurden von einem merkwürdigen Klirren unterbrochen, dem ein unangenehmes Knirschen folgte.

Unsere Blicke hoben sich, wie die des ganzen Hauses, diesem Geräusch entgegen. Wir sahen den Mammut-Kronleuchter in seinen Verankerungen schwanken. Und diesmal war das Schweigen im Theater von einer anderen Art, ein fasziniertes, beinahe ehrfürchtiges Schweigen, nur durchbrochen durch das Klirren von zehntausend Kristallstücken und das Knirschen des Kabelbaums, das in der plötzlich eingetretenen Stille immer lauter klang.

Obwohl ich eine rätselhafte Vorahnung von dem hatte, was als nächstes kommen würde, ein gräßliches Ahnen von Unglück, stand ich doch wie angewurzelt da, wie hypnotisiert, unfähig zu glauben, daß es tatsächlich geschehen würde. Das Phantom, so schien es, meinte die Dinge, die es sagte, absolut wörtlich. Frösche bedeuteten Frösche. Und eine Bombe, die im Publikum einschlagen sollte, konnte ebenfalls nur eins bedeuten.

Mit einem plötzlichen, reißenden Geräusch brach der sechs Tonnen schwere Kronleuchter von den Trägerbalken, die ihn hielten, und stürzte ins Parkett, wo er mit solcher Macht aufschlug, daß er einen gigantischen Krater in den Boden riß, in dem er sich selbst halb begrub.

Das Ganze konnte nicht länger als drei Sekunden gedauert haben, aber ich sage Ihnen, es schien eine Ewigkeit zu sein. Der Kronleuchter schien mitten in der Luft zu schweben, und das ganze Haus darunter war wie festgenagelt von dem Anblick seiner Flugbahn, bis er schließlich mit einem donnernden Splittern von Glas in einem Gebirge aus Staub zu Boden stürzte.

Der Schock und der Lärm waren so groß, daß die Schreie der Menschen kaum noch zu hören waren.

Mittlerweile hatte ich meine Geistesgegenwart wiedererlangt und hastete aus der Loge. Ich rannte die Treppen hinunter, nahm sieben Stufen gleichzeitig (in der Hoffnung, daß meine Knöchel nicht entzweibrechen würden) und flog hinter die Bühne, wo ich Ponelle zusammen mit dem übrigen Orchester in entsetzter Verblüffung vorfand. Ich griff ihn am Ärmel.

»Schnell!« schrie ich. »Führen Sie mich aufs Dach!«

»Aber die Menschen –« rief der Geiger, unfähig sich von der Stelle zu rühren.

»Das *Dach*, Mann! Es gibt genug Leute, die sich um die Verletzten kümmern können.« Ich schlug ihm leicht ins Gesicht. »Bringen Sie mich aufs Dach!« Daraufhin zog ich ihn durch das völlig verwirrte Orchester hindurch zu dem Eingang des Orchestergrabens.

Ponelle, der nun auch wieder bei Sinnen war, begriff, was ich wollte, und wir bahnten uns unseren Weg durch die Menge weinender, schreiender Statisten, Solisten, Inspizienten und durch das hysterisch gewordene *corps de ballet,* bis er schließlich eine Leiter auf dem rechten Teil der Bühne fand, die in die Obermaschinerie des Theaters hinaufführte.

Ich stolperte hinter ihm her, rannte eine Reihe unsicherer Stege entlang und dann wieder eine neue Eisenleiter hinauf, die zu wieder anderen, bedenklich schwankenden Holzstegen führte. Schließlich kamen wir in die Kuppel. Durch das Loch, in dem einmal die Kette des Kronleuchters gehangen hatte, konnten wir das Meisterwerk des Phantoms erkennen.

Der gigantische Kronleuchter hatte in einem zwanzig Fuß großen Radius im Parkett alles und jeden zerschmettert. Menschen kletterten wie die Ameisen übereinander, während sie versuchten zu entkommen, einander zu helfen, sich zu befreien, zu sterben.

Ich hatte keinen Zweifel daran, daß sich unter den Opfern eine arme Frau befand, die heute abend zum ersten (und letzten) Mal in ihrem Leben die Opéra besucht hatte.

Und ich brauche wohl kaum hinzuzufügen, daß von dem Ungeheuer, das die Verantwortung für all das trug, keine Spur zu sehen war. Das einzige, was wir vorfanden, war ein Stück schweren Kabels, das geräuschlos über der Öffnung schwang, mit ausgefransten Stahlfäden dort, wo es durchtrennt worden war – ein weiterer, äußerst überzeugender ›Unfall‹.

»Ist da nichts?« keuchte Ponelle und starrte mich mit wilden Augen an, während ihm der Schweiß übers Gesicht lief.

»Nichts«, antwortete ich, wobei ich gleichzeitig das

Stück Papier mit der vertrauten Kursivschrift einsteckte, das jemand nur für mich dort hatte liegenlassen.

Aber ich hatte die Worte bereits gelesen: ›*Trop tard, Monsieur Sherlock Holmes*‹«.

In der Tat, zu spät!

KAPITEL ZEHN

Rezitativ

»Ich hätte besser daran getan, Sie zu meinem eigenen Schutz zu engagieren.«

»Noch nie in meinem Leben habe ich so versagt.«

»Ich bin genausowenig frei von Schuld wie Sie.«

»Ein schönes Paar sind wir.«

Dieses bittere Gespräch fand in Miss Adlers Suite im Grand Hôtel de Paris gegenüber der Oper statt.

Es war am Morgen nach der Tragödie, und sie packte für Amsterdam.

Die jüngsten Ausgaben der städtischen Zeitungen, wie *Le Matin, Le Monde* und *Le Figaro,* waren alle voll von schaurigen Einzelheiten über die Ereignisse der vergangenen Nacht. Zweifellos haben auch die englischen Zeitungen über die Katastrophe berichtet, und Sie werden vielleicht selbst davon gelesen haben, Watson: siebenundzwanzig Menschen tot, zweiundfünfzig verletzt, unzählige mußten wegen Schock behandelt werden, und die Opéra von Prozessen überflutet.

Der Schaden im Parkett wurde schnellsten repariert und sollte, so versicherten die neuen Direktoren der Öffentlichkeit, ausreichend instand gesetzt sein, um bei der Operngala im Anschluß an den Maskenball wieder benutzbar zu sein; der große Ball sollte wie geplant stattfinden. Die Direktion bedauerte den schrecklichen Unfall, war aber natürlich für ein Unglück, das sich am ersten Tag ihrer Amtszeit ereignete, nicht verantwortlich zu machen. Ein neuer Kronleuchter würde schon bald, etc., etc.

Ich wußte, daß Madame Giry bereits wieder auf ihrem alten Posten war. Und ich bezweifelte, daß die Direktoren jemals wieder auch nur in die Nähe der Loge fünf gehen würden, und gewiß hatte ›Nobody‹ einen Vorschuß auf seine monatlichen zwanzigtausend Francs erhalten.

Überseekoffer, Handgepäckstücke und Kisten der verschiedensten Größen und Macharten lagen überall in der Suite verstreut, während Irene Adlers Zofe hin und her trottete, um sie nach den Anweisungen ihrer Herrin zu füllen.

Selten in meinem Leben, Watson, habe ich mich so schuldig gefühlt, so furchtbar begriffsstutzig.

»Sie tun sich Unrecht«, beharrte Irene Adler, als ich diesen Gefühlen mehrfach Ausdruck verlieh. »Wie hätten Sie denn so etwas vorhersehen können, und wie hätten Sie diese Menschen vor ihrem Schicksal warnen sollen?«

»Ich hätte besser doch die Polizei hinzugezogen.«

»Dort hätte man Ihnen nicht geglaubt, und hätten Sie versucht, Ihre wahre Identität zu offenbaren, wären Sie möglicherweise für verrückt erklärt und eingesperrt worden.«

Ihre vernünftigen Überlegungen verliefen in den gleichen Bahnen wie meine eigenen, das stimmte, aber im Augenblick konnte ich dieser Tatsache nichts Tröstliches abgewinnen.

»Ich bin geschlagen worden.«

»Ich denke, Sie haben auch früher schon manch eine Schlacht verloren«, sagte sie ohne eine Spur von Koketterie. »und trotzdem haben Sie den Krieg schließlich doch gewonnen.«

»Aber was auch immer ich tue, ich kann diese unschuldigen Menschen nicht wieder lebendig machen«, konterte ich düster.

»Auf der anderen Seite«, bemerkte sie trocken, »haben Sie mir das Leben gerettet. Das ist doch auch ein gewisser Verdienst, wenn auch vielleicht nur ein kleines.«

Ich blickte auf und sah einen verletzten Ausdruck auf ihrem Gesicht; es war das zweite Mal in zwei Tagen, daß ihr Gesicht etwas anderes zeigte als seinen üblichen Ausdruck belustigter Distanziertheit. Ich spürte, wie der Beginn eines neuen Kopfschmerzes an meine Schläfen pochte. Unerklärlich, Watson, da Sie doch wissen, wie selten ich davon heimgesucht werde.*

»Bitte, vergeben Sie mir, wenn meine Bemerkungen zu heftig waren«, sagte ich demütig. »Ich danke Gott, daß Ihnen nichts zugestoßen ist.«

Es entstand eine kummervolle kleine Pause. Miss Adler, die noch immer an ihrem Frühstückstisch saß, zündete sich eine Zigarette an und goß sich eine Tasse Kaffee ein.

»Warum wollte er nur so viele Menschen töten?« fragte

* Dem unter Verdrängung leidenden Holmes ist es nicht gelungen, eine Verbindung herzustellen zwischen seinen Kopfschmerzen und der Nähe der beunruhigenden Irene Adler. Seine Arbeit mit Freud war offensichtlich unvollständig.

sie sich laut. Ihre Gedanken kehrten immer wieder zu den schrecklichen Ereignissen des vergangenen Abends zurück.

»Er hatte gar kein Interesse an den vielen Menschen, ihn interessierte lediglich ein einziger.«

»Sie sprechen in Rätseln.«

»Richards Concièrge saß im Publikum. Er hatte ihr eine Karte für die Opéra gegeben, bevor sie Madame Girys Posten übernehmen sollte. Sie allein war es, die das Phantom treffen wollte. Die anderen bedeuteten ihm nichts.«

Bei dieser Mitteilung weiteten sich ihre Augen erschrocken, und sie stellte ihre Kaffeetasse mit einem schärferen Klirren ab, als sie beabsichtigt hatte.

»Wollen Sie damit sagen, daß all die anderen Menschen nur deshalb sterben mußten, damit er sicher sein konnte, daß sie unter ihnen war?«

»Genau.«

Sie gestattete sich ein kurzes Schaudern.

»Ich habe das Gefühl, daß ich gerade noch mal mit heiler Haut davongekommen bin.«

»Das stimmt.« Ich zündete mir, um ihr Gesellschaft zu leisten, ebenfalls eine Zigarette an und wartete. Aus dem Schlafzimmer hörte man das Schnappen der Kofferschlösser, die von der Zofe zugedrückt wurden. Dieses Geräusch riß sie aus den trüben Gedanken, in die sie versunken war, und sie sah mich noch einmal an.

»Ist es nicht eine seltsame Ironie, daß die einzige Person in dieser Sache, die nicht den geringsten Schutz braucht, die geradezu unverletzlich ist, eben jene ist, zu deren Schutz ich Sie engagiert habe?«

Ich zögerte. Sie sah mich an und neigte ihren Kopf, wie sie es so oft zu tun pflegte.

»Nach dem, was ich von der menschlichen Natur weiß,

Miss Adler, ist eine so intensive Zuneigung wie die, die Nobody für Mademoiselle Daaé empfindet, nur um Haaresbreite von ihrem Gegenteil entfernt.«

Ihr Gesichtsausdruck verdüsterte sich – so wie ein Fluß, der gerade noch kristallklares Wasser geführt hatte und dann plötzlich von einer Schlammflut heimgesucht wird.

»Sie halten ihn für fähig, sich gegen sie zu wenden?«

Ich sagte nichts, aber sie konnte die Antwort in meinem Gesicht lesen.

»Und wen meinen Sie mit Nobody? Wer ist Nobody?«

»Hat Mademoiselle Daaé Ihnen nie etwas von ihrem Engel erzählt?«

»Was ist mit ihm?«

»Nobody ist der Name, mit dem der Engel sich selbst bezeichnet. Es ist seine Stimme, die Sie in ihrem Ankleideraum gehört haben, seine Stimme, die Mademoiselle Daaé Musikunterricht gegeben hat. Ursprünglich hatte ich angenommen, daß es sich bei ihm um einen verärgerten Angestellten der Opéra handelte, aber mittlerweile sehe ich mich gezwungen, diese Mutmaßung fallenzulassen.«

»Wie sieht Ihre augenblickliche Theorie aus?«

»Ich habe keine. Ich weiß, um ehrlich zu sein, weniger als er, denn er kennt wenigstens meine Identität, während ich, was die seine betrifft, nicht die geringste Ahnung habe.«

Sie errötete.

»Sie glauben, daß mein Aufschrei Sie möglicherweise verraten hat?«

Wieder einmal sah sie mich zögern.

»Das tut mir wirklich leid, Mr. Sigerson. So leid, wie es mir tut, Sie als Denkmaschine bezeichnet zu haben.«

An meinen Kopfschmerzen war mittlerweile kein Zweifel mehr, Watson.

»Und Sie sind sicher, daß er weiß, wer Sie sind?«

»Ganz sicher«, sagte ich bekümmert und tastete nach dem an mich adressierten Papierschnipsel in meiner Tasche. »Alles, was ich von ihm weiß, ist, daß er Homer liest.« Sie warf mir einen fragenden Blick zu. »In der *Odyssee* wird der Zyklop Polyphemus von dem Helden, der sich ›Niemand‹ nennt, geblendet. Als der Riese sich später bemüht, seinen Angreifer zu benennen, sind seine Zyklopenbrüder verständlicherweise verwirrt.« Ich seufzte. »Wahrscheinlich ist er ziemlich stolz auf seine Idee.«

Miss Adler drückte ihre Zigarette aus.

»Also gut«, sagte sie unglücklich. »Hiermit befreie ich Sie von Ihrer Aufgabe. Und es tut mir von ganzem Herzen leid, daß ich Sie in diese Angelegenheit überhaupt hineingezogen habe«, fügte sie mit leiser Stimme hinzu.

Ihr Kummer war offensichtlich. Ich zog mir einen Stuhl heran und setzte mich zu ihr.

»In dieser Hinsicht brauchen Sie sich keine Gedanken zu machen, Madame. Es wäre nichts anders gekommen, hätte ich mich niemals um Mademoiselle Daaé gekümmert.«

Diese Tatsache verbitterte mich mehr als alles andere, Watson. Diesem Wahnsinnigen gegenüber fühlte ich mich vollkommen machtlos.

»Es tut mir nur leid, daß ich gescheitert bin«, fügte ich nach einem weiteren Augenblick des Schweigens hinzu. Sie sah mich mit glänzenden Augen an und nahm meine Hand, die sie dann ein wenig länger festhielt, als es unbedingt notwendig gewesen wäre.

»Bitte, sagen Sie doch so etwas nicht, Mr. Sigerson. In meinen Augen können Sie nicht versagen. Ganz gewiß nicht nach gestern nachmittag.«

Ich konnte weder in ihrer Stimme noch in ihrem

Gesichtsausdruck auch nur die geringste Spur von Spott bemerken. Sanft entzog ich ihr meine Hand und erhob mich.

»In einer Hinsicht können Sie ganz beruhigt sein, Miss Adler: Ich habe nicht die geringste Absicht, den Fall aufzugeben. Ich habe vielmehr die Absicht, diesen Schurken zur Strecke zu bringen, und wenn es das letzte ist, was ich in meinem Leben tue.«

»Ich hoffe, das wird es nicht sein«, sagte sie und erhob sich ebenfalls, wenn auch mit einigem Zögern. »Würden Sie mich in Ihre Pläne einweihen?«

»Das halte ich im Augenblick für wenig ratsam. Würden Sie mich in die Ihren einweihen?«

Sie hob mit einer Geste, die ich langsam für charakteristisch hielt, ein wenig die Schultern. »Von Amsterdam aus gehe ich nach Montenegro.« Sie seufzte. »Ein einsamer Wanderer.«

»Sie werden zweifellos glücklich sein, von hier fortzukommen und diese ganze erbärmliche Angelegenheit hinter sich zu lassen.«

Sie schenkte mir einen Blick, der wieder ganz ihr altes Selbst verriet, und sah mich unter ihren seidigen Wimpern verschmitzt an.

»Nicht vollkommen glücklich, denke ich. Werde ich Sie wiedersehen?«

Ich nahm ihre Hand und küßte sie; diesmal ließ ich sie nicht los.

»Alles ist möglich, Miss Adler.«

Sie betrachtete forschend mein Gesicht.

»Ich hoffe, Sie finden, wonach Sie suchen, mein Freund.«

»Er wird mir nicht entkommen.«

»Das war es nicht, was ich meinte«, antwortete sie rätselhaft und erwiderte meine frühere Geste, indem sie mir langsam ihre Hand entzog.

Die städtische Planungskommission hatte ihren Sitz in der Rue de Varenne Nr. 76. Die Rue de Varenne war eine relativ schmale Durchgangsstraße mit schmalen, baumlosen Bordsteinen. Bis auf das Zuhause von Mrs. Wharton beherbergte die Straße hauptsächlich Regierungsgebäude.* Ein Angestellter, der mitten in dem gelblichmarmornen Foyer der Planungskommission an einem Empfangstisch saß, setzte mich mit einer beflissenen, wenn auch ein wenig herablassenden Miene davon in Kenntnis, daß ich die Abteilung für öffentliche Gebäude suchte, die sich hundert Schritte von diesem Haus entfernt in der Nummer 92 befand.

Also begab ich mich nach Nummer 92, fand dort einen etwas entgegenkommenderen Angestellten und unterbreitete ihm meinen Wunsch, die Baupläne des Palais Garnier zu sehen.

»Aber mit Vergnügen, Monsieur. Alle Pläne von öffentlichen Gebäuden stehen der Öffentlichkeit zur Verfügung. Ich muß allerdings eine Instandhaltungsgebühr von zwei Francs erheben.«

Dankbar für diesen demokratischen Grundsatz bezahlte ich die Gebühr, folgte meinem Führer durch endlose Stapel zerfallender Dokumente und wartete am Fuß eines dieser Stapel, während er auf einer großen Rolleiter hinaufkletterte.

»Na, das ist aber komisch.«

»Kann ich Ihnen helfen?« Er sagte für eine ganze Weile nichts mehr, und ich wartete ungeduldig, während er über meinem Kopf herumstöberte und mich mit Staub und kleinen Stückchen vergilbenden Papiers berieselte, das sich wie ein überalteter Schneeregen über mich ergoß.

* Dem Herausgeber war es nicht möglich, diese Anspielung zu enträtseln.

Schließlich kam er herunter und sah mich mit einem seltsamen Gesichtsausdruck an.

»Sie sind verschwunden.«

»Was denn, alle?«

Er kratzte sich wie zur Antwort am Kopf, bedeutete mir dann, ihm zu folgen, und wir bahnten uns unseren Weg durch weitere Papierstapel, nur um in einem anderen Gang zu demselben Ergebnis zu kommen.

»Sehr komisch.«

Ich fand es überhaupt nicht komisch, sagte aber nichts dergleichen.

Ich fragte mich, ob ich das Recht hätte, die zwei Francs zurückerstattet zu bekommen, beschloß dann aber nach einiger Überlegung, auch davon nichts zu erwähnen.

»Was ist mit dem Architekten?« fragte ich statt dessen.

»Von wem sprechen Sie?«

»Garnier. Haben Sie eine Ahnung, wo ich ihn finden könnte?«

»Père Lachaise – aber ich glaube nicht, daß er mit Ihnen reden wird, Monsieur.«

»Warum denn nicht?«

Er lächelte und schien sich seines Scherzes ein wenig zu schämen.

»Père Lachaise ist ein Friedhof, Monsieur.«

»Aha.«

Charles Garnier, so schien es, war vor zwei Jahren gestorben und mit nicht unerheblichem Zeremoniell auf dem berühmten Friedhof beigesetzt worden.*

Und so versperrte sich mir ein weiterer Weg, auf dem ich hätte Nachforschungen anstellen können, aber in meinen Gedanken formte sich eine bestimmte Idee. Mir war

* Alle Berühmtheiten scheinen dort begraben zu sein. Neben Oscar Wilde wird der Besucher auch Jim Morrison finden.

jetzt klar, daß das Phantom mehr von der Opéra wußte als irgend jemand sonst, und daß es seine Vorkehrungen getroffen hatte, daß das auch so bleiben würde. Es war ein unglücklicher Umstand, daß der Schöpfer des Labyrinths tot war, denn nach dem Verschwinden der Pläne wäre sein Wissen überaus hilfreich gewesen.

Ich ging die Straßen des *rive gauche* entlang, blind und gedankenverloren, während ich versuchte, wieder Herr meiner Sinne zu werden. Zweifellos hätte ich mit der Suche nach den Bauplänen beginnen sollen, bevor ich Christine Daaé besuchte; ich hätte mit Debienne und Poligny sprechen sollen, bevor ich dem kleinen Vicomte Liebesbotschaften überbrachte. Es gab so viel ›hätte‹ und ›wäre‹ in meiner Schuldlitanei. Diese und andere Torheiten machten mich schuldig, aber mir wurde klar, daß ich mit meinen Nachforschungen niemals vorwärtskommen würde, wenn ich mich weiter mit solchen Überlegungen aufhielt. Es war immer leicht, im nachhinein klug zu sein, wie Irene Adler bereits angedeutet hatte. Daher beschloß ich mit einem resoluten Schulterzucken, diese Dinge hinter mir zu lassen und noch einmal von vorn zu beginnen.

Meine Hauptschwierigkeit bestand darin, daß ich es mit einem Verrückten zu tun hatte; die Logik, die mir für gewöhnlich weiterhalf, war auf Gedeih und Verderb einem Unhold ausgeliefert, dessen Entscheidungen in undurchdringliche Rätselhaftigkeit gehüllt waren. Wenn er verrückt war, dann mußte ich das System hinter seinem Wahnsinn finden. Wenn ich seine Handlungen nicht vorhersehen konnte, konnte ich vielleicht wenigstens seine Motive verstehen lernen.

Sie schienen auf der Hand zu liegen. Das Ungeheuer war von der armen Christine Daaé besessen. Auch dieser Gedanke begann, während ich an Straßen und kleinen Geschäften vorbeilief, immer mehr an Gestalt anzunehmen. Soweit es sie betraf, gefiel es ihm, seine eigenen Regeln für Leben und Tod zu machen, ein Gesetz, das ganz das seine war. Es gefiel ihm, zu kommen und zu gehen, wann und wo es ihm paßte, so als gehörte ihm die ganze Opéra.

Dann plötzlich dämmerte es mir. Es war gegenüber von St.-Germain-Des Prés, als mir die Erleuchtung kam, ebenso plötzlich und magisch wie jener Apfel, der auf Newtons Kopf fiel. Als mir die Lösung des Ganzen klar wurde, mußte ich stehenbleiben und mich gegen eine Platane am Straßenrand lehnen, denn einen Augenblick lang war mir schwindlig vor Staunen. Die Wahrheit, über die ich gestolpert war, war, wenn auch unglaublich, ganz und gar unausweichlich, und außerdem hatte ich sie schon eine ganze Weile direkt vor der Nase gehabt. Es war nur die Eigenartigkeit des Ganzen, die mich so begriffsstutzig gemacht hatte. Sie kennen meine Lieblingsmaxime, Doktor: Man muß das Unmögliche ausschließen, und was immer dann noch bleibt, muß, gleichgültig, wie unwahrscheinlich, die Wahrheit sein. Nur auf diese Art und Weise konnte ich mir die ungewöhnliche Kenntnis, die das Phantom über die Opéra hatte, erklären. Ich kann nicht verstehen, warum mir die einfachste aller Lösungen erst so spät in den Sinn gekommen war, aber da ich ohnehin in der Stimmung war, mir selbst zu verzeihen, beschloß ich, diesem geschenkten Gaul nicht weiter ins Maul zu schauen und kostbare Zeit zu verschwenden, indem ich mich für meine Blindheit geißelte.

Ich fand Ponelle in seinem Stammlokal auf dem Boulevard St. Germain, wie er mit einer gefährlich von seinen Lippen baumelnden Zigarette über den Zeitungsartikel, der von der Tragödie berichtete, versunken war.

»Geht es Ihnen gut?« fragte ich, zog mir einen Stuhl heran und winkte dem Kellner. »So gut, wie man es unter diesen Umständen erwarten kann«, gab er zurück, ohne aufzublicken. »Ich wette, Madame Giry ist wieder in Lohn und Brot.«

»Das würde mich nicht wundern. Darf ich Ihnen ein paar Fragen stellen?«

Zum ersten Mal sah er mich an.

»Nur wenn ich Sie vorher etwas fragen darf.« Ich wartete. »Sie haben doch gewußt, daß gestern abend irgend etwas nicht stimmte.«

»Das ist keine Frage.«

»Nun kommen Sie schon. Und Sie haben gestern bei der Probe Mademoiselle Adler das Leben gerettet.« Bevor ich darauf etwas erwidern konnte, machte er sich seinen Vorteil zunutze. »Ich habe Sie vor der Abendvorstellung auf der Bühne stehen sehen, und Sie waren rastlos wie ein Panther und haben alles und jeden genau beobachtet.« Er lächelte triumphierend. »Und Sie haben mir gesagt, ich soll Sie bei Leroux entschuldigen. Sie sind Polizist?«

Der Kellner kam und nahm meine Bestellung entgegen. Als er wieder gegangen war, tat ich so, als müßte ich mich zu einem Entschluß durchringen.

»Ich werde Sie also ins Vertrauen ziehen«, sagte ich schließlich und stürzte mich kopfüber in das alte Märchen, daß ich auf Geheiß der Präfektur Nachforschungen über den Tod von Joseph Buquet anstellte.

Ponelle nickte ernst und streifte ein wenig Zigarettenasche ab.

»Ich wußte es.« Er seufzte. »Fragen Sie.«

»Ich möchte, daß Sie mir etwas über Charles Garnier erzählen.«

»Was ist mit ihm?«

»Könnten Sie ihn mir beschreiben?« Er sah mich verwirrt an. »Seine körperliche Erscheinung. Wie sah er aus?«

Ponelle nagte an einem Fingerknöchel. Mein Kaffee kam, und ich rührte nachdenklich darin herum, während ich mich bemühte, meine Ungeduld zu verbergen.

»Er war, ehm, ich würde sagen, einsachtzig groß, hatte ziemlich dunkle Haut und tief eingefallene blaue Augen.«

»Was sonst noch?«

Er schloß die Augen, suchte in Gedanken nach weiteren Informationen und sah mich dann plötzlich lächelnd an.

»Sein Haar und sein Bart waren rot – feuerrot.«

»Würden Sie ihn wiedererkennen, wenn Sie ihn sehen?«

»Er ist tot, Monsieur.«

»Sie haben mir nicht meine Frage beantwortet.«

KAPITEL ELF

In der Stadt der Toten

»Ich kann einfach nicht glauben, daß Sie mich dazu überreden konnten«, rief Ponelle schon zum fünften Male, als wir durch das Tor des Père-Lachaise-Friedhofs traten, das ein wenig abseits vom Boulevard Ménilmontand lag. Es war fast fünf Uhr, und es nieselte leicht. Bevor der junge Mann jedoch seine Meinung ändern konnte, nahm ich ihn am Arm.

»Führen Sie mich bitte ein wenig herum, und seien Sie so nett, daran zu denken, daß ich die Präfektur repräsentiere.«

»Warum wenden Sie sich dann in dieser mysteriösen Angelegenheit nicht an dieselbe?«

»Das würde eine ganze Menge Papierkram und Aufsehen mit sich bringen, und beides kann ich im Augenblick nicht gebrauchen. Später kann es natürlich durchaus notwendig sein, alle Diskretion fahren zu lassen.«

Er schien sich für den Augenblick mit dieser Erklärung zufriedenzugeben, und nachdem er noch einen finsteren Blick auf den bleiernen Himmel geworfen hatte, führte er mich nach rechts. Der Friedhof war riesig, eine wahre Stadt der Toten, eingeschmiegt in Hügel und Täler und durchkreuzt von einem scheinbar endlosen Mosaik sich windender Straßen und Miniaturboulevards, alle besetzt von winzigen Gebäuden, den eleganten Gruften der Verstorbenen.

»Hier bekommt man eine Gänsehaut«, murmelte Ponelle unglücklich.

»Haben Sie etwas gegen Friedhöfe?«

Er zuckte die Achseln.

»Ich bin nicht abergläubisch, wenn es das ist, was Sie meinen. Das hier war der Schauplatz des letzten Gefechts der Kommune vor zwanzig Jahren. Zwischen eben diesen Gräbern haben sich die widerwärtigsten Kämpfe abgespielt, und viele dieser Grabstätten waren von Toten bedeckt statt anders herum. Die letzten hundertfünfzig Überlebenden wurden hier an eine Mauer gestellt und erschossen. Anschließend hat man sie auf der Stelle in einem Gemeinschaftsgrab beigesetzt. Es muß hier irgendwo sein.« Er schauderte bei dem Gedanken. »Möchten Sie sehen, wo Garnier liegt?«

»Ich habe es nicht besonders eilig. Erzählen Sie mir mehr über diesen Ort«, wies ich ihn an, denn mir war klar, daß ich ihn so lange von meinem eigentlichen Vorhaben ablenken mußte, bis ich nicht mehr umhin konnte, ihn einzuweihen.

»Was möchten Sie gern wissen?«

»Alles. Wer war Père Lachaise?«

Wieder zuckte er die Achseln.

»Er war der Beichtvater von Louis XIV. und der Schutzpatron dieses Friedhofs. Der Friedhof war bis zu ihrer

Vertreibung im Besitz der Jesuiten. Die Stadt hat ihn irgendwann gegen 1800 erworben. Aber ich bin kein Experte, was das betrifft.«

»Ganz im Gegenteil, mein lieber Junge. Wie immer sind Sie ein Quell der Erleuchtung.«

Wir blieben vor der Krypta von David stehen, dem feurigen Maler und Patrioten der Revolution. Ganz in der Nähe entdeckte ich das Grab von Géricault. Vielleicht hatte man hier wie in Westminster Abbey die Toten nach ihren Berufen zusammengelegt?

»Ich glaube nicht«, meinte mein Führer in neutralem Ton.

Während wir weiter in südwestlicher Richtung gingen, kamen wir an der Grabstätte Molières vorbei, auf die ich meinen jungen Freund eigens aufmerksam machte.

»Es wird langsam dunkel, und sie werden den Friedhof bald schließen«, war seine einzige Antwort. »Außerdem bin ich naß bis auf die Haut.«

»Und sehen Sie mal, hier liegt Hugo!« rief ich aus. »Es sieht so aus, als hätten Sie die Schriftsteller zusammengelegt, genauso wie die Maler.« Mit solchem Geplänkel brachte ich die Zeit zu, und ich mußte meine Überraschung nur zur Hälfte spielen, als ich den Grabstein von Beaumarchais und den des armen Maréchal Ney entdeckte. Es war wirklich ein außerordentlicher Friedhof.

Ich zündete mir eine Pfeife an und drehte den Kopf nach unten, um den Tabak vor der Nässe zu schützen.

»Das ist die Stelle, an der die Kommunarden zu Tode gekommen sind«, bemerkte Ponelle mürrisch und wies mich auf eine Gedenktafel hin, die über einem Massengrab stand. In der Ferne hörte ich eine Glocke schlagen. Dieses Geräusch schien meinen Begleiter zu erleichtern. »Kommen Sie, wir müssen gehen. Sie schließen gleich.

Wir müssen ein andermal zurückkommen, um Garnier zu finden.«

»Seien Sie still. Wir gehen nirgendwohin.«

Er sah mich durch den Regen hindurch mit einem ungläubigen Gesichtsausdruck an, den ich bei anderer Gelegenheit überaus komisch gefunden hätte.

»Nirgendwohin. Was meinen Sie damit?«

»Ich meine, daß ich die Absicht habe, das Grab von Garnier noch heute abend zu sehen. Bleiben Sie hinter diesem Grabstein von Murger* stehen, und rühren Sie sich nicht vom Fleck, bis ich es Ihnen sage.«

Mit einem sanften Stoß drängte ich den erstaunten Ponelle in ein Versteck und zog meine Uhr hervor. Wie sehr ich mir wünschte, Sie dabeigehabt zu haben, Watson! Das war genau die Art von Unternehmung, die Ihrer unerschrockenen Seele entsprochen hätte, und da war ich nun mit einem furchtsamen Geigenspieler gestrandet, der mich mittlerweile für vollkommen übergeschnappt hielt. Unglücklicherweise muß ich jedoch sagen, daß wir Ponelles unverzichtbare Dienste benötigt hätten, selbst wenn ich den Vorteil Ihrer getreuen Gegenwart hätte genießen dürfen.

»Aber wenn sie uns finden«, flüsterte er wütend. Ich legte einen Finger über die Lippen und übte einen leichten Druck auf seine Schulter aus.

Wie ich mir gedacht hatte, brauchten wir nicht lange zu warten. Es gab nur wenige Angestellte dort, und bei diesem Wetter machten sie ihre Runden mit beträchtlicher Gleichgültigkeit und widmeten ihren Aufgaben nur die oberflächlichste Aufmerksamkeit. Die Toten, davon konnte man ausgehen, waren schließlich tot. Ich klopfte

* Henri Murger (1822–1861) war der Verfasser von *Scènes de la Vie de Bohème*, das im Jahre 1896 Puccinis Oper *La Bohème* inspirierte.

die Asche aus meiner Pfeife und steckte sie in die Tasche meines Ulsters, direkt neben die Butterbrote, die ich eigens für diese Gelegenheit mitgenommen hatte.

Mittlerweile war es ziemlich dunkel, und der Wind hatte etwas aufgefrischt, was wenig dazu beitrug, unsere Stimmung zu heben.

»Ich bin jetzt so weit, daß Sie mir die Krypta von Charles Garnier zeigen können«, kündigte ich an.

»Aber wie wollen Sie sich das Grab denn jetzt noch ansehen?« erwiderte er mit einiger Schärfe. »Also, ich finde diese ganze Angelegenheit höchst ungewöhnlich.«

»Fassen Sie sich in Geduld, mein lieber Ponelle. Das Gebäude auf der anderen Seite gehört, wie ich mir vorstelle, dem Totengräber, der mittlerweile, das möchte ich wetten, ein warmes Abendessen genießt und froh ist, diesem rauhen Abend entkommen zu sein. Sollen wir herausfinden, ob meine Annahme korrekt ist?«

Der kleine Schuppen gehörte tatsächlich den Totengräbern, und es kostete mich keine große Mühe, das unhandliche Schloß zu knacken und meinen übellaunigen Komplizen in das kleine Gebäude hineinzuziehen. Dort fand ich, wie erwartet, eine Laterne und mehrere andere nützliche Werkzeuge, von denen eines, wie ich wußte, ganz besonders wichtig war.

»Was haben Sie mit diesem Stemmeisen vor?« wollte Ponelle mit einem ängstlichen Blick wissen.

»Immer nach Ihnen, mein lieber Junge.«

Er schnaubte mit einer Mischung aus Spott und Verzweiflung und stampfte aus dem kleinen Gebäude hinaus.

Ich folgte dem gebündelten Lichtstrahl der Laterne in Ponelles Kielwasser, während dieser mich zur Nordseite der Totenstadt leitete. Es muß etwa ein Weg von einer halben Meile gewesen sein. Wir waren bis zu den Augenbrauen mit Schlamm bespritzt, und einmal mußten wir uns flach auf den nassen Boden legen, als einer der Friedhofswächter auf seinen Runden an uns vorbeikam, nicht mehr als drei Gräberreihen von uns entfernt.

»Hier liegt Bizet«, sagte Ponelle, der mittlerweile gegen seinen Willen von dem Abenteuer fasziniert war. »Die Gedenktafel hat Garnier selbst entworfen.« Er war der geborene Fremdenführer.

»Das spielt jetzt keine Rolle. Zeigen Sie mir Garnier.«

Er bedeutete mir, ihm zu folgen. Der Schöpfer von Bizets Grabstein und der Pariser Opéra lag nicht mehr als fünfzehn Schritte entfernt von dem Komponisten von *Carmen* in einer großen Gruft. Ein einziges Wort stand auf dem weißen Granit:

Garnier

Ich sah mich vorsichtig um.

»Nun, mein lieber Ponelle, muß ich Sie bitten, Ihre Nachsicht noch ein wenig weiter zu strapazieren«, sagte ich beschwichtigend, während ich mit einer schwungvollen Geste das Stemmeisen unter meinem Mantel hervorzog. Seine Augen traten aus ihren Höhlen. Das Stemmeisen hatte er vergessen.

»Was haben Sie damit vor?«

»Ich habe vor, den Sarg von Monsieur Garnier zu öffnen und –«

Weiter kam ich nicht. Der arme Ponelle sprang auf wie eine erschrockene Gazelle und wollte an mir vorbeilaufen. Ich hielt ihn am Revers fest und ließ mein Instrument mit einem sanften Aufschlag in das nasse Gras fallen.

»Ponelle.«

»Das ist unglaublich!«

»Ponelle!«

»Monströs! Unerträglich!«

»Das einzige, was ich von Ihnen will, ist, daß Sie die Leiche identifizieren.«

»*Was?*«

Ich wiederholte meine Bitte.

»Das ist der reine Wahnsinn! Der Mann ist seit zwei Jahren tot!«

»Ich glaube nicht.«

Er starrte mich an. »Ich glaube, Daedalus ist noch immer im Zentrum seines Labyrinths.«

»Ich habe nicht die geringste Ahnung, wovon Sie sprechen. Man wird uns verhaften und verurteilen –«

»Ponelle, hören Sie mir zu. Niemand wird uns verhaften. Morgen abend um diese Zeit werden wir beide in trockenen Kleidern auf unseren gewohnten Stühlen im Orchestergraben sitzen und bei der Operngala spielen. Für den Augenblick müssen Sie tun, was ich Ihnen sage. Das ist eine polizeiliche Anweisung«, erinnerte ich ihn, um ihn etwas zu ermutigen.

Er seufzte unglücklich, blieb jedoch neben mir stehen, während ich wieder nach meinem Werkzeug griff, und hielt mir stumm die Laterne. Ich begann, die Tür der Gruft aufzustemmen, was nicht weiter schwierig war; das Schloß war eher ein Schmuck als ein Hindernis. Es gab meinen Bemühungen mit einem leisen Stöhnen des Protests nach und öffnete sich mit einem gedämpften Knirschen. Ich winkte dem Geiger zu, damit er mir folgte, und betrat die Gruft.

Drinnen war es kühler, aber immerhin trocken. Überall hingen Spinnweben, und ein unangenehm muffiger Geruch schlug uns entgegen.

Der Garnier-Clan hatte hier sechs Katafalke. Der Architekt lag rechts von mir in der Mitte, was ein diskretes Messingschild anzeigte, das mittlerweile zu einem schmuddeligen Grün oxidiert war.

»Halten Sie die Laterne höher.«

Sprachlos gehorchte er. Das Geräusch des Stemmeisens, das die eisernen Scharniere und Schnappverschlüsse splittern ließ, rief in dieser kleinen Kammer ein donnerndes Echo hervor.

»*Mon dieu, mon dieu!* Das ist ja barbarisch«, murmelte der anständige Bursche. Und doch hatten ihn meine Bemühungen gegen seinen Willen in ihren Bann geschlagen. Die Neugier gehörte zu seinen besten Eigenschaften.

»Was meinten Sie vorhin mit Daedalus? Wer ist Daedalus?«

»Einst, vor langer Zeit, noch bevor man anfing, Geschichte zu schreiben, war Minos der König von Kreta«, erklärte ich ihm, während ich mit steifen Fingern eine eingerostete Schraube aufzudrehen versuchte. »Der Bruder seiner Frau war ein Ungeheuer, halb Mann, halb Stier, und wurde Minotaurus genannt.«

»Kommen Sie doch endlich zur Sache, bitte!«

»Wie Sie wollen. Seine Frau liebte ihren schrecklichen Bruder und konnte den Gedanken, daß man ihn tötete, nicht ertragen. Daraufhin engagierte der König eine Gruppe von Architekten, die ein Labyrinth konstruieren sollten, in dem das Ungeheuer gefangen saß, so daß man es am Leben lassen konnte und gleichzeitig verhinderte, daß es anderen Schaden zufügte. Daedalus war der Name des obersten Architekten.«

Darüber dachte er schweigend nach, während ich weiterarbeitete.

»Sie glauben, Garnier ist das Ungeheuer? Daß er sich sein eigenes Labyrinth geschaffen und dann darin niedergelassen hat?«

»Ich bin mir dessen sicher.« Ich drückte den Deckel des Katafalks hoch und hörte ein unheilverkündendes Quietschen. Ponelle drückte sich ängstlich näher an mich. »Hier, helfen Sie mir, dieses Ding aufzubekommen.«

Zusammen gelang es uns, den Deckel zurückzuwerfen.

»Nehmen Sie das Licht, und sagen Sie mir, was Sie sehen.«

»Ich kann nicht.«

Dann aber drängte er sich mit einer plötzlichen Entschlossenheit an mir vorbei, die ich ihm kaum zugetraut hätte, und stellte sich auf den Katafalk darunter, damit er hoch genug kam, um etwas zu sehen. Einen Augenblick später hörte ich ihn entsetzt aufstöhnen, und er taumelte zurück, wobei er um ein Haar die Laterne gegen die steinerne Mauer geschlagen hätte. Ein furchtbar trockener, krächzender Husten schüttelte ihn.

»Er ist es!«

»Wie können Sie sich da so sicher sein?«

»Er ist es, das sage ich Ihnen! Sehen Sie doch selbst! Oh, *mon dieu*!« Und damit versank er in einem neuerlichen Hustenanfall und bedeckte Mund und Nase mit einem Taschentuch. Ich ließ ihn schlaff an der Wand stehen, nahm die Laterne und kletterte selbst auf den unteren Katafalk.

Bei dem Anblick, der mir entgegenschlug, will ich nicht länger verweilen, obwohl er selbst in einem so hartgesottenen Seemann wie mir einen *frisson* auszulösen vermochte. Der Sarg enthielt die Überreste eines hochgewachsenen Mannes im Zustand entsetzlicher Verwesung; die Gesichtszüge waren vollkommen ausgelöscht. Und dennoch war Ponelle in seiner Identifikation nicht in die Irre gegangen, wie die Überfülle roten Haars bewies, das nach Garniers Tod weitergewachsen war. Aufgrund seiner Farbe hätte der Architekt gewiß Aufnahme in der Liga Rothaariger Männer gefunden.*

* Siehe *Die Liga der Rothaarigen Männer.*

Ich trat zurück und schloß bestürzt die Augen.

»Es ist unbegreiflich.«

»Was ist unbegreiflich? Daß ein Mann in seinem eigenen Sarg liegt? Können wir jetzt endlich von hier weggehen?«

»Einen Augenblick noch.« Ich konnte meine Gedanken nicht in Worte fassen, Watson. Ich war mir so sicher gewesen! Mein Verstand, dieses wichtigste Instrument meiner Arbeit, auf das ich mich seit so langer Zeit schon verließ und worauf ich verzeihlicherweise so stolz war, hatte versagt. Wie betäubt saß ich in der Gruft, ohne mich um die unversöhnliche Härte des Bodens, auf dem ich hockte, zu scheren. Wie es meine Gewohnheit ist, sprach ich laut, um meine Gedanken besser ordnen zu können.

»Man muß das Unmögliche ausschließen! Die einzige Erklärung dafür, daß ein Mann sich so in den Unterbauten dieses Gebäudes bewegen kann, ist die, daß er es selbst entworfen haben muß. Nur so kann man sich seine überlegene und einzigartige Kenntnis der Örtlichkeiten erklären. Er hatte bereits beim Entwurf des Gebäudes seine besonderen Bedürfnisse im Sinn.«

Ponelle sah mich merkwürdig an und ließ sich an der gegenüberliegenden Wand zu Boden sinken.

»Ist das Ihre Theorie?«

»Zeigen Sie mir eine bessere«, forderte ich ihn mit einiger Verbitterung heraus. Er starrte mich weiter an. »Was ist los?«

»Nun«, begann er zögernd, »wenn Sie nach dem Architekten suchen, der die Opernkeller entworfen hat, haben Sie hier den falschen Mann.«

»Was?«

»Das war nicht Garnier. Das war sein Assistent.«

»*Was?*«

Er nickte eifrig und machte es sich, während ich ihn mit offenem Mund anstarrte, bequem.

»Natürlich. Er war der wahre Genius hinter den Plänen zu den Untergeschossen. Er war derjenige, der sich die Trockenlegung des Sumpfes ausgedacht und den See geplant hat und so weiter. Garnier hat das eigentliche Theatergebäude gebaut. Aber es war sein Assistent, der den Rest gemacht hat.«

»Ikarus.«

»Was?«

»Der Sohn und Assistent von Daedalus. Sind Sie absolut sicher bei dem, was Sie da sagen?«

»Absolut. Er hat sich ausgedacht, wie das Fundament der Oper gebaut werden sollte. Ein großer Mann mit einem großen Lachen. Wir Gassenkinder haben ihn angebetet. Aber auch von ihm werden Sie wohl kaum irgendwelche Informationen bezüglich des Gebäudes bekommen.«

»Tot?«

»Es hat einen Einsturz gegeben, im Jahre . . .« Er kratzte sich am Kopf und versuchte, sich zu erinnern. »1874, glaube ich. Eine Senkung des Bodens unter der Rue Gluck. Man arbeitete gerade an einem Tonnengewölbe aus Backstein über dem See. Der arme Mann wurde unter mehreren Tonnen von nassem Beton und Steinen begraben. Und dabei stand die Oper so kurz vor der Vollendung«, fügte er hinzu und schüttelte bei der traurigen Erinnerung den Kopf.

»Begraben!« Jedesmal, wenn meine geniale Theorie beinahe auf eigenen Füßen stehen konnte, wurde sie von irgendwelchen neuen Beweisen zu Fall gebracht. »Warten Sie mal einen Augenblick. Hat man seine Leiche gefunden?«

»O ja, ein paar Wochen später hat man sie aus dem See

gezogen. Ich glaube, es war kein schöner Anblick. Schlimmer als das, könnte ich mir denken.« Er wies mit dem Kopf auf den offenen Katafalk über mir.

Ich wußte, daß ich auf der richtigen Spur war, Watson, jede Faser meines Herzens sagte mir das, und doch hatte man die Leiche des Mannes gefunden. Als ich solchermaßen wieder einmal mit meiner mageren Theorie an einem toten Punkt angelangt war, begann es mir plötzlich erneut zu dämmern.

»Haben Sie nicht neulich erzählt, daß man zu Zeiten der Pariser Kommune die Leichen in den Sumpf geworfen hat – zu der Zeit, als die unvollendete Opéra noch als Gefängnis benutzt wurde?«

»Gewiß«, stimmte Ponelle mir zu. Dann öffnete er den Mund, nur um ihn gleich darauf wieder zu schließen. »Aber Sie glauben doch nicht . . .?«

»Wenn eine Leiche nur lange genug im Wasser gelegen hat, haben die Kräfte der Verwesung sie bis zur Unkenntlichkeit verändert. Die eine Leiche sieht dann kaum anders aus als die andere. Möchten Sie vielleicht ein Sandwich?«

Ich zog eins aus der Tasche und reichte es ihm.

Ponelle, der nun in Gedanken ganz bei meiner Theorie war, vergaß sein Entsetzen und sein Mißtrauen und gab nun seiner zwanghaften Neugier nach – und seinem Appetit. Er nahm das angebotene Sandwich, während ich die Laterne öffnete, und bei dieser schummrigen Beleuchtung stärkten wir uns erst einmal. Nur die Salven der Regentropfen, die auf das Blechdach über uns schlugen, durchbrachen die Stille.

»Erzählen Sie mir etwas von diesem Assistenten. Was haben Sie noch gesagt, wie war sein Name?«

»Ich habe gar nichts gesagt, denn wir Kinder kannten seinen Namen nicht.«

Ich schloß enttäuscht die Augen.

»Es war nicht zufällig Nobody?«

»Nobody? Was für ein Name ist das denn?«

»Ein englischer.«

»Oh, ich verstehe.«

Ich hörte, wie er tief Luft holte und bei dem Versuch, mir zu helfen, die Lippen spitzte.

»Ich glaube nicht. Nobody.« Er probierte den Namen laut aus, machte dann aber gleich darauf ein verneinendes Geräusch, das wahrscheinlich mit einem Kopfschütteln einherging. »Sagt mir gar nichts.« Ein weiterer Tiefschlag, obwohl ich ihn bereits halbwegs erwartet hatte. »Es tut mir leid. Wir haben ihn einfach nur Orpheus genannt.«

Ich öffnete die Augen.

»Orpheus? Warum denn das?«

»Oh, er war ganz verrückt nach Musik. Die Arbeit an der Opéra war für ihn wie ein Traum, der endlich wahr wurde. Er pfiff und sang, während er sich über die Gerüste bewegte so glücklich und zuversichtlich wie ein Seiltänzer im Zirkus, der ohne Netz seine Kunststücke aufführt. Er hatte die schönste Stimme, die man sich nur denken konnte.« Als ihm noch etwas anderes einfiel, schnipste er mit den Fingern. »Seine zweite Leidenschaft war Mythologie. Das war der andere Grund, warum wir ihn Orpheus nannten. Zur Mittagszeit saß er auf einem Dachsparren oder einem Gerüst und erzählte uns Kindern Geschichten über den Trojanischen Krieg und ähnliches von Homer. Der Name Orpheus schien seine beiden Leidenschaften gleichermaßen abzudecken.«

Ich holte tief Luft, bevor ich es wagte, meine nächste Frage zu stellen. »Seine Stimme«, sagte ich leise. »Ein Baßbariton?«

Er sah mich erstaunt an.

»Woher wußten Sie das?«

Ich sagte nichts. Seine Augen weiteten sich noch mehr.

»Wollen Sie damit sagen ...? Aber Sie können doch nicht meinen ...«

»Vielleicht war es der Schock, bei lebendigem Leibe begraben zu werden, der seinen Verstand beeinträchtigt hat. Aber eins steht fest: Er hat den Einsturz überlebt. Und er hat es seither vorgezogen, in der Opéra zu leben, ohne sich den Menschen zu zeigen.«

Ich konnte die Räder in Ponelles Gehirn, wie sie schwerfällig zu mahlen begannen, zwar nicht sehen, vermeinte jedoch beinahe, sie zu hören. Er versuchte nach Kräften, das, was ich gesagt hatte, zu begreifen. Ich hörte, wie er das Papier, in das sein Sandwich eingewickelt war, zusammenknüllte.

»Aber warum? Warum zeigt er sich nicht?«

»Ich gestehe, ich habe nicht die geringste Ahnung. Zur Zeit weiß ich noch nicht genug, um diese Frage beantworten zu können. Ich kann es nur als ein Merkmal seines geistigen Zusammenbruchs bezeichnen. Die Leute, die ihn gesehen haben, sprechen einmütig von seiner Häßlichkeit. War Orpheus häßlich? Oder auf irgendeine Weise entstellt?«

»Im Gegenteil. Er war ein stattlicher, gutaussehender Mann. Die Damen hatten eine ungeheuere Schwäche für ihn.«

Ich schüttelte den Kopf, unfähig, mir dieses Phänomen zu erklären.

»Vielleicht ist er nur in der Vorstellung der Menschen so schrecklich«, fuhr Ponelle fort, wobei er genau so sehr mit sich selbst sprach wie mit mir. Offensichtlich erinnerte er sich an Belas Theorie über die Schöne und das Biest und daran, daß Frauen im allgemeinen das schreckliche Ungeheuer seiner wohlgestalten Reinkarnation vorzogen.

Ich sagte nichts, während der Regen weiter periodisch auf das Dach über uns trommelte. Plötzlich schnipste ich mit den Fingern.

»Nein, er ist ein Ungeheuer, soviel steht fest, und es war der Einsturz, der ihn dazu gemacht hat. Wie langsam ich doch geworden bin, wie eingerostet, Ponelle!«

»Wie meinen Sie das?«

»Ach nichts, wir Polizisten sind nur immer äußerst selbstkritisch. Aber nehmen Sie mein Wort darauf, Orpheus ist bei diesem Unglück irgendwie entstellt worden. Das ist der Grund, warum er die Oper niemals verläßt oder sich zeigt.«

Es dauerte einen Augenblick, bevor Ponelle diesen Gedanken ganz erfaßt hatte.

»Aber halten Sie so etwas denn wirklich für möglich?«

»Im Augenblick«, ich warf die Hände in die Höhe, »ist es die reinste Vermutung. Das Ganze ist ein unbewiesenes Theorem. Lassen Sie uns für den Augenblick davon ausgehen, daß Orpheus sich ein privates Königreich im Innern der Oper erbaut hat, und zwar mittels einer Übereinkunft mit der Direktion, die ihn finanziert. Er lebt schon seit Jahren ungestört und in Frieden in seinem Bau. Alles lief problemlos bis vor drei Monaten, als er einen jungen Sopran hörte und später auch erblickte.«

»La Daaé?«

»Er hat sich in sie verliebt, und wehe denen, die sich bewußt oder unbewußt zwischen ihn und das Objekt seiner Leidenschaft zu stellen wagen.«

Ich füllte meine Pfeife von neuem und tat so, als ignorierte ich Ponelles erstaunten Blick. Seine Grübelei brachte nun etwas anderes zutage, und zwar etwas, was ihm schwer zu schaffen machte, denn er runzelte die Stirn.

»Aber was war mit Carlotta und dem Frosch in ihrem Hals?«

Ich zündete ein Streichholz an und zog energisch an der Pfeife, bevor ich ihm eine Antwort gab.

»Haben Sie schon einmal etwas von Ventriloquismus gehört?«

Er schüttelte den Kopf.

»Es ist ein alter, aber geheimer Trick, der bis auf römische Zeiten zurückgeht, obwohl er gegenwärtig nur noch von Zigeunern und Jahrmarktkünstlern ausgeführt wird, eine Art mündliches *trompe l'oeil*. Das Wort selbst bedeutet aus dem Bauch heraus sprechen. Es ist nicht allgemein bekannt, aber ein begabter Bauchredner kann ›seine Stimme werfen‹, das heißt, er kann die Wirkung erzielen, als käme seine Stimme von einem anderen Ort als dem, an dem er sich befindet. Ein Experte kann es sogar schaffen, daß seine Lippen sich dabei nicht bewegen, aber in diesem speziellen Fall braucht unser Mann einen solchen Kniff gar nicht. Darüber hinaus hat er die ganze Opéra zur Verfügung, und es wäre für ihn nicht schwierig, sein Froschquaken zu verstärken – indem er zum Beispiel die Echos der Luftschächte auf dem Dach benutzt oder mit Hilfe anderer Tricks, die wir im Augenblick nicht erraten können. Er hatte jahrelang Zeit, um seine Technik zu vervollkommnen«, fügte ich hinzu, als ich mich an das körperlose Lachen erinnerte. Ponelle hatte eine Hand über seinen Mund gelegt und versuchte zu begreifen, was ich ihm erzählt hatte.

»Sie wollen damit sagen, daß mit der Stimme der Sorelli gar nichts verkehrt war?«

»Nicht das geringste. Der Schurke mußte sie nur jedesmal, wenn sie den Mund öffnete, um zu singen, mit seinen grausamen Lauten unterbrechen.« »Das ist ja . . ., das alles ist . . .« Er suchte nach Worten und schmiegte sich tiefer in seinen schäbigen Mantel hinein, als wäre da plötzlich etwas anderes als die Feuchtigkeit der Gruft, das ihn frösteln ließ.

»Grotesk? Bedenken Sie, Ponelle, es ist die einzige Theorie, die all die Tatsachen erklärt, die einzige Erklärung für seine unheimliche Fähigkeit, sich beliebig in der Opéra zu bewegen und jedes Wort zu hören, das gesprochen wird. Er allein kennt jeden einzelnen Winkel dieses Gebäudes. Warum? Weil er es selbst entworfen hat. Glücklicherweise«, fügte ich hinzu, »kennt er zwar die Opéra wie seine eigenen Westentasche, aber sein Königreich ist doch auf ihre Grenzen beschränkt.«

Noch ein paar Augenblicke länger saßen wir schweigend da. Dann begann Ponelle zu sprechen und bewegte sich unbehaglich auf seinem Platz hin und her. Seine Stimme klang seltsam gepreßt.

»Da wäre ich mir nicht so sicher«, begann er mit einer gewissen Zaghaftigkeit. »Nicht, wenn alles stimmt, was Sie sagen.«

»Wie meinen Sie das?«

»Haben Sie von Baron Haussmann gehört, dem Erbauer der großen Boulevards von Paris?«

»Natürlich.«

»Aber vielleicht wissen Sie nichts von seiner anderen großen Leistung – der, auf die Haussmann sogar noch stolzer war.«

»Auf welche Leistung spielen Sie an?«

Ponelle zeigte mit dem Finger nach unten.

»Auf das größte und modernste Abwassersystem der Welt.«

»*Was?*«

»Es erstreckt sich über die ganze Länge und Breite von Paris, Monsieur. Und wenn Orpheus Zugang dazu hat . . .«

»Kann er wie es ihm beliebt unter der Stadt herumspazieren!«

»Genau.«

In meiner Besorgnis stand ich auf, als würde ich von unsichtbaren Drähten gezogen.

»Wo gehen Sie hin?« rief er hinter mir her, als ich aus der Gruft lief. »Was soll ich mit Monsieur Garnier machen?«

KAPITEL ZWÖLF

Dem Himmel nahe

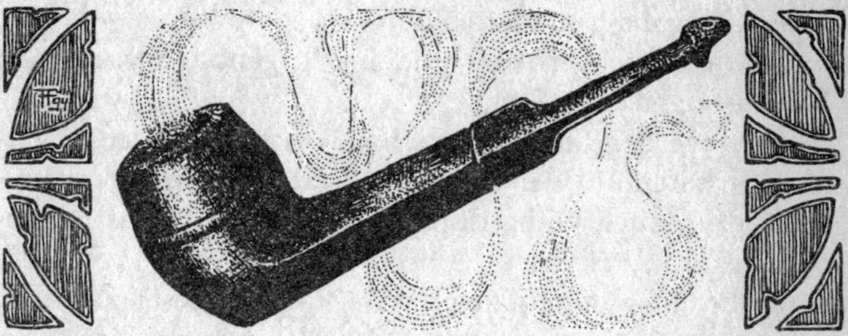

Atemlos holte Ponelle mich am Seitentor in der Nähe der Avenue Gambetta ein. Das große Schloß dort bereitete mir nicht mehr Schwierigkeiten als das an dem Schuppen des Totengräbers. Entschlossen widerstand ich all seinen Fragen.

»Verlieren Sie kein Wort über diese Angelegenheit, niemandem gegenüber«, wies ich ihn an, während wir eilig die verlassene Straße hinunterliefen. »Vergessen Sie, was Sie heute abend gesehen haben.«

»Das ist leichter gesagt als getan«, widersprach mir der unglückliche Geiger, dessen Gereiztheit jetzt, da wir einige Entfernung zwischen uns und jenen makabren Ort gelegt hatten, wieder aufkeimte. »Wir haben den Sarg eines großen Mannes geöffnet und ihn einfach so liegenlassen.«

»Er befindet sich noch immer auf geweihtem Boden«, konterte ich fröhlich. »Ich bin gewiß, daß seine unsterbliche Seele keinen Schaden genommen hat, und seine irdischen Überreste haben dem Gang der Gerechtigkeit gedient. Kommen Sie, hier ist eine Droschke, und Sie sind naß bis auf die Knochen. Fahren Sie nach Hause, schlafen Sie sich gut aus, und dann sehe ich Sie morgen beim Opernball wieder.«

Er war durchgefroren und müde genug, um meinen Anweisungen zu folgen.

»Was werden Sie jetzt machen?« fragte er mich, nachdem er bereits in der Droschke Platz genommen hatte.

»Ich bin auch völlig durchnäßt«, stellte ich fest. »Fahren Sie zu, Kutscher!«

Ich brauchte eine ganze Weile, um zu dieser Zeit und an diesem Ort eine zweite Droschke aufzutreiben, und ich muß zugeben, daß ich, als ich endlich in meine Wohnung kam, vollkommen durchgefroren war, aber dieses umständliche Vorgehen diente dennoch meinen Zwecken; eine zweite Kutsche machte es mir möglich, Ponelles Fragen zu entgehen, die mittlerweile begonnen hatten, so dicht und schnell zu fallen wie Regentropfen.

Nachdem ich endlich in meinen Räumen in der Rue Saint-Antoine war, schälte ich mir die durchnäßten Kleider vom Leib und warf mir einen alten Morgenmantel über. Da die Dinge, die ich als nächstes brauchte, mir vor Morgengrauen nicht zur Verfügung stehen würden, hatte ich nichts anderes zu tun, als ebenfalls zu versuchen, ein wenig Schlaf zu bekommen. Ich befürchtete allerdings, daß mir das kaum möglich sein würde. Meine Gedanken huschten beharrlich zwischen den Fakten und Vermutungen, die ich angehäuft hatte, hin und her – Fakten und Vermutungen, die einen bestimmten Sinn für mich ergaben. Das Ganze war wahrhaftig kein Spaziergang, Watson. Der Mann, auf den ich es abgesehen hatte, hatte beinahe dreißig Männer und Frauen getötet, und zwar mit einem Augenzwinkern, ganz so, als wäre der Kronleuchter nicht mehr gewesen als eine Fliegenklatsche. Ich gestehe Ihnen, mein lieber Freund, daß dies der einzige Zeitpunkt in der ganzen Angelegenheit war, zu dem ich mich nach dem besänftigenden Trost der Nadel sehnte. Ich lag im Bett und stellte mir vor, wie das Morphium sich langsam durch meine Venen stahl und mir einen trägen Frieden brachte.* Beim Gedanken an das Narkotikum und seine Wirkung muß ich mich irgendwie entspannt haben, denn schon bald brach der neue Tag herein.

Wieder einmal war die Zeit gegen mich. Meinen letzten Versuch, dem Geheimnis auf den Grund zu gehen, hatte ich verpfuscht, was mir beim zweiten Versuch auf keinen Fall wieder passieren durfte. Nichtsdestoweniger hatte ich nur wenige Stunden, um meine Pläne zu schmieden und auszuführen. Ich hätte Ihre Hilfe gut gebrauchen können, Doktor, und dachte voller Reue an die Umstände, die mich Ihrer wertvollen Unterstützung beraubt hatten.

Es war nach drei Uhr am folgenden Nachmittag, als ich in der Rue Gaspard ankam. Nachdem ich an Mutter Valerius' Tür geklopft hatte, stellte ich zu meinem Verdruß fest, daß es eine ganz wesentliche Tatsache gab, die mir bei meinem letzten Besuch entgangen war. In meinem Eifer, Mademoiselle Daaé zu sprechen, war mir nicht aufgefallen, daß die Räumlichkeiten, die sie mit der älteren Kranken teilte, sich im Erdgeschoß befanden. Dieser Umstand war für Mutter Valerius überaus vernünftig, denn sie hätte sonst ihre Wohnung kaum ohne fremde

* Im allgemeinen geht man davon aus, daß Kokain Holmes' bevorzugte Droge war, aber vor seiner Entziehungskur bei Sigmund Freud hatte er sich auch an Morphium versucht. Siehe dazu *Das Zeichen der Vier*.

Hilfe betreten oder verlassen können, aber auf diese Weise befanden sich die beiden Frauen auch in Hörweite eines entschlossenen Verfolgers. Mit Ponelles unerfreulicher Information bezüglich des allumfassenden Abwassersystems von Paris konnte ich leicht die Gegenwart des Geistes heraufbeschwören, die Gegenwart des Engels, Nobodys, des Gesangsmeisters, Orpheus', des Phantoms. (Seine Liste von Decknamen war mittlerweile so lang wie mein Arm.) Ich konnte vor mir sehen, wie er unter Christines Schlafzimmer hockte und vielleicht mit Hilfe eines so einfachen Gegenstands wie dem Stethoskop eines Arztes jedes Wort hörte, das das arme Mädchen sprach. Kein Wunder, daß er ihre intimsten Gedanken zu kennen schien! Einem erfahrenen Mediziner, wie Sie es sind, brauche ich kaum zu erklären, Watson, welcher Gedanke mich als nächstes durchzuckte: Wenn einem Menschen ein Sinnesorgan fehlt, machen die anderen Überstunden, um den Ausgleich dafür zu schaffen. Man konnte sich vorstellen, daß das Ungeheuer, das in immerwährender Dunkelheit begraben war, ein besonders scharfes Gehör hatte.

Zunächst weigerte sie sich, mich zu sehen. Das junge Dienstmädchen brachte mir die Nachricht, daß beide Damen indisponiert seien. Ich fürchte, ich war sehr schroff zu ihr und verschaffte mir (wieder einmal) mit der Androhung von Gewalt Eintritt in ein Haus. Ich blieb kurz am Schlafzimmer von Mutter Valerius stehen, die mich inständig bat, nicht weiterzugehen.

»Zwei Tage! Ich habe sie noch nie so gesehen, Monsieur. Sie ist krank, zu krank, um Sie zu empfangen!« Während sie sprach, zitterte das Spitzenhäubchen auf ihrem Kopf.

»Ich fürchte, ich habe keine andere Wahl, als darauf zu bestehen, Madame. Ich habe gehört, daß es Christine nicht gut geht, aber wenn sie wieder gesund werden will, muß sie mir stillschweigend vertrauen.«

Auf ihren Gesichtszügen malte sich Überraschung ab. »Sind Sie Arzt?«

»In diesem Fall weiß ich lediglich, wie sie zu heilen ist, Madame.« Ich küßte ihre Hand und zog mich zurück, bevor sie mir irgendwelche Ausweispapiere oder ähnliches abverlangen konnte. Schließlich fand ich Christine auf ihrem eigenen schmalen Bett liegend. Sie trug dasselbe dunkelblaue Gewand, das ich schon zuvor an ihr bewundert hatte, und sie lag mit ungekämmtem und unfrisiertem Haar, das ihr wirr um die Schultern fiel, auf dem Rücken. Einen Arm hatte sie über ihr Gesicht gelegt, und ihr ganzer Körper zitterte unter ihrem schrecklichen Schluchzen.

»Christine.«

»Gehen Sie weg!«

»Nicht ohne Sie.«

Jetzt erkannte sie meine Stimme und zog ihren Arm für einen Augenblick zurück, um mich mit einem tränenüberströmten Gesicht anzusehen, das sie sogleich wieder vor mir verbarg, diesmal in den Tiefen eines Kissens.

»Gehen Sie weg«, wiederholte sie mit erstickter Stimme.

»Das würde mir Mademoiselle Irene Adler niemals verzeihen.« Aber nicht einmal die Erwähnung ihrer Freundin, der sie so sehr vertraute, konnte ihre Verzweiflung durchbrechen.

»Ich bin verloren.«

»Das sind Sie wirklich – es sei denn, Sie folgen buchstabengetreu meinen Anweisungen.«

»Es hat keinen Sinn!«

»*Tun Sie, was ich Ihnen sage.*«

Etwas in meiner Stimme riß sie plötzlich aus ihrer

Lethargie. Sie stützte sich mit einem trotzigen Gesichtsausdruck auf ihren Ellbogen und warf ihre zerzausten Locken zurück.

»Er hat nichts Böses getan! Es war ein Unfall!«

»Warum weinen Sie dann? Außerdem«, fuhr ich fort, bevor sie antworten konnte, »wissen Sie ganz genau, daß es kein Unfall war. Haben Sie mir nicht selbst von Nobodys Versprechen erzählt, daß Ihr Gesang wie eine Bombe im Publikum einschlagen würde?«

Ihr Gesicht verzog sich, und es sah so aus, als würde sie wieder zusammenbrechen. Ich griff nach ihren Armen und schüttelte sie rauh.

»Ziehen Sie sich an. Ich brauche Sie.«

»Wohin gehen wir?« fragte sie, während ich ihr in den Brougham half, der draußen vor der Tür wartete.

»So weit weg vom Erdboden, wie es nur möglich ist.«

Bei diesen Worten weiteten sich ihre Augen, aber während der ganzen Fahrt sagte sie nichts mehr. Sie warf kaum einen Blick aus dem Fenster, kümmerte sich kaum um das an ihr vorbeiziehende Spektakel einer Stadt, die ihren alltäglichen Geschäften nachging. Wenn sie jedoch einmal hinaussah, dann mit dem verblüfften Blick eines Menschen, der nur wenig von dem mitbekam, was Sie und ich das alltägliche Leben nennen würden, Watson. So sehr war sie sein Geschöpf, daß ihre Lebenserfahrungen so eingeschränkt waren, wie er es haben wollte. Ihr kleines Zimmer, ihre Studien, ihre Gebete, ihre Fahrten zur Opéra und wieder nach Hause, ihre sorgfältig ausgewählten Aufführungen – das und nur das allein stellte die kleine Welt dar, in die er ihr zartes Gemüt hineingedrängt hatte. Ihr Dasein war beinahe die Parodie auf das behütete Leben eines Wunderkindes. Es war jedenfalls ein bizarres Spiegelbild seines eigenen Lebens. Sie waren beide gefangen in Welten hinter Mauern – seine Mauern waren äußerlich, während ihre lediglich in den Grenzen ihres zarten Gemüts existierten.

Als der Brougham anhielt und ich ihr hinaushalf, blickte sie ängstlich und totenbleich zu mir auf.

»Wo sind wir hier?«

Weiße Wolken jagten über einen azurblauen Himmel und an der weit entfernten Turmspitze vorbei.

»Das werden Sie doch sicher wissen. Sie haben ihn oft genug gesehen. Man kann ihn in ganz Paris sehen. Kommen Sie mit«, sagte ich, griff sanft, aber entschlossen nach ihrem Arm und entlohnte den Fahrer.

Sie war unruhig wie ein ungezähmtes Hengstfohlen, und jeder neue Anblick, jedes neue Geräusch waren ein Schock für ihre angegriffenen Nerven. Eingequetscht in den gigantischen Lift, zusammen mit Dutzenden von Fremden, zitterte sie neben mir wie eine vibrierende Stimmgabel und stieß einen leisen Schrei aus, als wir mit einem Ruck abhoben. Während die Zahnräder uns in einem sanften Bogen nach oben führten, umklammerte ihre Hand meinen Arm wie ein eiserner Schraubstock.

Auf der ersten Etage wechselten wir in einen kleineren Lift über. Sie folgte mir, stumm vor Entsetzen, und die Eisenbeschläge huschten wie zarte Spitze an dem Fenster vorbei, wurden immer dürftiger und zerbrechlicher, je höher wir kamen.

Schließlich gab es einen dritten Lift, der nur halb so groß war wie seine Vorgänger, und einen Augenblick lang spielte ich mit dem Gedanken zu bleiben, wo wir waren, aber dort gab es für meinen Geschmack immer noch zu viele Menschen. Ich wollte jeden um uns herum sehen können, und zwar meilenweit. Ich konnte nicht sicher sein, daß das Ungeheuer nicht einen Komplizen hatte, der uns selbst jetzt noch folgte. Es stand ganz eindeutig fest, daß irgend jemand ihm die Dinge brachte, die er mit seinem monatlichen Gehalt erstand – woher sonst bekäme er sein Essen, und wie hätte er die Einzelteile seiner Orgel erwerben und zusammenbauen können?

Sie zitterte wie ein Blatt, als wir den Gipfel erreichten, gestattete es mir jedoch, sie die Stufen zu einer kleinen Terrasse hinaufzuführen, auf der der Wind nach dem Rand ihres Häubchens schnappte.

»Warum haben Sie mich hierher gebracht?« Beim Anblick der Stadt, die sich da unter ihr in alle Himmelsrichtungen ausbreitete, versuchte sie, die Augen zu schließen, was jedoch ihr Gleichgewicht zu stören schien, da sie sie sofort wieder öffnete.

»Weil es hier keine Macht mehr über uns hat. Je näher wir dem Himmel kommen, um so weniger kann er Sie beherrschen.«

»Er ist ein Engel!«

»Es sind die Teufel, so erzählt man uns, die sich unter der Erde häuslich einrichten, nicht die Engel.«

»Aber seine Oper, *Der Triumph des Don Juan*, sein Meisterwerk – es ist beinahe fertig.«

»Sie ist schon jetzt fertig. Christine, Sie sind für das hier geschaffen« – ich wies mit meinem Arm auf den Horizont –, »eine Welt voll Sonnenschein und Lachen und Menschen, eine Welt mit Raoul darin«, schloß ich ein wenig prosaisch. »Kein Engel würde auch nur im Traum daran denken, Sie zu bitten, dieses Glück aufzugeben, auf das jede menschliche Seele ein Recht hat.«

»Was wollen Sie von mir?«

»Ich will, daß Sie heute abend singen, auf der Gala im Anschluß an den Opernball.«

»Niemals!«

»Sie müssen!«

»Ich könnte keine einzige Note herausbekommen, das sage ich Ihnen. Nicht ohne meinen Engel, der mir hilft.«

»Sehen Sie sich diese wunderschöne Stadt an! Sehen Sie den blauen Himmel an und die wunderbar scheinende Sonne, und sagen Sie mir, daß Sie irgend etwas anderes brauchen als Ihren eigenen Genius, Christine.«

»Sie leiden unter einem Mißverständnis«, fuhr ich ein wenig milder fort. »Ihre Stimme gehört nur Ihnen, und Sie können singen, ob er es wünscht oder nicht.«

»Aber Sie haben gesehen, was mit Carlotta geschehen ist! Sie haben es gehört!«

»Lassen Sie sich versichert sein, daß Carlotta keinen Frosch im Hals hatte.« Ich versuchte noch einmal, die Geschehnisse des Ventriloquismus zu erklären, aber sie schlug sich die Hände über die Ohren.

»Ich verstehe es nicht«, protestierte sie verzweifelt. »Sie gebrauchen zu große Worte!«

»Dann verstehen Sie dies«, rief ich und riß ihr die Hände von den Ohren. »Ihre einzige Chance auf Freiheit und auf Glück besteht darin, daß Sie die unnatürliche Kette zerreißen müssen, die Sie an diesen Luzifer bindet!«

Sie sagte eine ganze Weile gar nichts, ging dann ein kleines Stück von mir weg zum Geländer hin. Ich schrak zusammen und war bereit, mich auf sie zu stürzen, falls sie es sich in den Kopf setzen sollte, über die Schranke zu klettern.*

Eine ganze Weile stand sie so da und wandte mir den Rücken zu.

»Sie wollen, daß ich ihn betrüge«, sagte sie schließlich mit der tonlosen Stimme eines Menschen, dessen letzter Hoffnungsstrahl endgültig verloschen ist.

* Erst nachdem es auf dem Eiffelturm mehrere Selbstmorde gegeben hatte, wurde er so umgebaut, daß so etwas nicht mehr vorkommen konnte. (In späteren Jahren wurde auch die Anzahl von Aufzügen, die notwendig waren, um den Gipfel zu erreichen, von drei auf zwei reduziert.)

»Ich brauche Sie, um ihn aus der Reserve zu locken, jawohl.«

»Woher wissen Sie, daß er überhaupt dort sein wird?«

»Er weiß, daß man Sie seinem Zugriff entzogen hat. Er wird sich selbst vergewissern wollen, wo Sie sind und was aus Ihnen geworden ist. Und außerdem . . .«

»Ja?«

»Er kann einem gewissen Hang zum Dramatischen nicht widerstehen. Das ist eine Gesinnung, mit der ich durchaus vertraut bin.«

Es entstand eine weitere, schier endlose Pause. Noch immer drehte sie sich nicht herum. Als sie schließlich zu sprechen begann, war ihre Stimme so teilnahmslos, als sei sie bereits tot.

»Sagen Sie mir ganz genau, was ich tun soll.«

KAPITEL DREIZEHN

Un Ballo in Maschera

Heutzutage ist der Maskenball der Oper eine sogenannte ›Wohltätigkeitseinrichtung‹, Watson, und es gibt Leute, die behaupten, diese bourgeoise Veränderung hätte der ganzen Angelegenheit ihr Flair geraubt. Vor zwanzig Jahren, in seiner Glanzzeit, an jenem schicksalsschweren Abend, an dem ich ihn besuchte, stand der Opernball in seiner letzten Blüte, war beinahe das letzte Ereignis einer Art gesellschaftlichen Kalenders, der schon damals im Aussterben begriffen war. Bereits kurze Zeit später schlich sich eine sture viktorianische Empfindlichkeit über den Kanal (trotz der gelegentlichen freundschaftlichen Einmischung des fröhlichen Prinzen von Wales), die es zuwege bringen sollte, die Flüsse der Freizügigkeit auszutrocknen und eine fade Wohlanständigkeit an ihre Stelle zu setzen. Ältere Teilnehmer dieses Balles stellten später fest, daß die Vergnügungen der Wohlanständigkeit gar kein Vergnügen waren.

Weil der Opernball alter Zeiten von und für die Opéra abgehalten wurde, fand er im Theater statt und war eine der wenigen Soiréen, auf denen sich die *haut* und die *demimondes* trafen und öffentlich vermischten. Selbst die Sänger waren in gewisser Weise Schauspieler, und Henry Irving war noch nicht zum Ritter geschlagen worden, um dieser alten Profession eine untadelige Respektabilität zu verleihen. Es war keine reine Laune oder Charakterschwäche, die den älteren Chagny die Stirn runzeln ließ über die Beziehung seines Bruders zu einem Sopran; es war ein angeborener sozialer Instinkt. Wenn Philippe nichts als eine vulgäre Verstrickung vermutet hätte, wäre er gewiß toleranter gewesen. Es war die Liebe, die das Ganze mit einem Makel behaftete.

Auf dem Opernball waren solche Unterscheidungen jedoch wie weggewischt – für die Dauer des Balles. Die Teilnehmer dieses Balls kamen nicht nur aus zwei verschiedenen Bereichen der Gesellschaft, die oft blaß vor Neid aufeinander waren – die Gäste waren außerdem maskiert, und diese Anonymität ermöglichte und ermutigte jede Art von Kontaktaufnahme.

Es hat einen gewissen Reiz, anonym zu sein, Watson, wie ich zu dieser Zeit bereits wußte. Die Anonymität löst die Fesseln eines Charakters auf eine Art und Weise, die man nur schwindelerregend nennen kann. Am Anfang dieser Geschichte habe ich mich bemüht, meine Gefühle bezüglich meines eigenen Inkognitos und der verwirrenden Möglichkeiten dieser Situation zu beschreiben. Es mag scheinen, daß mein Gebrauch dieser Möglichkeiten relativ zahm war im Vergleich zu den Gelegenheiten, die die Feiernden auf dem Maskenball ausnutzten. Ich hatte schließlich nur beschlossen, Geiger zu werden, und selbst in diesem unauffälligen Beruf wurde ich, wie wir gesehen haben, von meinem wahren *métier* eingeholt. Andere dagegen bewerkstelligten viel radikalere Abkehrungen von ihrer wahren Identität, wenn auch nur für kürzere Zeit. (Je länger ein Mensch anonym bleibt, um so deutlicher tritt sein wahres Selbst zutage, wie sehr er sich auch bemühen mag, es zu verbergen.)

Tatsächlich ermöglichte einem das Verbergen der eigenen Persönlichkeit hinter einem Domino bei einer Gelegenheit wie dem Opernball alle möglichen Freiheiten. Menschen, die bei Tageslicht durch Alter oder Sitte gehemmt waren, fanden plötzlich heraus, daß sie (mit Hilfe des einen oder anderen Glases Champagner) zu dem ungeheuerlichsten Benehmen fähig waren. Es mußte nur dafür gesorgt werden, daß ihre Masken niemals verrutschten, dann konnten sie in den folgenden Tagen verwundert über ihr eigenes zügelloses Verhalten nachdenken. Überdies gab es genügend Leute, die mit dem Phänomen bereits vertraut waren und sich mit eifriger Vorfreude auf die nächtlichen Riten vorbereiteten. Das waren die Lebemänner, die im voraus planten und genossen, was das Gedränge ihnen bei solchen Gelegenheiten bot, Männer, die sich bestens darauf vorbereitet hatten.

Für den Fall, daß Sie mich im Verdacht haben, diese Dinge auszuschmücken, mein lieber Freund, möchte ich nur auf die Handlungen zahlloser Opern hinweisen, die meine These bestätigen. *Die Fledermaus* von Strauss dem Jüngeren ist der Inbegriff der Genußsucht auf einem Maskenball. In dieser Operette versucht ein respektabler verheirateter Mann unwissentlich seine eigene Frau zu verführen, da beide inkognito sind – sie, verkleidet als Sängerin, eine regelrechte Einladung zu einem skandalösen Verhalten. Mozarts *Figaro* und sein *Don Giovanni* machen von einer ähnlichen Einrichtung Gebrauch, wenn auch zu erhabeneren Zwecken. Bei Verdi sind Masken und ihre Konsequenzen ein beinahe kontinuierliches Thema.

Der Opernball war in drei Teile geteilt (wie Gallien, höre ich Sie sagen, Watson!). Der erste Teil fand im Hauptfoyer und auf der riesigen Vordertreppe statt. Es wurde getrunken, man mischte sich unters Volk und tanzte. Anschließend kam das zweite Ereignis, die Operngala, bei der die Feiernden zum Publikum wurden und sich im Theater versammelten, um einzelne Musikstücke zu hören, die von den gefeiertesten Künstlern der Zeit dargeboten wurden. Anschließend begaben sich alle wieder in das Foyer, das während der Vorführung mit Tischen für ein gewaltiges Mitternachtsmahl ausgerüstet worden war.

Die Einladungen zu diesem Ereignis gehörten zu den begehrtesten überhaupt in Paris, ja sogar in ganz Frankreich, denn Paare und einzelne Individuen, die das Glück oder die Macht besaßen, eine solche begehrte Karte mit der beinahe unentzifferbaren Kalligraphie zu bekommen – (alles Leute, die nicht im Traum daran dachten, irgendeine Oper zu besuchen!) –, kamen von den Provinzen herbeigeströmt, eigens für diese Gelegenheit aufs eleganteste herausgeputzt. Sie stiegen in den besten Hotels ab und schlüpften dort in ihre Kostüme und vertauschten das Fasanenschießen gegen eine andere Art von Jagdgesellschaft.

Als Mitglied des Orchesters bekam ich automatisch eine Einladung. Ich beschränkte meine Verkleidung auf einen Abendanzug und einen schwarzen Domino. Ich war nicht allein in meiner Wahl. Viele Männer verspürten nicht den Wunsch, sich mit komplizierten und unvertrauten Kleidungsstücken zu belasten. Eine einfache Maske reichte für ihre Zwecke; warum sollten sie sich mit zusätzlichem Beiwerk abmühen? Meine Neigung bezüglich meines Kostüms unterlag jedoch nicht ausschließlich meinen Vorlieben. Den Mitgliedern des Ensembles, das später zu spielen hatte, hatte Maître Leroux strikte Anweisungen gegeben, was Verkleidungen anbetraf.

Wir waren jedoch in der Minderheit. Die Mehrheit der Gäste erschien in allen möglichen Kostümen. Ich sah Harlekins und Colombinen, Marie Antoinettes (mit vollgetakelten Segelschiffen in ihren Frisuren) und wenigstens sechs Napoleons, drei Jeanne d'Arcs (von denen eine an einen Pfahl, den sie auf dem Rücken trug, festgebunden war), mehrere Pierrots, einen Kardinal Richelieu, einen Henri de Navaare, zwei Sonnenkönige, Aztekenkrieger, griechische Jungfrauen, römische Senatoren und sogar Mitglieder des Tierreichs – einen Löwen, einen Geier (mit enormer Flügelspannweite), selbst einen Vogel Greif, ganz zu schweigen von Affen, Pferden und Kühen (die zwei Paar Beine benötigten, um sie zu bemannen). Daneben gab es Riesen auf Stelzen (die glücklich dran waren, weil sie über die Köpfe der anderen hinwegsehen konnten) und Zwerge und Trolle, die auf ihren Knien gingen und sich dafür verfluchten, nicht die Konsequenz ihres genialen Einfalls vorhergesehen zu haben, nämlich in einem Wald von Beinen lebendig begraben zu werden.

Kühnere Teilnehmer erschienen als Adam und Eva oder Lady Godiva, wobei lange, dicke Zöpfe und große Feigenblätter für geziemenden Anstand sorgten, wo das notwendig war (im Falle von Adam und Eva deuteten die Feigenblätter darauf hin, daß man den Sündenfall bereits hinter sich hatte). Ich bestaunte das *sang-froid* der Garde Républicaine, die sich alle Mühe gab, diesen ausschweifenden Versuchungen mit unbeweglicher Miene zuzusehen, während die brodelnde Masse sie hin und her schubste.

Einige der Gäste des Balles erkannte ich trotz (oder vielleicht auch gerade wegen) ihrer Kostüme. Moncharmin und Richard waren als verrückter Hutmacher beziehungsweise als Märzhase verkleidet, und das, wie ich argwöhnte, ohne jede Spur von Ironie. Das *corps dè ballet,* einschließlich der spitzbübischen kleinen Jammes und ihrer Rivalin Meg Giry, war wie erwartet in Ballettröcken gekommen, um die Gelegenheit zu nutzen, einer Unmenge von Bewunderern die Möglichkeit zu geben, die wohlgeformten Glieder aus der Nähe zu betrachten.

Die Menschenmenge hatte sich bis zur Unbeweglichkeit ineinander verkeilt und produzierte eine Farbenorgie, die gewiß auch Degas' Interesse geweckt hätte, hätte er sie gesehen. Jetzt, da ich davon spreche, bin ich sicher, daß unter den Gästen mehr als nur ein Künstler gewesen sein muß, der, wenn er sich nach ein oder zwei Tagen noch daran erinnern konnte, zweifellos versuchen würde, die Szene wiederzugeben. Das laute Rufen und Lachen der Menschen übertönte die Musik einer kleinen Kapelle auf der Vordertreppe. Nur der Trompete und der Trommel gelang es, das Getöse auf Dauer zu durchdringen.

Die Hitze war entsetzlich, und obwohl das Foyer riesengroß war – es legte einem die Idee nahe, daß ein benebeltes Hirn Paddington Station mit einem griechischen Grabgewölbe gekreuzt und dann das Ergebnis mit Mosaiken aus Ravenna besprenkelt hatte – vermittelte einem die Menge menschlicher Leiber, die mit den verschiedensten Parfums getränkt waren, den Eindruck, man befände sich in einem türkischen Bad, das plötzlich Amok lief. Selbst jene, die die Weitsicht besessen hatten, mehr oder weniger nackt zu erscheinen, waren in Schweiß gebadet. Und doch konnte man sich kaum des Eindrucks verwehren, daß das ganze Gebäude für eben solche Ereignisse gedacht war.

Die Krönung der optischen Verwirrung wurde von zwei eigens für diese Gelegenheit engagierten Nymphen beigesteuert. Die beiden Frauen standen, in Togas gekleidet, über dem formlosen Mob auf einander gegenüberliegenden Balkonen und bestreuten methodisch alle und jeden mit Unmengen Konfetti, das sie aus großen, flachen Schalen nahmen, die an ihren Gürteln befestigt waren. Sie erledigten diese Pflicht, ohne die geringste Regung zu zeigen – bis auf eine geradezu teutonische Gründlichkeit, die in einen wahren Wirbelsturm aus roten, blauen, gelben, weißen, grünen und rosafarbenen Papierstückchen mündete, die auf das Publikum herabregneten und in offene Münder fielen, an kunstvollen Frisuren hängenblieben und an feuchten, nackten Schultern festklebten.

Wie versprochen hielt ich eine gewisse Dresdner Schäferin im Auge, die sich mit gelben Röcken und einem himmelblauen, mit roten Paspeln besetzten Leibchen herausgeputzt hatte. Sie bewegte sich schüchtern durch das Gedränge und bahnte sich ihren Weg mit Hilfe eines großen Hirtenstabes. Die kleine Schäferin kümmerte sich kaum um die Menschen links und rechts, sondern bewegte sich, abgesehen von einem gelegentlichen Ruck ihres Kopfes in die eine oder andere Richtung, wie in Trance. Sie ignorierte die koketten Bemerkungen und Floskeln, die hinter ihr hergerufen wurden, und reckte nur einmal ihr Kinn in die Höhe, nachdem man ihr einen offensichtlich zu kühnen Vorschlag gemacht hatte. Arme Christine! Was erwartete sie? Leider hatte sie nicht die geringste Ahnung, obwohl sie eindeutig das Gefühl hatte, daß das Schicksal in Gestalt des Phantoms ihr dicht auf den Fersen sein mußte.

Nach und nach wurde mir bewußt, daß ich nicht der einzige war, der sie verfolgte. Ein großer Pierrot mit weißem Gesicht und einer Clownsmaske, der auf seiner linken Wange eine sorgfältig gemalte schwarze Träne zeigte, kam der Schäferin gerade in diesem Augenblick immer näher. Konnte das der Mann sein, auf den ich wartete? Ich ging so schnell ich es wagte auf sie zu, hatte aber nicht mit der Dichte der Menge gerechnet, die mir wie eine Ziegelsteinmauer mein Fortkommen erschwerte.

Über die Köpfe der Menschen hinweg sah ich ihn zwanzig Schritt von mir entfernt ihren Arm nehmen und ihr etwas ins Ohr flüstern.

Sie zuckte bei dem Geräusch zurück, und er riß sie wieder in seine Arme, die sie fest umklammert hielten. Trotz all ihrer Versuche sich zu befreien, ließ er sie nicht los. Ich konnte sehen, wie sie verzweifelt versuchte, sich aus der unwillkommenen Gefangenschaft herauszuwinden; ihr Mund unter der Maske verzog sich vor Anstrengung.

»Christine!« rief ich, aber meine Stimme, wenn man sie denn überhaupt in dem Gewirr der vielen anderen Stimmen vernehmen konnte, spielte für die beiden keine Rolle. Er zog sie weiter von mir weg, und schon nach kurzer Zeit waren sie verschwunden, aufgesogen von der Menge.

Ich verfluchte mich dafür, daß ich eine so große Entfernung zwischen uns zugelassen hatte, machte einen Satz nach vorn und drängte die Menschen, die mir im Weg standen, brutal zur Seite.

Mitten in meinen vergeblichen Versuchen durchbrach ein schriller Schrei das Stimmengewirr und brachte das gesamte Foyer zum Schweigen.

Es war die kleine Jammes, maskiert, aber doch immer noch gut zu erkennen. Sie saß auf den Schultern eines Zirkusgewichthebers. Zitternd wies die Kleine auf eine Gestalt.

»Der Geist!« schrie sie und stieß noch einmal ein gespenstisches Kreischen aus.

»Der Geist!« echote eine Stimme, die ich als die von Meg Giry erkannte. Sie entstieg einer indischen Prinzessin, die in den Armen eines puritanischen Graubartes lag.

Alle folgten der Richtung, in der Jammes' zitternder Finger wies, und die Menge stieß ein gemeinschaftliches Keuchen aus.

Oben auf der Vordertreppe stand eine riesige Gestalt, die von Kopf bis Fuß in Scharlachrot gehüllt war und einen grausigen Totenkopf auf den Schultern trug, auf dem ein großer Hut mit scharlachroten Reiherfedern thronte. Der ganze Mann war in ein weites Cape derselben Farbe eingehüllt. Selbst von meinem Standort aus konnte ich das bösartige Glitzern und Blitzen seiner Augen hinter der Maske sehen.

»Der rote Tod!« rief eine Stimme, und ein paar Leute waren so zuvorkommend, in Jammes' Geschrei einzustimmen.

Ein lauter Angstschrei, den ich als Christines erkannte, gab den Ausschlag für mich. Ein regelrechter Schauder der Überzeugung ging durch mich hindurch, als ich endlich meine Beute erblickte. Es war nicht Pierrot. Der war von dieser Erde, lediglich der Komplize des Ungeheuers, dessen Existenz ich bereits vermutet hatte. Der Riese oben an der Treppe, der dort so still stand, als wäre er aus Eisen – das war der Gesangsmeister.

Einen Augenblick später hatte ich meine Entscheidung getroffen. Vor der Wahl stehend, entweder Christine nachzusetzen oder der Kreatur, die ihr das Leben so schwer gemacht hatte, entschloß ich mich, ohne zu zögern, für das letzte. Dieser Massenmörder – denn nichts anderes war er, Watson – war meine eigentliche Beute, mögen Sie mich nun herzlos nennen oder was immer Sie wollen.

Ohne weiter zu versuchen, höflich zu sein, tauchte ich in die Menge und stieß jeden zur Seite, der mich behinderte, als seien die Menschen nichts anderes als Streichhölzer.

Das Phantom in Scharlachrot blieb nur noch einen einzigen Augenblick lang reglos stehen, wirbelte dann mit einem gewaltigen Schwung seines Capes herum und flog die Treppenstufen hinauf.

Der Augenblick der Anspannung war vorbei. Ein Lachen brach den Bann der Starre, die die Anwesenden befallen hatte. Die Kapelle begann wieder zu spielen, und die Menge nahm das Geschiebe, das sie nirgendwohin führte, wieder auf.

Dann sah ich aus den Augenwinkeln, wie Pierrot Christine losließ und ebenfalls seinem Meister folgte, wobei er energisch an allen vorbeischoß, die seiner Flucht im Wege standen.

Die Masse der Menschen, in deren Mitte sich diese Ereignisse entwickelt hatten, bekam nicht das Geringste davon mit. Es wurde ohnehin soviel geschoben und gedrängt, daß ein oder zwei besonders rüde Exemplare keine besondere Aufmerksamkeit erregten. In meinem Fall gab es genügend Leute, die einfach zurückstießen, wobei sie ihr bestes gaben und obendrein noch lachten.

Für mich war das Ganze, wie Sie sich vorstellen können, mein lieber Watson, überhaupt nicht zum Lachen, sondern eine Angelegenheit von allergrößter Wichtigkeit. Als ich begriff, daß ich mich niemals durch diesen Ozean konfettibestreuter Festgäste würde hindurchzwängen können, drehte ich mich in die entgegengesetzte Richtung um und rannte auf die andere Treppe zu. Hier war die Menge weniger dicht. Ich rannte hinauf in den Ersten Rang und kam dort gerade rechtzeitig an, um den Riesen in Rot etwa dreißig Meter von mir entfernt einen Gang hinunterfliehen zu sehen. Ich rannte, wie ich in meinem ganzen Leben noch nie gerannt bin, stürzte durch die Kapelle, deren Instrumente in meinem Kielwasser in die Luft flogen, und bog gerade rechtzeitig um eine Ecke, um den weiten, wirbelnden Umhang auf der anderen Seite des Theaters abwärts verschwinden zu sehen.

Hinter mir waren nun leise Rufe und gedämpfte Schritte zu hören, aber ich schenkte ihnen keine Beachtung, so sehr war ich mit meinem eigenen Vorhaben beschäftigt. Ich hatte eine ziemlich genaue Vorstellung davon, wohin der Schurke entfliehen würde, und statt mich durch all die Champagnertrinker auf dem ersten Rang hindurchzupflügen, ging ich abermals meinen Weg zurück, kam ins Foyer und benutzte die Tür, durch die ich in die Ankleideräume kommen würde.

Meine Intuition wurde durch den Anblick der beiden Männer belohnt – den scharlachroten Riesen mit dem Pierrot im Kielwasser –, die beide den verlassenen Korridor vor mir hinunterliefen. Die Schritte meiner Stiefel hallten in dem schmalen Gang lautstark wider, und jeder einzelne hörte sich wie ein Pistolenknall an. Ich holte alles aus mir heraus, um so schnell wie möglich zu laufen, und meine Lungen waren kurz vor dem Bersten, als ich erst den einen, dann den anderen Flüchtenden blitzschnell in Christine Daaés Ankleideraum verschwinden sah.

Keuchend wie ein Ertrinkender rang ich nach Luft und stürzte direkt hinter Pierrot durch die Tür, gerade noch rechtzeitig, um ein verblüffendes Aufblitzen silberfarbener Spiegel zu bemerken, die mich mit ihren herumwirbelnden Reflektionen kurzfristig blendeten. Und dann, es war eigentlich unmöglich, war ich plötzlich allein. Ich krümmte mich, um überhaupt noch Luft bekommen zu können. Meine Lippen unter meinem Domino waren schweißnaß.

Vornübergebeugt stand ich dort und rang immer noch um Atem, als die hämmernden Schritte und Rufe, die mich verfolgt hatten, näher kamen. Jemand stieß die Tür des Ankleideraums so energisch auf, daß sie von der Wand dahinter abprallte. Binnen eines Augenblicks füllte sich das Zimmer mit einem halben Dutzend Männer, von denen zwei mich rauh ergriffen und auf die Füße zogen, während mir ein dritter die Maske vom Gesicht riß.

»Monsieur Sigerson!« rief Moncharmin, während er gleichzeitig seine eigene Maske abnahm. »Was hat das zu bedeuten?«

»Sie kennen diesen Gentleman?« verlangte eine schlanke Gestalt in Rot zu wissen, die einen seidenen Opernumhang trug. Der Mann nahm ebenfalls seine Maske ab und entblößte harte, humorlose Gesichtszüge sowie einen leichten Oberlippenbart.

»Ja, tatsächlich, Monsieur Mifroid«, rief Ponelle aus und sah mich schuldbewußt an. Seine ehrlichen Züge waren vor Bestürzung ganz zerknittert. »Das ist der Mann, der behauptet, auf Ihr Geheiß den Tod von Joseph Buquet zu untersuchen – aber er ist schon drei Wochen vor dem Mord in der Opéra angestellt worden. Ich wußte, daß da etwas nicht stimmte«, fügte er hinzu, beinahe so, als wolle er sein Verhalten mir erklären und nicht dem schlanken Polizisten.

»Ich verstehe.« Mifroid kam nun in die Ecke des Zimmers, in der ich hilflos und keuchend wie ein völlig erschöpftes Rennpferd stand. Er betrachtete mich von oben bis unten, als begutachte er einen verwesten Kadaver. Um seine Lippen spielte ein kaum sichtbares Hohnlächeln.

»Gestatten Sie mir, alles zu erklären«, begann ich, kam aber nicht weiter. Die Menge hatte mein Blut gerochen.

»Er wollte die Baupläne für das ganze Gebäude sehen!« rief einer von ihnen.

»Er hat auf dem Ball versucht, Christine festzuhalten!« rief ein anderer.

»Er hat Mademoiselle Adler angegriffen!« wußte ein Dritter beizusteuern.

»Meine Herren, bitte hören Sie mich an.«

»Seien Sie still! Monsieur Sigerson, Sie sind vorläufig festgenommen.«

KAPITEL VIERZEHN

Orpheus' Unterwelt

»Sie müssen mich anhören!« beharrte ich und versuchte vergeblich, mich zu befreien. »Während wir hier stehen, spielt sich woanders vielleicht eine Tragödie ab!«

»Es *hat* sich bereits eine Tragödie abgespielt«, erinnerte Mifroid mich, während er ungerührt seine Musterung meiner Person fortsetzte.

Meine Position war unhaltbar, Watson. Einer nach dem anderen sagten sie gegen mich aus, erinnerten sich an die Fragen, die ich gestellt hatte, die Geschichten, die ich erzählt hatte, um meine Fragen zu entschuldigen, mein Verschwinden aus dem Orchester an dem Abend, als der Kronleuchter von der Decke gefallen war, und tausend andere unerklärliche Einzelheiten, die für sich selbst nichts bedeuteten, insgesamt jedoch eine verhängnisvolle Kette bildeten und die Dinge für mich in einem ganz schlechten Licht erscheinen ließen. Moncharmin und Richard, vollkommen absurd in ihrer lächerlichen Aufmachung, pochten feierlich auf meine Schuld, erinnerten sich an meinen Besuch in ihrem Büro, den sie nunmehr als Teil einer Reihe von Drohungen meinerseits schilderten. Mit einer gewissen niederträchtigen Schlauheit hatten die beiden Schurken den Vorteil erkannt, hier einem anderen die Schuld für all das, was geschehen war, in die Schuhe schieben zu können – egal, um wen es sich dabei handelte –, und das, bevor es Prozesse zu hageln begann.

Noch nie zuvor hatte ich mich in solcher Bedrängnis befunden. Man hätte wirklich darüber lachen können, wäre meine Lage nicht so ernst gewesen. Ich hatte keine Ahnung, wo Christine Daaé war, aber sie sollte in Kürze singen, und ich hatte ihr meinen Schutz zugesichert. Nun hatte das Schicksal eben jenes unvorhersehbare Hindernis in meinen Weg gelegt, gegen das ich mich nicht hatte absichern können.

Ich wurde ohne jedes weitere Zeremoniell durch die mittlerweile stark angewachsene Menge geschoben, die sich nun vor dem Ankleideraum zusammendrängte und den Flur beinahe unpassierbar machte. Ich hatte keinen Zweifel daran, daß nichts und niemand mehr zwischen Christine Daaé und dem Zorn ihres wahnsinnig gewordenen Wächters stehen würde, sobald ich erst einmal das Haus verlassen hatte.

»Hier, Watson, war nun der schreckliche Preis für mein Inkognito. Gerade, als es am wichtigsten für mich gewesen wäre, meinen eigenen Namen und meine Identität herzuzeigen, stand diese Möglichkeit gleichermaßen so weit jenseits meiner Reichweite wie nie zuvor.

»Wohin bringen Sie mich?«

»Zur Gendarmerie.« Noch einmal beteuerte ich meine

Unschuld und den Ernst der Situation. Diesmal machten sie sich noch nicht einmal die Mühe, mir zu antworten.

Irgendwie erzwangen wir uns unseren Weg ans Ende des Flures und wollten gerade die Treppe hinaufsteigen, als das Schicksal, das ja als launenhaft bekannt ist, den Dingen eine andere Wendung gab.

»*Was glauben Sie, wohin Sie diesen Mann dort bringen?*« rief ein *basso profundo*. Es war Maître Gaston Leroux, der uns den Weg zur Treppe versperrte. Die Hände hatte er auf die Hüften gestützt, und sein großer Bullenkopf saß entschlossen auf seinem massiven Oberkörper. Ich muß gestehen, daß ich mich noch nie in meinem Leben so gefreut habe, jemanden zu sehen.

»Wir bringen diesen Mann –«

»Schweigen Sie still. Dieser Mann geht nirgendwohin.« Er funkelte die Menge mit einem Blick konzentrierter Wildheit an.

»Aber –«

»Ich bin Gaston Leroux!« brüllte er. »Ich bin verantwortlich für alles, was hier geschieht. Mir entgeht auch nicht die kleinste Einzelheit. Und ich habe hier das Kommando über alles und jeden.« Dieser vertraute Refrain entlockte mir einen Seufzer der Erleichterung, aber Mifroid war nicht so leicht einzuschüchtern.

»Ich bitte um Verzeihung, *cher maître*«, sagte er mit einem herablassenden Ton, den er kaum zu bemänteln versuchte. »Aber dieser Gentleman hier gehört dem Gesetz.«

Leroux plazierte seinen Kneifer auf seiner Nase und starrte durch ihn hindurch den Polizisten frostig an.

»Da befinden Sie sich im Irrtum, Monsieur. Gestatten Sie mir, Sie zu korrigieren. Dieser Gentleman gehört zu meinen ersten Geigen, und wir haben noch die Operngala vor uns. Lassen Sie es mich ganz klar ausdrücken«, fuhr er stimmgewaltig fort, bevor irgend jemand ihn unterbrechen konnte. »Ich habe kein Interesse an dem Geist. Ich interessiere mich nicht für Mord oder das Gesetz oder irgendwelche Kleinigkeiten, mit denen Sie sich befassen. Sie kümmern sich um Ihre Angelegenheiten. Wenn Sie diesen Mann bewachen lassen wollen, während er sich seinen Pflichten mir gegenüber entledigt, können Sie das gern tun, *aber*« – und er verlieh diesem Wort eine furchtbare Betonung – »mein Geschäft, meine einzige Sorge, meine Religion und meine Verantwortung ist *die Musik* – und jeder, der versucht, sich zwischen mich und meine Aufgabe zu stellen, kann das nur über meine Leiche tun.«

Er hielt inne, wie um Mifroid zum Widerspruch herauszufordern. Dieser erschien tatsächlich ein wenig verblüfft von Leroux' Resümee.

»Macht denn eine einzige Violine einen solchen Unterschied?« fragte er mit einer Mischung aus Kühnheit und Gereiztheit.

»Das letzte Mal, als sie fehlte, fiel der Kronleuchter vom Dach«, gab Leroux auf zuvorkommendste Art und Weise zurück.

»Das war aber nicht Sigerson«, meldete Ponelle sich zu Wort, eifrig darauf bedacht, sich nach seinem Verrat wieder bei mir einzuschmeicheln. »Er hat nicht einmal gewußt, wie man dort hinaufkommt.«

»Aber er ist dort hinaufgekommen«, erinnerte Mifroid jeden, während er gleichzeitig die Krempe seines Seidenhuts befingerte und offensichtlich das Ganze noch einmal überdachte. »Na gut, *cher maître*. Angesichts Ihrer Nöte werde ich diesem Gentleman erlauben, noch einmal zu spielen – aber unter Bewachung, Sie verstehen? Unter Bewachung.«

Leroux neigte seinen massigen Kopf bestätigend zur Seite.

»Und nachher muß er mit mir kommen«, verkündete Mifroid allen, die es hören wollten.

»Vielen Dank«, konnte ich gerade noch sagen, bevor man mich an dem Dirigenten vorbeiführte.

»Ich danke *Ihnen* dafür, daß Sie Irene Adler gerettet haben, den schönsten Mezzosopran unseres Zeitalters!« rief er hinter mir her.

Nun wurde ich in die gegenüberliegende Richtung gedrängt und fand mich schon bald in der vertrauten Umgebung der vergangenen Wochen wieder, an jenem Ort, der schweigend Zeugnis von der glücklichen Zeit in meinem Leben ablegte, während der ich darangegangen war, mich neu zu finden. Nun würde er in Kürze Zeuge meiner schmählichen Niederlage bei diesem Unterfangen werden. Ich hatte den Orchestergraben als Detektiv auf Urlaub betreten und mich damit unterhalten, Karriere als Geiger zu machen; verlassen würde ich den Orchestergraben als Hochstapler unter Arrest und unter Mordverdacht.

Ich nehme an, Watson, daß die Dinge nicht wirklich so düster aussahen. Ich würde mir einen Anwalt nehmen können; ich würde von der anderen Seite des Kanals Zeugen kommen lassen, die über meinen Charakter und meine Identität aussagten – Sie zum Beispiel, mein lieber Freund –, Zeugen, die erstaunt sein würden zu erfahren, daß ich noch lebte. Das ganze absurde Gewebe würde früher oder später aufgelöst werden, Faden für Faden.

Aber in der Zwischenzeit, lange bevor das passieren würde, war die unglückliche Frau, der ich versprochen hatte, alles in meinen Kräften stehende für sie zu tun, ohne meinen Schutz, und das, nachdem ich sie überredet hatte, gegen jeden Instinkt ihres Wesens zu verstoßen und heute abend zu singen.

Der Unterhaltungsteil des Opernballs stand kurz vor

dem Beginn. Die Festgäste, die ihren Durst mit vielen Gläsern Champagner gelöscht hatten und durch mehr als drei Stunden langes, unbewegliches Stehen müde geworden waren, waren nun dankbar für die Gelegenheit, sich hinzusetzen, selbst wenn das hieß, daß sie sich eine Stunde lang Auszüge aus der sogenannten ernsten Musik anhören mußten. Sie waren ein wenig betrunken, aber das beeinträchtigte Maître Leroux' Perfektionssucht keineswegs. Betrunken oder nüchtern, er würde ihnen das Beste geben, was die Pariser Opéra zu bieten hatte. Das war, wie er gesagt hatte, seine *raison d'être*.

Der Krater, den der heruntergefallene Kronleuchter in das Parkett geschlagen hatte, war mehr oder weniger repariert – von Arbeitern, die rund um die Uhr geschuftet hatten. Es war eine vorübergehende Lösung, der nach der heutigen Vorstellung eine dauerhafte folgen sollte, aber für den Augenblick standen Stühle auf verdeckten Gerüsten, und der ganze Raum war mit Teppichen und goldener Farbe zu einem ansehnlichen Ergebnis gebracht worden.

Das Programm für die Gala war traditionell eine Überraschung. Wir, die wir auf der Bühne standen, kannten es natürlich im Vorhinein, aber für das Publikum gab es kein gedrucktes Programmheft. Statt dessen hatte Maître Leroux das Privileg, jeden Ohrenschmaus einzeln anzukünden – oder nicht anzukünden.

Es bestand bei dieser Gelegenheit kaum die Notwendigkeit, die Hauslichter zu dämpfen, da die Hauptquelle der Beleuchtung im Zuschauerraum nicht länger existierte. Statt dessen gab es Fackellichter, die jeweils von einem livrierten Bediensteten gehalten wurden und der Vorstellung eine unheimliche, irgendwie barbarische Atmosphäre verliehen, als befänden sich die Feiernden in einem gigantischen römischen Amphitheater oder in einer Bärenhöhle.

Leroux, der die berauschte Stimmung seines Publikums erfaßt hatte, machte keine Ankündigung für die erste Nummer, sondern gab lediglich den Einsatz, und der Vorhang hob sich vor dem ›Soldatenchor‹ aus *Faust*.

Das war genau die Art Musik, die das Publikum hören wollte. Es jubelte und stampfte mit den Füßen auf, und einige Leute fielen in die vertraute Melodie ein, summten oder pfiffen, da die meisten den Text nicht kannten.

Direkt im Anschluß daran und ohne Unterbrechung spielte das Orchester den ›Rakoczcy-Marsch‹ aus einem anderen *Faust*, und zwar dem von Berlioz. Das ungewöhnliche Stück brachte das Haus zu einem Siedepunkt des Hochgefühls, und das Jubeln und die Bravo-Rufe im Anschluß daran sagten dem Dirigenten, daß die Zuschauer nun ein Herz und eine Seele mit ihm waren. Er war schon ein Mordskerl, dieser Leroux.

Aber der *maître* hatte ihre Erwartungen vorhergesehen und stürzte sie nun, als sich der Vorhang wieder hob, in Verwirrung.

Diesmal blickte man auf eine leere Bühne, über die sich ein Sternenhimmel spannte. Der große Plançon trotzte als Mephisto dem Himmel, und zwar im Prolog noch eines anderen *Faustes*, diesmal von Boito. »Ave, Signor!« begann er voller Hohn zu singen.

Von dem Augenblick an, in dem ich diese ersten Worte hörte, wußte ich jedoch – ebenso wie Leroux und viele andere –, daß dies nicht Plançon war. Es war einfach unvorstellbar, daß dieses hohe, alles überragende Heulen von dem vertrauten Baßbariton stammen konnte. Diese erstaunliche Macht, Watson, das schiere Entsetzen, das dieser trotzige Luzifer mit seinem Credo der Verdammnis weckte, wurde mit einer solchen Energie und einer solchen sardonischen Bosheit vorgetragen, wie ich sie diesseits der Hölle wohl nie wieder hören werde.

»Wer zum Teufel ist das?« rief Ponelle.

Leroux wischte sich den Schweiß von der Stirn, ein Eingeständnis seiner eigenen Überraschung, fuhr jedoch fort zu dirigieren. Er mochte sich vielleicht nicht für Geister interessieren, aber er erkannte die Stimme des Genies, wenn er sie vernahm.

Aus dem Keuchen des Publikums schloß ich, daß wir nicht allein mit unserer Reaktion waren. Bela, der an meiner linken Seite saß, machte den Eindruck, als würden ihm gleich die Augen aus dem Kopf fallen. Ich brauchte nicht zu sehen, wer da sang, um zu wissen, daß dies niemand anders als der Gesangsmeister selbst war – der Geist, Nobody, Orpheus, der Engel der Musik, das Phantom – all seine Titel waren nun in einem riesigen Triumph zu einem verschmolzen. Wie gern hätte ich doch gleich die Jagd aufgenommen, noch in diesem Augenblick, aber das stand außer Frage. Ich spielte unter den wachsamen Augen zweier Herren von der Präfektur, die nicht einmal den Versuch unternahmen, die Handlung auf der Bühne zu verfolgen. Sie kannten ihre Pflichten und gehorchten so getreu wie zwei Doggen. Vielleicht waren sie auch taub.

Am Ende der Arie war das Haus in totales Schweigen gehüllt. Mephisto verbeugte sich, ohne seinen Totenschädel abzunehmen, griff nach seinem Umhang, den er nonchalant über eine seiner riesigen Schultern warf, schlenderte frech von der Bühne und schied mit einer großartigen Erhabenheit, die jedem Applaus trotzte.

Was war aus Plançon geworden?

Und wo um alles in der Welt, war Christine? Hatte sie das Phantom singen hören? Oder war sie die große Vordertreppe hinaufgeflohen, sobald die Erscheinung auf der Bühne aufgetaucht war?

Oder hatte sie dazu gar keine Chance gehabt? Hatte

das Ungeheuer sie schon vorher entführt, noch bevor es auf die Bühne ging? Schreckliche Ahnungen bemächtigten sich meiner wie die eisigen Finger eines Schraubstocks. Es gibt eine bestimmte Art von Angst, Watson, die sich auf ihr Opfer stürzt wie ein aufkommender Frost, der die Glieder von Kopf bis Fuß betäubt und erstarren läßt, so daß es schon zu einer wahren Herkulesarbeit wird, auch nur einen Fuß vor den anderen zu setzen. Trotz meiner festen Entschlossenheit war dies genau die Art von Angst, die sich wie ein Kokon um mich herumlegte, während ich rein mechanisch vor mich hingeigte.

»Es tut mir leid«, flüsterte Ponelle während eines neuerlichen gewaltigen Applauses.

»Es ist nicht Ihre Schuld, mein lieber Freund. Sie haben getan, was Sie für das Beste hielten«, erwiderte ich automatisch.

»Ich konnte mir Ihre Geschichte einfach nicht erklären, verstehen Sie?« beharrte er. »Ich wußte, daß Sie schon vor dem Mord an Buquet hier angefangen hatten – und dann dieser ganze Unsinn auf dem Père Lachaise.«

»Ich verstehe vollkommen.« Und wahrhaftig, wie hätte ich ihn auch nicht verstehen sollen? Stünde ich an Ponelles Stelle, was hätte ich von jemandem gehalten, der mir eine so dürftige Geschichte auftischte? Für Debienne und Poligny, die Ponelle ganz zu Recht als Idioten bezeichnet hatte, war die Geschichte gut genug gewesen, aber Ponelle selbst war kein Narr, und ich hatte einen schlimmen Fehler gemacht, ihn für einen solchen zu halten.

Ich bemerkte, daß die Fackeln langsam herunterbrannten. Soviel zum Thema Improvisation. Es war nur ein Glück, daß sie nicht das ganze Gebäude in Brand gesetzt hatten. Miss Adler hatte jedenfalls eindeutig recht gehabt, als sie den Grundsatz zitierte, die Show müsse weitergehen. Selbst jetzt, in der Verwirrung nach Plançons Verschwinden und seinem unerklärlichen, wenn auch sensationellen Ersatz, ging das Programm ohne Abweichung oder Zögern weiter wie ein Zug, der auf seinen Schienen lief und einem unwandelbaren Zeitplan gehorchte.

Als nächstes hob sich der Vorhang vor dem größten Erfolg unserer augenblicklichen Saison, den Eisläufern auf echtem Eis aus dem dritten Akt von *Le Prophète*. Für dieses Stück warfen Arbeiter, die in der Obermaschinerie des Theaters saßen, Schneeflocken auf das *corps de ballet*. Die Wirkung war ein Triumph der Illusion, und das Publikum saß wie bezaubert da, da viele von den Zuschauern das Stück – oder auch nur etwas Vergleichbares – vorher noch nicht gesehen hatten.

Nun wandte Leroux sich dem Publikum zu.

»*Mesdames et messieurs.*« Sein mir nur allzu vertrautes Bellen hatte keine Probleme, bis in die letzten Winkel des Theaters zu dringen, bis hin zu den Rängen der Götter. »Mademoiselle Christine Daaé.«

Der Vorhang hob sich vor einer leeren Bühne. Mademoiselle Daaé, immer noch als Schäferin verkleidet, wenn auch ohne Maske, stand ganz allein da, mit einem kunstvoll über ihre Schulter geschlungenen Schal und einem Korb am Arm. Sie war also immer noch frei! Jetzt könnte ich sie noch retten!

»Sigerson, setzen Sie sich hin!« zischte Leroux und klopfte mit seinem Taktstock wie immer auf sein Pult, bevor er den Einsatz gab.

Zuerst sang sie nur zögernd, und ich konnte die Angst in ihrer Stimme hören, aber schließlich schien die Musik selbst sie zu tragen, so wie ich es ihr prophezeit hatte. Sie hatte Micaelas Gebet aus dem dritten Akt von *Carmen* gewählt. Das Stück paßte ideal sowohl zu ihrer Stimme als auch zu ihrem Aussehen. Wie der Zufall es wollte, paßte es in gleichem Maße zu ihrem augenblicklichen Gemütszustand, denn es handelt sich um das Flehen einer verängstigten Frau, die allein ist und ganz der Gnade von Mächten ausgeliefert, auf die sie keinen Einfluß hat, einer Frau, die Gott um seinen barmherzigen Schutz bittet. Die ungewöhnliche Musik trug ihre Stimme empor, klar und rein wie die Bergluft, die sie angeblich umgab. Aus Leroux' verzückter Miene schloß ich, daß sie auch ihn vollkommen begeisterte – und wenn sie diese Wirkung schon auf den Dirigenten hatte, brauchte ich gar nicht mehr darüber nachzudenken, was das Publikum von ihrer Vorführung hielt.

Wieder folgte der Musik eine tiefe Stille. Aber diesmal führte ein vereinzeltes »Bravo!« den Beifall um den Bruchteil einer Sekunde an. Von meinem Aussichtspunkt aus konnte ich sehen, wie das gesamte Haus sich einmütig erhob. Christine Daaé hatte wieder einmal triumphiert, diesmal ohne jede Hilfe von außen, sondern lediglich durch ihre eigene Fähigkeit und ihren Geschmack.

Sie trat an den Bühnenrand, wo auch wir im Orchestergraben sie sehen konnten, und wies mit einer anmutigen Geste ihres Arms auf den Beitrag von Leroux und dem Orchester hin. Wie benommen stand sie da und nahm mit einem tiefen Knicks den Beifall entgegen, wobei sie ihre Schultern leicht hochzog, als sie von allen Richtungen mit Blumen beworfen wurde und überall Rufe laut wurden: »Zugabe!«

Und dann, ohne jegliche Vorankündigung oder Warnung, gingen die Lichter aus. Sie wurden nicht schwächer oder flackerten, sondern erstarben alle auf einmal, als hätte die Kalliope plötzlich ihren Dienst eingestellt. Das ganze Theater wurde in völlige Dunkelheit getaucht.

Der Applaus, der noch vor kurzem kein Ende zu finden schien, schwand schnell dahin, und an seine Stelle traten nun laute Angstschreie. Die jüngsten schrecklichen Ereignisse an eben diesem Ort waren noch nicht vergessen, und überall machte sich Panik breit.

In dem Augenblick, als die Lichter verlöschten, hatte ich mich bereits erhoben. In der allgemeinen Verwirrung hatte ich nur einen einzigen Schrei gehört.

So plötzlich, wie sie verloschen waren, entzündeten sich die Lichter auch wieder. Obwohl es wie eine Ewigkeit erschienen war, konnte die Finsternis nicht länger als vier Sekunden gedauert haben. Aber das war genug gewesen.

Christine Daaé war verschwunden. Alles, was von ihr übriggeblieben war, war der Korb, den sie am Arm getragen hatte. Das traurige Kulissenstück stand verlassen da, ganz allein auf der großen, weiten Bühne wie ein stummer Vorbote eines neuen Unglücks.

Welche Unverschämtheit! Welche Kühnheit, Watson! Welch ein *coup de théâtre*! Er hatte vor dreitausend Menschen wunderbar gesungen, hatte es ihnen unmöglich gemacht, ihn festzunehmen oder ihn auch nur zu identifizieren, und dann, um das Ganze noch schlimmer zu machen, hatte er direkt vor ihren Nasen – ganz zu schweigen vor den Nasen eines ganzen Kontingents der Polizei – Christine entführt! Ich konnte nicht umhin, ihn dafür zu bewundern, auch wenn ich gleichzeitig meine verwünschte Unfähigkeit im Angesicht dieses gesichtslosen Genies verfluchte.

Aber ich wußte, daß ich nie wieder eine solche Chance bekommen würde. Die Jagd hatte begonnen*, und wenn ich nicht augenblicklich reagierte, würde meine Beute für immer verschwunden sein – und das Phantom würde Christine Daaé mit sich nehmen.

* Die Jagd hat begonnen! Dieses Schlagwort, das lange mit Holmes in Verbindung gebracht wurde, ist in Wirklichkeit ein Zitat aus Heinrich V. ›Laßt uns noch einmal vorrücken!‹ etc.

Mir war klar, daß sie, anders als Persephone, nie wieder der Welt der Sterblichen zurückgegeben werden würde.

Die Angst, die meine Glieder hatte starr werden lassen, ließ nach, und ich stürmte durch die Tür des Orchestergrabens, wobei ich die völlig verblüfften Polizisten vor mir auseinanderfahren ließ. Ich hörte ihre erstaunten Rufe hinter mir, verlangsamte jedoch meinen Schritt keinen Augenblick.

Wieder einmal stürmte ich den Flur zu Christines Ankleideraum entlang, von dem ich nun wußte, daß er die Grenze war, nach der ich gesucht hatte, seit diese merkwürdige Angelegenheit begonnen hatte. Sobald ich in dem kleinen Raum angekommen war, schloß ich die Tür hinter mir ab und steckte den Schlüssel in die Tasche. Draußen hörte ich hämmernde Schritte und die erregten Stimmen meiner Verfolger.

Ich dachte an nichts anderes als an meine augenblickliche Aufgabe, konzentrierte meine Gedanken nur auf einen einzigen Gegenstand – ich mußte die verborgene Tür oder das Paneel finden, durch das der Geist und Pierrot wenige Augenblicke, bevor ich sie erreicht hatte, verschwunden waren. Ich hatte nur einen Wirbel herumfahrender Spiegel gesehen, aber dieser kurze Blick war genug, um mir die Suche zu erleichtern. Während ich meine Hände über die reflektierenden Wände bewegte, hier und dort drückte, mir der Schweiß in die Augen lief und ich vor Anstrengung stöhnte, hörte ich an der Tür des Ankleideraums einen Hagel hämmernder Schläge. Irgendwo auf den Spiegeln oder in deren Nähe lag der Hebel verborgen, der mir meinen Weg in die Domäne des Phantoms ermöglichen und alle Geheimnisse dieser verworrenen Angelegenheit offenbaren würde. Wenn die Tür dem Drängen meiner Verfolger nachgab, bevor ich den Mechanismus entdeckt hatte, war alles verloren für Christine Daaé.

Im letzten Augenblick wurden meine Bemühungen belohnt. Eine Ecke des mit Spiegeln besetzten Paneels gab meinen tastenden Berührungen nach, und ein leises Rumpeln verriet ein unsichtbares Gegengewicht auf der anderen Seite der Wand. Ohne Zeit für den Gedanken zu haben, wie ich zurückkehren würde, sprang ich durch die verborgene Öffnung, während das Paneel sich um seine Achse drehte und hinter mir zuschlug. Ich beugte mich vor, die Hände auf den Knien, holte wieder Atem und wurde mir gleichzeitig der Tatsache bewußt, daß die Tür zum Ankleideraum mittlerweile nachgegeben hatte, keine zehn Schritte entfernt von dem Platz, an dem ich mich jetzt befand. Dem hörbaren Splittern von Holz folgte ein überraschter Ausruf derjenigen, die sich so sicher gewesen waren, mich in diesem Zimmer zu finden. Es entstand ein verwirrtes Durcheinander von Stimmen, die versuchten, die verschlossene Tür mit meinem Verschwinden in Einklang zu bringen. Wie ich vorhergesehen hatte, war ein kluger Kopf klüger als der Rest und meinte, ich hätte die Tür wohl von außen verschlossen und sei dann geflohen. Auf diese Weise hätte ich mir einen guten Vorsprung verschafft. Diese Theorie fand schnell weitere Anhänger, und die Meute verzog sich, so daß ich frei war, mich umzusehen und meine Umgebung zu untersuchen.

Ich hatte tatsächlich gefunden, wonach ich gesucht hatte. Nicht der falsche, sondern der wirkliche Eingang zu Alices Kaninchenbau; ein Königreich innerhalb eines Königreichs, eine Art angrenzendes Universum, das neben allem anderen in den Untergeschossen der Opéra existierte. Die beiden Reiche berührten einander nicht, es sei denn, ihrem Schöpfer gefiel es. Christine Daaés

Ankleideraum war der Übertritt zwischen den beiden Welten. Wahrscheinlich gab es noch andere, aber ich brauchte nur diesen einen: die bemerkenswerte Schöpfung des Phantoms, sein unerhörtes Netz von Pfaden und Türen, Rutschen, Leitern, Tunneln, Brücken, Gerüsten und Treppen lag endlich vor mir.

Ich hatte keinen Faden, den ich hätte aufwickeln können, nichts außer dem einen Instinkt, der mir sagte, daß ich nach unten gehen mußte. Hinunter! Sei wie ein Wassertropfen! Im Zweifelsfalle hinuntergehen! Ich hatte nur einen Hinweis, und das waren die brennenden Kerzenstummel, die an verschiedenen strategischen Punkten steckten, einige noch immer brennend, andere warm – der Flüchtling mußte sie auf seinem Weg benutzt haben. Als ich nach den Kerzen tastete, fand ich gewaltige Ablagerungen von festgewordenem Wachs. Der Mann hatte jahrelang Zeit gehabt, um sein riesiges Versteck zu schaffen, und viele Kerzen hatten sich vor denen, die ich nun dort stehen sah, bereits flackernd verzehrt.

Ich beschlagnahmte einen dieser Kerzenstummel für meine eigenen Zwecke und tastete mich mit Hilfe seiner mageren Flamme voran, wobei das heiße Wachs meine Finger verbrannte und auf ihnen erstarrte, denn ich hatte nichts, womit ich das hätte verhindern können.

Ich hörte Geräusche, mysteriöse Echos, das Tropfen von Wasser und merkwürdige, weit entfernte Schritte, entweder über oder hinter mir, das konnte ich nicht mehr sagen. Mein Weg führte mich häufig über Gerüste und Stege, die sich mitten durch eine gewaltige Düsternis erstreckten. Manchmal gab es eine Art Geländer, an dem ich mich festhalten konnte; manchmal hatte ich nichts dergleichen zur Verfügung; und um die Dinge noch schlimmer zu machen, schwankte der Boden unter mir.

In der Ferne sah ich ein paar sich bewegender Lichter

und glaubte, Stimmen zu hören. Vorsichtig schlich ich mich weiter, wobei mir nun jedes einzelne Quietschen der Holzplanken unter meinen Füßen schmerzlich bewußt wurde. Hinter einigen hölzernen Latten erblickte ich die Kalliope, das gewaltige Gaswerk, das die Beleuchtung im Palais Garnier beherrschte. Dies war also ein weiterer Übertritt zwischen dem, was ich mittlerweile als die wirkliche Welt bezeichnete, und diesem ihrem verderbten Abbild.

Die Polizei war nur einige Zoll von mir entfernt bei der Arbeit, verwirrt von den drei Leichen, die sie gerade gefunden hatten – die armen Seelen, die die Schalter und Hebel der Beleuchtungstafel bedient hatten und von dem Wahnsinnigen in den Himmel befördert worden waren.

»Jemand hat ihnen die Kehle durchgeschnitten«, sagte eine Stimme, in der ich Mifroid wiedererkannte.

»Diesem hier hat man den Schädel eingeschlagen«, sagte ein anderer.

»Das ist Mauclair!« rief ein Dritter aus, den ich als Jérôme identifizierte. Die drei zertrampelten jeden eventuell vorhandenen Hinweis. Ich schüttelte den Kopf und zog mich so vorsichtig, wie ich gekommen war, wieder zurück.

Hinunter und hinunter. Manchmal kam ich vom Weg ab und landete dann in seltsamen *culs de sac*, von denen ich jedoch glaubte, daß sie zu weiteren verborgenen Passagen führten, die zu entdecken ich weder die Zeit noch die Begabung hatte. In diesen Fällen mußte ich meinen Weg wieder zurückgehen, wobei ich über verschiedene Dinge stolperte, die Zeugnis von der geistesgestörten Natur ihres Besitzers ablegten. Mein magerer Wachsstummel verbrannte zu nichts, und wieder war ich eingehüllt in tiefe Dunkelheit.

Einmal hielt ich den Atem an, als eine Schar von Rat-

ten, die ganz mit ihren eigenen Angelegenheiten beschäftigt waren, auf einer schmalen Plattform an mir vorbeitrippelte. Ich spürte, wie ihre kleinen Gestalten über meine Stiefelspitzen rutschten, und es war mir kaum möglich, einen Schauder zu unterdrücken.

Hinunter und hinunter und hinunter! Ich versuchte, mir die Ebenen zu merken, so wie ich sie zu erkennen glaubte, aber in Wahrheit ging mein Weg nur noch geringfügig nach unten, und in der Dunkelheit verlor ich schon bald meine Orientierung. Ich war nicht mehr in der Lage festzustellen, was über und was unter mir war. Die Wände selbst kamen mir nicht einmal sehr senkrecht vor. Mein einziger Kompaß war die Schwerkraft.

Ich konnte nicht umhin, über den bösen Genius nachzusinnen, der dies alles geschaffen hatte. Was für eine einzigartige Entschlossenheit und Einfallskraft hatte zuerst die eine Welt geschaffen und es dann bewerkstelligt, ihr eine zweite im Innern hinzuzufügen? Oder hatte er beide Welten gleichzeitig geschaffen? Welch dunkler Zweck, welche Inspiration oder Verzweiflung hatte das Phantom zu einer so magischen, ja ans Wunderbare grenzenden Meisterleistung der Baukunst gebracht?

Und wieviel Zeit hatte das gekostet – oder spielte Zeit, wie ich langsam vermutete, keine Rolle für ihn, der sich freiwillig hier für den Rest seines Lebens begraben hatte?

Während ich um mich tastete und vorsichtig meinen Weg suchte, fiel mir allmählich ein Geräusch auf, das lauter war als alle übrigen. Es war ein entferntes, beharrliches Donnern, das manchmal lauter wurde, dann völlig verstummte, dann wieder begann. Ich hatte keine Ahnung, was das sein konnte, nahm es aber schon bald mehr oder weniger in meine Landkarte auf. Wenn ich tiefer kam, wurde es lauter; ging ich in die Irre, wurde es schwächer und schwand. Irgend etwas an dem Geräusch, oder um genauer zu sein, etwas an seinem unregelmäßigen Rhythmus war mir bekannt, aber zu dieser Zeit konnte ich noch nichts damit anfangen.

Mit meinem Schildkrötengang schien es Stunden zu dauern, bevor ich an eine riesige Eisentür kam, obwohl die Dunkelheit wahrscheinlich mein Zeitgefühl durcheinandergebracht hatte. Das entfernte Donnern, das immer lauter geworden war, hatte plötzlich aufgehört und mich in tiefster Stille zurückgelassen. Ich fuhr mit den Händen über die Tür und klopfte mit den Knöcheln daran, was ein hohles Echo hervorrief. Ich kam zu dem Schluß, daß das Ding Hunderte von Pfund wiegen mußte, und verlor alle Hoffnung, das Geheimnis seines Mechanismus herauszufinden. Es müssen etwa zwei Stunden vergangen sein, während ich ohne jedes Ergebnis weitersuchte. Ich warf mich mit meinen schwachen Kräften dagegen, und wie erwartet rührte das Eisen sich nicht von der Stelle. Obwohl es unmöglich erscheint, sah es ganz so aus, als wäre meine Reise vergeblich gewesen. Wieder einmal schien die Kreatur mir entwischt zu sein.

Angesichts dieser unerträglichen Erkenntnis setzte ich mich auf einen Steinsockel und lehnte mich mit einem tiefen Seufzer gegen das Objekt meiner Frustration. Während ich versuchte, mit meiner Enttäuschung fertig zu werden, dachte ich gleichzeitig darüber nach, welche anderen Möglichkeiten mir nun blieben.

Die Strapazen des langen und ereignisreichen Tages müssen schließlich die Oberhand gewonnen haben, denn das nächste, woran ich mich erinnere, ist, daß ich an derselben Stelle, an der ich mich hingesetzt hatte, wieder erwachte, und der Grund für mein Erwachen war gleichfalls meine Rettung. Ich muß im Schlaf seitwärts gegen das Paneel gerutscht sein, denn zu meinem Erstaunen gab die Konstruktion nun dem leisesten Druck nach und glitt geräuschlos auf Schienen zu meiner Linken hinweg. Um ein Haar wäre ich durch die Öffnung hindurchgefallen. Ich erlangte das Gleichgewicht wieder und brauchte ein paar Augenblicke, um mir ins Gedächtnis zu rufen, wo ich mich befand. Ich griff nach meiner Uhr und versuchte herauszufinden, wie spät es war. Es war gerade fünf, aber das bedeutete gar nichts für mich. Fünf Uhr am Morgen oder am Abend? War es möglich, daß ich so lange geschlafen hatte? Ich konnte es unmöglich sagen.

Dann wurde mir klar, daß ich Licht hatte, um die Ziffern zu lesen, und das veranlaßte mich, durch die Öffnung zu blicken, die ich sozusagen im Schlaf geschaffen hatte. Den Anblick, der mich auf der anderen Seite der Schiebetür erwartete, werde ich so bald nicht vergessen. Manchmal in meinen Träumen sehe ich es immer noch vor mir.

Ich war zu dem unterirdischen See vorgestoßen. Das Gewässer erstreckte sich unter einem Tonnengewölbe aus Backstein und gewaltigen tragenden Säulen, die unter der Oberfläche des nebelbedeckten Wassers verschwanden.

Ein widerhallendes Zischen verriet, daß die ganze Kammer mit Gas beleuchtet wurde, das, wie ich vermutete, von der Kalliope darüber, wo die ermordeten Männer lagen, abgezapft wurde.

Ich kniete nieder und berührte das Wasser. Zu meiner Überraschung war es lauwarm. Zweifellos war diese Wärme, die aus der Tiefe aufstieg und mit der kälteren Luft in dem Gewölbe in Berührung kam, verantwortlich für den immerwährenden Nebel, der an der Oberfläche des Sees haftete. Im selben Augenblick, in dem meine Finger das Wasser berührten (das eine unangenehm schmierige Beschaffenheit hatte), wurde ich von einem wiehernden Geräusch erschreckt. Als ich aufsah, entdeckte ich wie durch einen ungleichmäßigen Riß im Nebel ein großes, weißes Pferd.

»*César!*« rief ich. Meine Gegenwart schien das Tier nicht im geringsten zu beunruhigen. Im Näherkommen stellte ich fest, daß es mit seinem Zaumzeug an einem Eisenring festgemacht war, der wiederum an einem Pfosten hing. Auf einem Steinsims vor ihm stand eine Schüssel frischen Hafers.

Neben dem Pfosten entdeckte ich einen Durchgang, gerade groß genug, so meinte ich, für ein kleines Ruderboot oder eine Pinasse, obwohl ich von keinem eine Spur entdecken konnte. Es war nicht weiter schwierig, daraus zu folgern, daß das Boot von seinem Besitzer ans andere Ufer gebracht worden war – wo immer dieses sich befinden mochte.

Ich beschloß, das Pferd zu benutzen, wo das Ruderboot vorzuziehen gewesen wäre, und band es von seinem Pflock los. César folgte mir bedächtig, und obwohl er keinen Sattel hatte, erhob er keine Einwände, als ich ihn längsseits seines Futterbehälters führte und die steinerne Kante zum Aufsteigen benutzte.

»Also, César«, sagte ich sanft und führte ihn auf den Nebel zu. »Kannst du schwimmen? Kannst du mich auf die andere Seite des Sees bringen?«

Das Wasser war, wie ich bereits erwähnt habe, warm, und das Pferd hatte nichts gegen seine eigenartige Beschaffenheit. Es setzte seine Füße vorsichtig auf das Mauerwerk und manövrierte sich anmutig in die dunstige Flüssigkeit hinein.

Ich hatte keine allzu klare Vorstellung davon, wo wir hingingen. Ich konnte nur hoffen, daß César besser Bescheid wußte. Er begann mit kraftvollen, wiegenden Stößen zu schwimmen. Der Nebel teilte sich vor uns und schloß sich direkt hinter uns wieder. Diese Erfahrung bekam schon bald etwas träumerisch Verzauberndes. Ich mußte mich zwicken, um mich daran zu erinnern, daß ich mich weniger als siebzig Meter unterhalb einer der belebtesten Kreuzungen einer geschäftigen Metropole befand und daß das Leben einer Frau vom Ergebnis meiner Suche abhing.

Ich war gerade zu dem Schluß gelangt, daß wir gut vorankamen, als das Gaslicht, das den Ort in sein schwaches und unheimliches Glühen tauchte, schwächer wurde und verlosch, so daß das Tier und ich mitten in diesem unterirdischen See steckten, ohne die geringste Vorstellung, in welche Richtung wir uns wenden sollten, oder ob wir uns überhaupt in irgendeine bestimmte Richtung bewegten.

Das Pferd wieherte vor Angst laut auf. Ich beugte mich vor und klopfte ihm auf den Hals, um es zu trösten, aber auch ich selbst war alles andere als gelassen. Das seltsame Donnern hatte wieder begonnen, stärker diesmal als zuvor. Zuerst dachte ich, das Geräusch könnte uns als Führer dienen, aber schon bald wurde mir klar, daß dank der merkwürdigen Akustik des Gewölbes das Donnern von überall her gleichzeitig zu kommen schien. Das unregelmäßige Hämmern hallte schwer zwischen dem Wasser und den Steinen wider, schien in sich selbst kehrtzumachen und sich zu überrollen, so daß es eine chaotische Kakophonie produzierte. In meiner augenblicklichen Stimmung hatte ich das Gefühl, mich in dem wild schlagenden Herzen eines Wahnsinnigen zu befinden.

Wir schwammen einige Minuten lang ziellos weiter, bombardiert von den Echos, aber dann hörte der Lärm plötzlich wieder auf und ließ uns in einer Dunkelheit und Stille zurück, die schrecklicher war als alles zuvor. Jetzt waren die einzigen Geräusche, die César und ich vernahmen, unsere eigenen.

KAPITEL FÜNFZEHN

Die Milchflasche

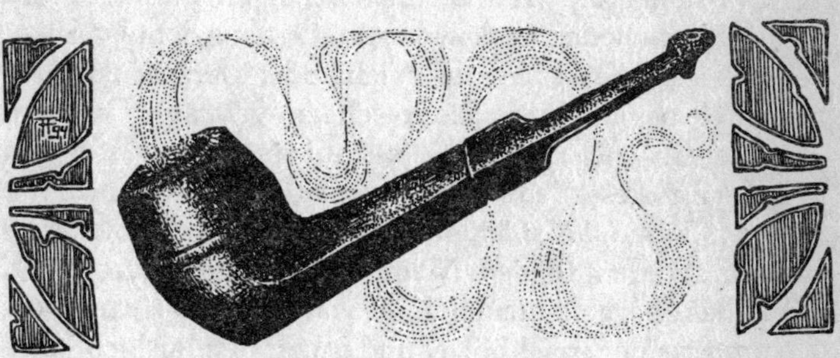

Wie lange wir so dahinpaddelten, kann ich nicht sagen. Das Pferd stieß einmal mit einer der runden Steinsäulen zusammen, die das Gewölbe trugen, und in seinem Entsetzen darüber, daß sich sein Kopf kurz unter Wasser befand, hätte es mich beinahe abgeworfen.

Der Klang einer Orgel rettete uns. Es begann so leise, daß wir leicht herausfinden konnte, aus welcher Richtung es kam. Während wir dem Geräusch zu folgen versuchten, wurde die Musik lauter, und schon bald gesellte sich ein wohlvertrauter Baßbariton hinzu – und dann hörte ich den klaren Sopran von Christine Daaé. Sie lebte noch, obwohl sie Angst hatte, was ich aus dem Tremolo und Vibrato in ihrem Gesang schloß.

Das Duett war mir unbekannt, aber selbst in meinem verwirrten Gemütszustand erkannte ich seine unvergleichliche Schönheit, obwohl es zu viele Echos gab, als daß ich die Worte hätte verstehen können. Irgendwann hörte das Lied plötzlich auf, und ich befürchtete schon, César würde wieder die Orientierung verlieren, aber nach einer kurzen Pause wurde die Musik fortgesetzt, und zwar im gleichen Takt wie zuvor.

Mit einem Stolpern und einem Scharren fand das Pferd seinen Tritt wieder, und wir zogen uns aus dem warmen, schmierigen Wasser heraus. Mehr oder weniger zur gleichen Zeit begann auch das so seltsam vertraute Donnern von Neuem, viel lauter jetzt als auf dem See. Mit jedem Donner auf dieser Seite des Wassers zitterte der Grund unter unseren Füßen, als spielten einige Riesen an der Stelle, an der wir standen, fangen. Meine Hosen waren durchnäßt, aber alles oberhalb meiner Taille war noch relativ trocken. Ich fand meine Streichhölzer und entzündete ein Licht, dessen winzige Flamme ich über meinem Kopf hielt.

Auf dem Boden vor mir entdeckte ich mehrere große Flecken. Ich kauerte mich hin und berührte den, der mir am nächsten war. Er war naß und klebrig. Die Flamme verbrannte mir die Finger, und ich ließ das Streichholz fallen; während ich ein anderes anzündete, kniete ich mich in der Nähe des Flecks noch einmal hin, und die Beleuchtung bestätigte meine schlimmsten Ängste: Es war Blut.

Ich ließ César stehen, wo er stand, mit über die Erde schleifenden Zügeln, und bahnte mir meinen Weg nach vorn; die Musik war mittlerweile durch das Schlagen und Hämmern völlig ausgelöscht. Mit Hilfe einer Reihe von Streichhölzern folgte ich der dunkelroten Spur.

Die Flecken wurden immer größer und führten mich zum Körper des Pierrot, der in seinem weißen Clownsgewand mit den drei komischen, großen, dunklen Wollknöpfen auf dem Rücken lag.

Der Mann war verwundet, atmete aber immer noch.

Ich entzündete ein weiteres Streichholz (nun blieben mir nur noch drei) und untersuchte sein Gesicht. Die Farbe, die es verdeckt hatte, war nun von Schweiß verschmiert, und er hatte sich offensichtlich mit dem rechten Ärmel das Gesicht abgewischt, so daß man nun seine Züge sehen konnte.

»Monsieur Le Vicomte!«

Er öffnete die Augen. Es war tatsächlich Christines Verehrer, de Chagny der Jüngere.

»Raoul, erinnern Sie sich an mich? Ich bin es, Sigerson.« Ich riß ein Stück von seinem Kostüm ab und machte eine Aderpresse um seine Wunde. Das Streichholz war mittlerweile ausgegangen, so daß ich im Dunkeln arbeiten mußte.

»Sigerson«, sagte er schwach. Dann fühlte ich, wie er sich versteifte. Es war ihm wieder eingefallen: »Wo ist Christine –?«

»Sie lebt, mein lieber Freund. Da, können Sie ihre Stimme hören? Sie lebt und ist irgendwo hier unten. Können Sie sich aufsetzen?«

Er stöhnte vor Schmerzen, als ich ihn aufrichtete, und hielt sich an meiner Schulter so fest, daß ich glaubte, laut aufschreien zu müssen. Seine Hände waren wie Eis.

»Was ist das für ein furchtbarer Lärm? Ist das ein Erdbeben?«

»Ein Erdbeben, das immer wieder von neuem beginnt. Wie sind Sie hierher gekommen?«

»Als ich von dem Unfall mit dem Kronleuchter las, habe ich sofort unser Landhaus verlassen«, begann er. »Mein Bruder hat versucht, mich davon abzuhalten, aber ich schämte mich so sehr für meine feige Vorstellung an dem Abend, als Sie uns besuchten, und beschloß, mich dafür zu entschuldigen. Ich wußte, daß Christine sich schrecklich fühlen mußte bei dem Gedanken an all die unglücklichen Menschen, die sterben mußten, während sie sang. Zuerst versuchte ich es bei ihr zu Hause, und dann ging ich auf den Opernball, wo ich sie schließlich fand. Ich wollte sie überreden, mit mir zu gehen. Sie war verzweifelt und versuchte immer wieder, mich zu warnen und mir zu entkommen, aber ich hielt sie fest.«

»Bis Sie diesen Teufel entdeckten«, ergänzte ich.

»Woher wissen Sie das?« In der Dunkelheit spürte ich seinen argwöhnischen Blick auf mir.

»Ich war ebenfalls auf Ihrer Fährte. Ich habe Sie für seinen Komplizen gehalten.«

»Dann haben Sie ihn also auch gesehen!« rief er heiser und klammerte sich an meinem Revers fest. Er fuhr fort, als spräche er von Dingen, die vor Jahren stattgefunden hatten und nicht erst vor wenigen Stunden. »Er stand oben auf der großen Treppe, ganz in Rot, und ich hörte einen Aufschrei, daß dies der Geist sein müsse. Daraufhin vergaß ich meine eigentliche Absicht, verließ Christine und folgte diesem Schurken, der der Grund für all meinen Kummer war. Er versuchte, mir durch ihren Ankleideraum zu entkommen, aber ich war zu schnell und folgte ihm –« Er brach ab, hustete hart und klammerte sich wieder an meine Schulter. »Bis ich mich in diesem infernalischen Labyrinth verirrt habe. Wie kommt es, daß selbst die Wände und die Decken und die Böden ihm alle gehorchen, als hätte er sie selbst gemacht?«

»Weil er sie gemacht *hat*. Können Sie aufstehen? Wir haben es nicht mehr weit bis in die Höhle des Löwen. Versuchen Sie es. Versuchen Sie es!«

Unter großen Anstrengungen zog ich ihn auf die Füße, und wir sahen uns in der Düsternis um. Der Boden zitterte unter uns wie das trügerische Deck eines Schiffs, das kurz davor stand, in einem Sturm unterzugehen.

De Chagny, der den Arm um meinen Hals geschlungen

hatte, rief mir ins Ohr: »Dieses Geräusch habe ich doch schon einmal gehört!«

Damit sprach er genau das aus, was auch ich dachte. Das Geräusch und das Zittern brachten uns fast zum Wahnsinn, aber noch schlimmer war das Gefühl, daß ich eigentlich hätte wissen sollen, worum es sich handelte. César wieherte bei jeder Erschütterung vor Entsetzen auf.

Dann hörte das Hämmern, wie es das so oft tat, plötzlich auf und badete uns in Stille, die nur von der Musik durchbrochen wurde, die aus der Ferne zu uns herüberdrang.

Auf den Beinen fühlte sich der kleine Vicomte, nachdem er sich einige Augenblicke lang auf mir abgestützt hatte, weitaus besser als auf dem Boden. Während mehr Luft in seine Lungen drang, sammelte er neue Kraft, und wir taumelten in die Richtung der atemberaubend schönen Melodie, die nun direkt vor uns erklang.

Auf dieser Seite des Sees hielt eine doppelte Wand, in deren Zwischenraum sich Erde befand, die Wassermassen zurück. Während wir der Biegung des Damms in Richtung auf die Musik folgten, stießen wir auf das Haus des Phantoms, denn es war tatsächlich ein Haus, erbaut zwischen den inneren und äußeren Wänden, die den See umgaben. Es gab hellerleuchtete Fenster mit richtigen Vorhängen; das ganze Gebäude sah aus wie ein Miniaturpalast auf dem Canale Grande. Auf der anderen Seite der Fenster sah man die Sänger, die noch immer in ihr stürmisches Duett vertieft waren. Man konnte die Silhouette des Organisten erkennen und Mademoiselle Daaés Gestalt, die neben ihm stand. Dieser Anblick verschlug dem Vicomte schier die Sprache, und er hätte vielleicht etwas Unbesonnenes getan, aber ich drängte ihn weiter.

Während wir uns an der Wand entlang bewegten, kamen wir zu einem weiteren Gebäude, dieses ohne jegliche Befensterung.

»Vielleicht gibt es oben eine Öffnung«, sagte ich aufs Geratewohl. »Soll ich Ihnen hinaufhelfen?«

»Geben Sie mir zuerst Ihre Streichhölzer.«

Ich bückte mich und verschlang meine Finger ineinander. Mit einiger Anstrengung kletterte er über meinen Rücken hinauf auf die Mauer und untersuchte sie. In unberechenbaren Abständen setzte wieder der Lärm und das Zittern ein. Das Getöse war zu groß, als daß ich hätte hören können, wie ein Streichholz entzündet wurde, aber ich sah das kurze Aufflackern von Schwefel, bevor der Vicomte wieder über mir erschien.

»Kommen Sie hinauf. Es gibt eine Art Oberlicht hier, das von unten beleuchtet wird.«

Das war bei weitem leichter gesagt als getan, denn ich hatte niemanden, der mir half, und der Vicomte war zu schwach, um mich hinaufzuziehen.

»Warten Sie hier«, wies er mich an und kam nach kurzer Zeit völlig außer Atem zurück. »Nehmen Sie das da.«

Er rollte ein Seil auf, das er an einem Ende irgendwo da oben festgebunden hatte. Das andere Ende reichte bis zu meinem Kopf hinunter, und ich griff danach. Nach ein paar Augenblicken der Prüfung im Dunkeln, in denen ich meine Finger darüber hatte gleiten lassen, war ich sicher, daß das Seil mich halten würde. Ich konnte genau fühlen, an welcher Stelle es von einer rasiermesserscharfen Klinge durchtrennt worden war. Mit Hilfe der Mordwaffe, die Joseph Buquet das Leben gekostet hatte, konnte ich mich neben den Vicomte hochhieven, der mich zu einem oberlichtartigen Fenster führte; es hatte eigentlich mehr Ähnlichkeit mit dem Bullauge eines Schiffs: ein merkwürdig dickes Glasoval, umrundet von einem Messingrahmen an einem Scharnier.

»Ob wir da hindurchpassen?« fragte der junge Mann zweifelnd.

»Es ist offen«, stellte ich fest. »Wir haben kaum eine andere Wahl, als es zu versuchen.«

Die Öffnung war tatsächlich sehr schmal, aber ich war in der Lage, mit hindurchzuzwängen, und zog den Vicomte hinter mir her.

»Was bin ich doch für ein Narr«, murmelte ich, als wir gelandet waren.

»Wie meinen Sie das?«

Ich zeigte auf die Decke und das kleine Fenster, das nun außerhalb unserer Reichweite war. In meinem Eifer, in Orpheus' Festung einzudringen, hatte ich das Seil, das uns nun hätte nützlich sein können, gedankenlos zurückgelassen.

Der Raum, in dem wir uns wiederfanden, wurde wie der See von verborgenen Gasdüsen beleuchtet. Er war sechseckig und vom Fußboden bis zur Decke mit Spiegeln versehen. Er enthielt nur ein einziges Zierstück: einen gewaltigen, schmiedeeisernen Baum, dessen von den Spiegeln reflektierte Zweige einen Wald an Illusionen um uns herum erschufen. Das Ganze war extrem verwirrend, zweifellos genau das, was sein Schöpfer beabsichtigt hatte. Es gab keinen Eingang und keinen Ausgang, bis auf diese kleine Öffnung, durch die wir gekommen waren. Wenn wir geglaubt hatten, auf diesem Wege in das Heim des Ungeheuers eindringen zu können, schienen wir uns geirrt zu haben. Direkt unter der Decke und überall um das Sechseck herum entdeckte ich eine Reihe kleiner Löcher, deren jedes etwa die Größe eines halben Zweishillingstücks hatte.

»Die müssen der Luftversorgung dienen«, meinte der Vicomte. Ich wollte ihm nicht widersprechen, indem ich auf das Fenster hinwies, durch das wir gekommen waren und das dafür ganz eindeutig ausgereicht hätte. Die kleinen Löcher dienten meiner Meinung nach einem finstereren Zweck und beunruhigten mich. Was das betraf, schien die ganze Kammer zu nichts anderem erbaut worden zu sein, als unbesonnene Leute, die dort hineinstolperten, gefangenzunehmen – Leute wie wir es waren. Das Ganze erinnerte mich an eine leere Milchflasche, die man vor die Tür stellt, um Fliegen zu fangen.

»Hören Sie«, sagte ich. »Die Musik hat aufgehört.«

Wir legten unsere Ohren an die Spiegelwand, durch die man die Musik am besten hören konnte. Ich vernahm etwas, das wie das Schließen einer Tür klang. Dann herrschte Stille.

»Rufen Sie sie«, flüsterte ich.

»Christine.«

»Lauter. Durch das Getöse von draußen kann Sie sie nicht hören.«

»Christine! Christine, ich bin es, Raoul! Können Sie mich hören?«

Vom anderen Ende der Wand erklang ein leises Geräusch.

»Wer ist da?«

»*Christine!*«

»Raoul? O Raoul!« Erregt preßten wir unsere Ohren an das Spiegelglas, so daß wir schließlich ihre Schluchzer hören konnten.

»Christine, wo ist er? Wo ist er?«

»Raoul – gehen Sie weg! Verlassen Sie diesen verfluchten Ort, so schnell Sie können! Ah! Er kommt zurück! Er ist –«

Jetzt hörte man eine andere Stimme.

»Was tust du da? Komm zurück. Wir müssen das Finale aus dem letzten Akt noch proben. Was? Ängstigt dich meine Erscheinung immer noch? Du hast nichts zu fürchten, bestimmt nicht. Komm her zu mir. Ich habe gesagt, komm!«

Die Stimme war gleichzeitig flehend und drohend, als könne ihr Besitzer sich nicht entscheiden, welche Haltung er ihr gegenüber einnehmen wollte.

Über unseren Köpfen ertönte ein neuerliches Donnern, und wieder wackelten die Wände. Ich hörte ein wütendes

Fauchen auf der anderen Seite der Wand und dann die Stimme, diesmal etwas weicher.

»Hab keine Angst. Sie können dir nichts tun. Niemand kann dir hier noch irgend etwas tun. Es war falsch von dir, daß du heute abend ohne meine Erlaubnis gesungen hast, mein Liebes, aber ich vergebe dir. Denk nur immer daran: Ich weiß, was am besten für dich und für deine Stimme ist. Und jetzt sing mit mir.«

Seine einlullenden Kadenzen ließen mich um ein Haar die Augen schließen. Die Musik hatte wieder begonnen. Es war schwer, sie durch das Getöse hindurch zu hören, aber in den kurzen Pausen der Stille lauschten wir. Es waren Klänge von durchsichtiger Schönheit.

»Was ist das?« flüsterte Raoul.

»Seine Oper, *Der Triumph des Don Juan.*«

Der arme Junge schluchzte vor Entsetzen und Erschöpfung auf und sank zu Boden, geschwächt von dem großen Blutverlust.

Ich blieb mit auf das Glas geheftetem Blick stehen. Nach und nach verstummte die Musik.

»Dies wird dein Zuhause sein«, sagte die wunderschöne Stimme sanft. »Du bist jetzt sicher müde. Ich werde dich alleine lassen. Ruh dich aus.«

Ich konnte mir kaum vorstellen, wie sie Ruhe finden sollte, denn das entsetzliche Donnern hatte jetzt erst richtig begonnen. Es war unmöglich, bei diesem Getöse mit dem armen Mädchen zu reden, so daß wir nun ganz uns selbst überlassen waren. In dem Sechseck befand sich nichts anderes als wir und der Eisenbaum, das heißt, eigentlich war es nur der Stamm mit einem einzigen Ast, alles andere waren Spiegelbilder.

Die Zeit verging, und der junge Vicomte verlor langsam die Nerven. Seine Zähne schlugen unkontrolliert aufeinander, und er legte in dem nutzlosen Versuch, etwas gegen den

Lärm und das Zittern zu tun, die Hände über die Ohren, kauerte sich in eine Ecke und begann, sich langsam vor und zurück zu wiegen. Er war wie ein verängstigtes Tier, das leise wimmernde Geräusche von sich gab. Ich versuchte, ihn mit tröstenden Worten zu beschwichtigen, aber ich wußte, daß man ihn schon bald nicht mehr mit vernünftigen Argumenten würde erreichen können.

»Vicomte! Raoul! Rufen Sie noch einmal nach Christine. Hören Sie, der Lärm hat aufgehört! Rufen Sie sie. Bitten Sie sie, den Raum zu beschreiben. Wir müssen wissen wie viele Türen es dort gibt.«

Er konnte mich nicht hören.

»Leutnant de Chagny, ich habe Ihnen einen direkten Befehl gegeben!«

Diese Ausdrucksweise hatte Erfolg, wo sanftere Versuche gescheitert waren. Die Ausbildung der École Navale setzte sich durch, und der junge Mann beeilte sich, die Anordnungen eines höheren Offiziers zu befolgen.

»Christine!«

»Raoul! O mein Liebster!«

»Christine!« rief der verzweifelte Junge. »Gibt es keine Tür zwischen uns? Kannst du nicht –?« Ein lautes Klirren und ein Ruf unterbrachen ihre Unterhaltung. »Raoul!«

»*So!*« rief eine schreckliche Stimme. Das Mädchen schrie.

Wir hörten, wie eine weitere Tür zugeschlagen wurde, und warteten, während der kleine Vicomte zitterte wie Espenlaub.

»So«, wiederholte ein vertrauter Bariton über unseren Köpfen. Er klang sanft wie ein Seufzen. »Wir haben also ungebetene Gäste.«

Ich blickte in die Richtung, aus der das Geräusch kam, und sah in dem kleinen Fenster über uns einen elfenbeinernen Totenkopf.

KAPITEL SECHZEHN

Das Phantom

Das wenige, was von der Kraft des Vicomte noch übriggeblieben war, verließ ihn bei diesem Anblick, und er fiel ohnmächtig zu Boden.

Die Kreatur und ich tauschten einen endlos scheinenden Blick. Ich war wie hypnotisiert, jetzt, da ich diesen eisigen Gesichtszügen so nahe gekommen war.

»Möchten Sie nicht Ihre Maske abnehmen?« fragte ich schließlich. Eine ganze Weile lang sagte er nichts. Ich begann schon zu glauben, daß er mich nicht verstanden hatte.

»Ich kann nicht«, gab er schließlich zurück, wobei seine Stimme wohltönend und gleichzeitig hohl klang, als käme sie aus einem Grab.

»Ich bitte Sie darum.«

»Es kann nicht sein.« Er schien zu zögern. Ich glaubte

beinahe, das Glitzern seiner dunklen Augen, die mich aus dem Schutz der Maske anblickten, erkennen zu können. »Wenn ich das täte, könnte ich nicht sprechen.«

»Warum nicht?«

»Es war schon immer so. Seit ich ein Kind war. Meine Mutter hat mir verboten, ohne meine Maske zu sprechen. ›Sprich nicht ohne dein Gesicht‹, sagte sie immer zu mir. Jetzt habe ich mich so sehr an die Verbindung dieser beiden Dinge gewöhnt, daß ich nicht mehr anders kann.«

Mein überraschter Gesichtsausdruck rief ihm wieder ins Gedächtnis, was er eigentlich vorgehabt hatte.

»Ich hoffe, Sie verzeihen mir diese Störung«, sagte er mit einer melodischen Stimme, die das Ohr mit ihrer Zärtlichkeit geradezu betörte. »Obwohl ich für meinen Teil Ihnen nicht verzeihen kann.«

»Monsieur Edouard LaFosse, nicht wahr?«

Einen Augenblick lang blitzten die Augen hinter ihrem Versteck auf wie Kohlen vor dem Blasebalg in einem weit entfernten Feuer; dann war der Eindruck verflogen. Ich glaubte jedoch, daß er mich noch immer mit einem gehässigen Blick musterte.

»Ich bin Nobody.«

»Möchten Sie vielleicht lieber Englisch sprechen?« fragte ich, wobei ich das Stichwort aufgriff, um Zeit zu schinden. Wieder zögerte er.

»Ich möchte lieber überhaupt nicht sprechen.«

»Aber Sie waren einmal Edouard LaFosse«, beharrte ich, »der brillante Assistent von Monsieur Garnier.«

Er betrachtete mich mit ausdruckslosem Gesicht. »Die Männer, von denen Sie sprechen, sind tot«, stellte er entschlossen fest. »Nur Nobody hat überlebt. Was man von Ihnen unglücklicherweise nicht wird sagen können.«

»Und es war sehr klug von Ihnen, die Pläne des Gebäudes zu zerstören«, fuhr ich fort. Ich hoffte noch immer, ihn irgendwie ablenken zu können. »Aber Sie haben nicht daran gedacht, die Verträge zu zerstören, in denen Ihr Name erwähnt wird. Ich habe sie bei der städtischen Planungskommission gefunden, bevor ich gestern nachmittag meinen Besuch bei Mademoiselle Daaé gemacht habe.«

Er grunzte nur und drehte seinen Kopf hin und her, als versuche er, einen Schmerz in seinem Hals zu lindern. Oder warf er einen Blick über seine Schulter?

»War das Ihre Oper, die wir gerade gehört haben? *Der Triumph des Don Juan?* Ich bin Musiker, wissen Sie. Die Musik hat mir überaus gefallen. Dürfte ich noch mehr davon hören?«

»Sie sind Sherlock Holmes, von dem die Welt bereits glaubt, er sei tot«, antwortete er mit häßlichem Hohn in der Stimme. »Ihre mühselige List ist an mich verschwendet. Unter diesen Umständen wird man Sie kaum vermissen«, fügte er hinzu. Seine magische Stimme war wie Stahl, der Seide liebkoste.

»Sie müssen doch wissen, daß sie Sie niemals lieben wird. Sie verzehrt sich nach diesem armen jungen Mann hier.« Ich wies auf den bewußtlosen Vicomte.

Die Kreatur reckte sich einen Augenblick lang vor, um ihren Rivalen zu betrachten.

»Sie ist noch jung«, sagte er gelassen. »Sie verwechselt Vernarrtheit mit Zuneigung, aber ihre Kunst belehrt sie eines besseren. *Ich* werde sie eines besseren belehren. Wenn er weg ist, wird sie ihn vergessen und wieder nur ihren Engel der Musik lieben.«

Plötzlich ertönte wieder ein lautes Krachen, und das ganze Gebäude bebte. Sein Knurren kam so plötzlich und furchterregend, daß ich zusammenzuckte und mir die Arme vors Gesicht hielt, während ich gleichzeitig mit den Füßen auf dem rutschigen Glasboden Halt suchte. Aber sein Zorn richtete sich mehr gegen den Lärm als gegen mich, den er sogar vergessen zu haben schien, während er sich an den Rahmen des kleinen Fensters klammerte, um sich festzuhalten.

»Ihr Engel ist ein Teufel, der die Sünde des Mordes begangen hat«, erinnerte ich ihn, als das Zittern ein Ende gefunden hatte. »Dieses Wissen kann sie nicht vergessen«, fuhr ich fort, »und das wird Ihr Verderben sein.«

Er antwortete mir nicht, sondern blickte auf mich herab mit einem überaus mitleiderregenden Ausdruck von Melancholie auf seinen reglosen Zügen. Es verblüffte mich, daß seine starre Gelassenheit verschiedene Aspekte annehmen konnte. Zweifellos war es jedoch nur meine erregte Phantasie, die diese Wirkung erzielte.

»Wir werden sehen«, sagte er schließlich knapp. Dann verschwand er, und das Fenster wurde von außen verschlossen.

Jetzt war, bis auf das Gepolter um uns herum, alles still. Ich kniete nieder und versuchte, den Vicomte zum Leben zu erwecken. Ich hatte gerade Erfolg damit, als ich sah, daß der verspiegelte Boden unserer Zelle (so mußte ich es wohl nennen) naß war. Mit einem Blick auf das Glas vor mir bemerkte ich, daß ein dünnes Rinnsal von Wasser an der Wand herablief und sich zu meinen Füßen sammelte. Tatsächlich weinten nun alle Wände stille Wasserbäche.

»Vicomte! Raoul!« Ich schlug ihn sanft zwei- oder dreimal ins Gesicht, bis er schließlich die Augen öffnete.

»Was ist passiert?«

»Wenn wir nichts unternehmen, werden wir ertrinken.« Ich wies mit der Hand auf unsere Misere, und er rappelte sich verängstigt auf.

Das Wasser stieg schneller, als uns die Stille, mit der das Ganze geschah, hätte vermuten lassen. Wir wateten durch die Kammer, lehnten uns an die Wände, traten dagegen – alles ohne Ergebnis.

»Christine! Ach, Christine!« schluchzte der junge Mann und warf sich wieder und wieder gegen die trennende Wand, die ihn von ihr fernhielt.

Der einzig greifbare Gegenstand, der uns vielleicht helfen konnte, war der Eisenbaum selbst, und ich machte mich daran, ihn aus seiner Verankerung zu lockern. Ich ließ in meinen Bemühungen auch nicht nach, als der Schurke seinen Lieblingstrick anwandte und uns das Gas abdrehte. Im Dunkeln begann der Vicomte vor Entsetzen zu schreien. Ich hatte meine liebe Not, ihn dazu zu bringen, mir bei der Arbeit zu helfen; das Wasser stand uns mittlerweile bis zu den Knien.

Das Brausen einer Orgel aus dem Zimmer neben uns übertönte die Schreie des Vicomte. Das Phantom beehrte uns mit einer Toccata und Fuge von Bach.

Nachdem wir das Ding unter gewaltigen Anstrengungen hin und her gezerrt hatten, gab die eiserne Kulisse in unseren von Blasen übersäten Händen schließlich nach. Das Wasser stand uns mittlerweile bis zur Taille, und es war schwerer geworden, sich zu bewegen, aber wir begannen, das Eisen gegen das Glas zu schmettern, das um uns herum zersplitterte. Die Scherben legten sich auf die Flüssigkeit und sanken dann träge zu Boden.

Ich ließ meine Hände über die Stellen, an denen das Glas angebracht gewesen war, gleiten und konnte eine Holzvertäfelung fühlen. Selbst während die Wände unter dem fortwährenden Erdbeben wackelten, hörten wir nicht auf, unser Instrument abwechselnd gegen die Wand von Christines Kammer zu stoßen. Bis auf ein paar Splitter konnte man kaum ein Fortkommen bemerken, denn das Wasser reichte uns nun bis zur Brust und machte es uns fast unmöglich, das schwere Eisen zu bewegen.

»Wir sind verloren!« rief der Vicomte. Ich war nicht in der Position, seine Worte zu bezweifeln. Das Wasser stand uns nun bis an die Nase, so daß wir schon bald würden schwimmen müssen.

»Lassen Sie nur um Himmels willen das Eisen nicht los!« rief ich, denn ich wußte mittlerweile, daß unsere einzige Hoffnung darin bestand, das Fenster über uns zu zerschmettern, wenn das Wasser uns hoch genug trug, um es zu erreichen. Das war leichter gesagt als getan, denn das Ding war ziemlich schwer und drohte uns mit seinem Gewicht hinabzuziehen.

Ich war nun unmittelbar unter dem Bullauge, das den Eingang zu unserem Gefängnis darstellte; nur wenige Zentimeter Luft lagen noch zwischen mir und dem Glas. Mit meiner letzten Kraft versuchte ich, den eisernen Ast gegen das Fenster zu stoßen, aber ohne jeden Erfolg. Wer auch immer das Ganze geplant hatte, hatte die Schwäche in seiner Konstruktion erkannt und dafür gesorgt, daß das Glas dick und fest war. Es war in unserer augenblicklichen Position unmöglich, auch nur annähernd so viel Kraft aufzubringen, wie notwendig gewesen wäre, um das Glas zu zerschmettern. Das Ergebnis konnte nicht länger in Frage gestellt werden.

Als der Vicomte und ich vollkommen unter Wasser waren, wurde unser Gefängnis von einem weiteren Beben erschüttert, und dieses Beben hatte Erfolg, wo alle unsere verzweifelten Bemühungen gescheitert waren. Sehr wahrscheinlich hatte der Teufel nicht einkalkuliert, wieviel Druck die Wände um uns herum aushalten mußten, wenn das Sechseck vollkommen mit Wasser gefüllt war. Hinzu kam, daß das Zittern des Gebäudes einen der Pfeiler gelöst haben mußte, denn urplötzlich sank der Wasserspiegel, und wir wurden mit einer gewaltigen Geschwindigkeit in ein Zimmer geschleudert, das ich kaum erkennen konnte, bevor es ebenfalls unter der flüssigen Lawine begraben wurde. Ich erinnere mich noch, daß ich verblüfft war zu sehen, wie ungeheuer gemütlich das Zimmer war – mit Sofas, Sesseln, Gemälden, Vorhängen an den Fenstern, einer Skulptur, einem Schreibtisch, einem Ruhebett und natürlich der Orgel, an der der Verrückte jetzt erstaunt herumfuhr, als sein Konzert von dem Ansturm unserer Flutwelle unterbrochen wurde.

Während wir noch vorwärts stürzten, griff er nach Christines Hand und zog sie durch die Tür. Sobald wir jedoch wieder Boden unter den Füßen hatten, setzten wir ihnen nach. Er muß einen Augenblick lang kurz mit der Idee gespielt haben, uns einzuschließen, änderte dann aber offensichtlich seine Meinung und zog es vor, soviel Entfernung zwischen sich und seine Verfolger zu legen wie nur möglich. Draußen fanden wir uns oben auf dem Damm wieder und rannten hinter den beiden her, obwohl sich der liebenswerte junge Vicomte zu dieser Zeit kaum noch bewegen konnte; ich zog ihn hinter mir her, so wie die Kreatur Christine hinter sich herzog.

Das Phantom sprang nun von der Außenwand hinunter und riß Christine mit sich. Gemeinsam landeten sie auf der festgetretenen Erde, und das Ungeheuer verlor für einen Augenblick den Halt. Im nächsten Moment hatte sich Raoul ebenfalls von der Mauer zu seiner entsetzten Geliebten hinuntergestürzt und blieb vor ihr stehen, um sie mit seinem eigenen Körper zu schützen, obwohl sich seine Wunde wieder geöffnet hatte und ein scharlachrotes Rinnsal daraus pulsierte. Das Ungeheuer blickte zu mir hinauf, als würde es abwägen, wie seine Chancen standen, das Objekt seiner alles verzehrenden Leidenschaft wiederzuerlangen. Ein neuerliches Donnern gab den Ausschlag, und er stürzte auf den Erdwall in der Ferne zu, wo ich eine Falltür entdecken konnte.

»Haltet ihn auf!« rief ich. »Wenn er die Abwasserrohre erreicht, sind wir verloren.«

Der Junge war nicht in der Verfassung, meine Warnung zu verstehen, und noch viel weniger, darauf zu reagieren. Außerdem würde er das Mädchen nicht alleine lassen, und ich erkannte, daß, wenn irgend jemand das Monstrum zur Strecke bringen wollte, ich das sein mußte.

Wie ein Dämon rannte ich über den Damm und stürzte mich über einen Vorsprung auf das Phantom hinunter, wobei ich, als ich auf der Erde aufschlug, nur noch nach seinen Knöcheln greifen konnte.

Von Anfang an wußte ich, daß ich hoffnungslos unterlegen war. Mein Gegner kämpfte mit der Wildheit von zehn Männern, und als ich versuchte, die Baritsu-Druckpunkte anzuwenden, war es so, als gäbe es sie in seiner Anatomie überhaupt nicht. Ich hätte ebensogut versuchen können, mit einer Eisenstatue oder einem gigantischen Tintenfisch zu ringen, denn seine Arme schienen so lang und unbesiegbar wie Tentakel. Er umklammerte meinen Oberkörper mit einer solchen Gewalt, daß ich das Gefühl hatte, als presse eine Kneifzange alle Luft aus meinen Lungen. Dann gelang es mir, ein Bein hinter seine Beine zu bekommen, so daß wir beide wieder zu Boden stürzten, und sein heißer Atem strömte gegen meinen Hals, als wäre ich in einen tödlichen Kampf mit dem Teufel selbst verstrickt. Seine Hände lagen nun um meinen Hals, und ich wußte, daß dieser grinsende Totenkopf vor meinen Augen das letzte sein würde, was ich je auf dieser Welt zu Gesicht bekam.

In einem letzten Akt der Verzweiflung, der weniger mit rationaler Überlegung zu tun hatte als mit sonst etwas in meiner ganzen Karriere, riß ich ihm die Maske vom Gesicht.

Ah, Watson, welches Entsetzen! In vieler Hinsicht

hatte das Gesicht, dem ich mich nun nur wenige Zentimeter entfernt gegenüber fand, kaum noch etwas Menschliches an sich, und selbst das Herz eines Hundes hätte bei diesem Anblick zu schlagen aufgehört. Es gab keine Nase, nur einen zerfetzten Krater, und obwohl das Wesen zwei Augen hatte, trat das eine ekelerregend hervor, baumelte nahezu aus der Augenhöhle, während das andere in einem beständigen Kreisspiel nach oben rollte und man nur noch das Weiße davon sah. Auch der Mund war in zwei Teile geteilt, die Oberlippe nach oben gewölbt und weggerissen, so daß nur noch Narbengewebe und unregelmäßige gelbe Schneidezähne zu sehen waren. Seine dünne Haut war straff gespannt und erinnerte an sprödes Pergament; überdies war sie mit einem Delta von Narben und dunklen Flecken schraffiert. Sein Haupt war kahl bis auf ein Büschel weißen Haares, das unkämmbar in die Höhe ragte.

Aber noch seltsamer und schrecklicher als all das waren die Geräusche, die aus der Kehle dieser männlichen Medusa hervorquollen. Vorbei war es mit der Stimme von unbeschreiblicher Schönheit, und an ihrer Stelle war nun ein Kreischen und Grunzen getreten, das jeder Sau im Angesicht der Axt des Schlächters Ehre gemacht hätte.

Er wich voller Entsetzen und Schaudern vor mir zurück, wobei er die Hände vor seine abscheulichen Züge hielt und sie wie ein Paar schwerfällig steifer Klauen vor sich hin- und herschwenkte. Und dann, ganz plötzlich, als wäre er nicht länger in der Lage zu kämpfen, sprang er von mir weg und auf eine Falltür zu, die sich etwa sieben Meter von dem Punkt entfernt befand, an dem ich, dem Zusammenbruch nahe, stehengeblieben war.

Was als nächstes geschah, dauerte nur wenige Sekunden. Es gab ein plötzliches Tosen und Donnern, und dann stürzte das Dach über uns zusammen. Während ich hilflos auf dem Boden lag, fielen Tonnen von Erde und Wasser auf den armen, unglücklichen Nobody herab. Zum zweiten und letzten Mal in seinem traurigen Leben wurde er bei lebendigem Leibe begraben.

Nur um Haaresbreite entkamen wir drei anderen demselben Schicksal – die Hauptmasse des Erdeinsturzes verfehlte uns, und statt dessen regnete es Steine und Erde auf uns herab wie bei einem Hagelschauer aus der Hölle.

Als der Lärm abgeflaut war, hörte ich zu meiner Überraschung Schreie über mir, und als ich die Augen öffnete, blickte ich hinauf in den blauen Himmel. César stieß ein glückliches Schnauben aus.

»Verdammt!« rief eine Stimme über mir. »Drei Monate Arbeit ganz umsonst!«

KAPITEL SIEBZEHN

Diminuendo

Die Barmherzigen Schwestern im Hospital von Saint-Sulpice bewegen sich in wunderbarem Schweigen. In ihren grauen Gewändern, ihren Schleiern und ihrem riesigen, gestärkten weißen Kopfschmuck gleiten sie geräuschlos über die endlosen Korridore, als hätten sie unter ihren Gewändern geölte Räder versteckt. Wenn man sie braucht, erscheinen sie wie durch Magie, und ihr Lächeln, gelassen und heiter, kündet mit stillem Geflüster von den Wundern des Glaubens. Dann, mit einem leisen Rascheln, verschwinden diese barmherzigen Wesen genauso unhörbar, wie sie gekommen sind.

Ich spürte, daß die Polizei um mein Bett herumschlich und ängstlich darauf bedacht war, ihre Bekanntschaft mit mir zu erneuern.

Ich war der erste, der aus dem Krankenhaus entlassen

wurde. Allerdings war ich am ganzen Körper schwarz und blau, als hätte ich einen Monat in einem Fleischwolf zugebracht, und meine Finger waren von den Glassplittern aufgeschlitzt, so daß ich für die nächste Zukunft alle Gedanken an eine Karriere als Geiger erst einmal aufgeben mußte. Trotz der Entbehrungen und der Unterkühlung, die ich erlitten hatte, ging es mir den Umständen entsprechend gut. Welche Mißhandlungen wir doch unseren zerbrechlichen Schalen zumuten, Watson! Ich sehe, daß Ihnen dieser Umstand ein Kopfschütteln entlockt. Und doch gelingt es unseren schwachen Körpern immer noch, unsere armen Seelen zu beschützen.

Diesmal gab es keine Frage, was die Leiche des Phantoms betraf. Zur gleichen Zeit, als Mitglieder der Präfektur und einige Nothelfer sechs algerische Arbeiter ausgruben, die bei dem Zusammenbruch des Tunnels begraben worden waren, entdeckten sie auch die Leiche des unglücklichen Mannes, der so lange Zeit im Innern der Erde eine solch phantastische und schwierige Existenz geführt hatte.

Wie hatte es mir nur passieren können, daß ich das beharrliche Donnern nicht als die Preßlufthämmer und Löffelbagger auf der Rue Scribe erkannte?

Was den Vicomte betrifft, so war seine Verletzung nicht von ernsthafter Natur, aber der junge Mann hatte viel Blut verloren, und es schien notwendig, daß er für eine Weile komplette Bettruhe hielt. Die Ärzte zählten auf die angeborene eiserne Konstitution des jungen Mannes und auf seinen kräftigen Appetit – beides zusammen sollte in absehbarer Zeit für seine Genesung sorgen. Sein Verstand, der für kurze Zeit an einem seidenen Faden gehangen hatte, wurde durch den Anblick jenes Menschen, der ihm mehr als alles andere auf der Welt bedeutete, wieder hergestellt. Stundenlang saß Christine neben seinem Bett, ohne seine Hand auch nur einen Augenblick lang loszulassen, nicht einmal, wenn er schlief.

Auch ihr eigener Gemütszustand besserte sich auf diese Weise, und so umklammerten sie einander in inniger Verbundenheit, in liebendem Geben und Nehmen.

Es dauerte mehrere Tage, bis ich die Gelegenheit hatte, sie wiederzusehen. In der Zwischenzeit mußte ich viele Stunden in Gesellschaft von Inspektor Mifroid von der Präfektur zubringen, der so zäh war wie ein Fuchshund bei der Verfolgung seiner Beute.

»Seien Sie so gut und fangen Sie ganz am Anfang an«, sagte er, »und lassen Sie nichts aus, Monsieur.« Er wies auf einen Sekretär, der seinen Stift bereithielt. Ich hatte keine andere Wahl, Watson, als ihm einen großen Teil der ganzen Angelegenheit zu erzählen. Seine Augen weiteten sich, und er zog vor Skepsis das Kinn tief herunter, als er meinen Namen hörte. Ich spürte, daß er meine Identität bestreiten wollte, belehrte ihn jedoch schon bald eines besseren. Ein Telegramm an Mycroft im Außenministerium und verschiedene andere Auskünfte überzeugten ihn schließlich von meiner wahren Identität, und mit einigen kleineren Schwierigkeiten gelang es mir, ihm das Versprechen abzuringen, nach außen hin mein Inkognito zu wahren. Ich erzählte ihm nichts von der Zeit vor meiner Ankunft in Paris, sondern beschränkte mich auf den Bericht über die merkwürdigen Ereignisse, die seit meiner Anstellung in der Opéra stattgefunden hatten. Nachdem die Leiche des Phantoms entdeckt worden war, hörte er auf, meine Geschichte anzuzweifeln, was zum Teil auf die Aussage von Ponelle zurückzuführen war, der sich als überaus hilfreich erwies. Dieser junge Mann war nun – zusammen mit dem hartnäckigen Bela und dem Rest des Orchesters – fest davon überzeugt, daß ich tatsächlich auf Geheiß der Autoritäten an die Opéra gekommen war.

»Also haben Sie doch die Wahrheit gesagt!« rief er aus, als wir uns zu einem Abschiedskaffee in unserem üblichen Lokal trafen.

»Eine lästige Angewohnheit«, log ich.

»Es wird Sie vielleicht interessieren, daß man den Sarg Garniers wieder zusammengeflickt hat.« Er konnte ein Grinsen nicht unterdrücken. »Ich verspreche Ihnen, daß ich mich für den Rest meiner Tage an diesen Ausflug erinnern werde.«

»Ich werde Sie vermissen, Ponelle.«

»Gerade, als ich mich an Ihren unorthodoxen Stil, den Bogen zu führen, gewöhnt hatte«, fuhr Bela fort, der die Anspielung auf den Garnier-Sarg natürlich nicht verstanden hatte. Andernfalls hätte er uns gewiß der Gotteslästerung beschuldigt. »Es tut uns leid, daß wir Sie verlieren, Sigerson. Ich glaube, selbst der alte Leroux hat so etwas wie eine Schwäche für Sie entwickelt.«

»Und ich für ihn.«

Was tatsächlich stimmte. Etwas an der Art, wie der *maître* sich während der ganzen Angelegenheit benommen hatte, hatte meine Bewunderung gewonnen. Sein Credo, so einfach, so beharrlich und so lobenswert, schien mir im Angesicht all der Verwirrungen eine Reinheit zu besitzen, die einen großen Teil seiner tyrannischen Anmaßung entschuldigte. Er war ein großartiger Dirigent. Ich bin mir nicht sicher, ob man bei einem weniger großen Mann solche Exzesse geduldet hätte.

Mifroid, der immer noch in streitlustiger Laune war, begleitete mich mit seinem Schreiber ins Hospital, wo wir die beiden Liebenden genauso vorfanden, wie wir sie verlassen hatten – der kleine Vicomte schlief immer noch, und seine Geliebte hielt nach wie vor seine Hand in der ihren.

»Christine, das ist Inspektor Mifroid von der Präfektur.«

»Wie geht es Ihnen, Mademoiselle? Sind Sie in der Lage, die Einzelheiten Ihres Martyriums zu erzählen?«

Sie warf einen ängstlichen Blick in meine Richtung.

»Sie müssen mich für sehr leichtgläubig halten, Monsieur.«

Ich lächelte.

»Nicht im geringsten.« Ich wies in die Richtung des Polizisten, und sie nickte.

»Es war so, Monsieur. Ich kam an jenem Abend in die Opéra und war fest entschlossen zu singen. Monsieur Sigerson« – Mifroid machte zu meiner Erleichterung keine Anstalten, sie zu korrigieren – »hatte mich dazu ermutigt, nachdem er mich davon überzeugt hatte, daß mein Gönner« – hier senkte sie die Stimme zu einem widerwilligen Flüstern und machte ein reuiges Gesicht – »auf diese Weise gezwungen wäre, sich zu zeigen, und ich den Mächten helfen konnte, die – den Mächten . . .« Sie zögerte abermals. Was für Mächte, so schien sie sich zu fragen, waren wir eigentlich?

»Den Mächten des Tageslichts«, ergänzte ich glatt. Sie machte eine winzige Geste mit dem Kopf, womit sie ihre Zustimmung zu dieser Definition andeutete. ». . . damit ich also helfen konnte, ihn zu fangen. Der arme Nobody.« Sie seufzte.

»Wen meinen Sie mit Nobody?« wollte Mifroid wissen.

»So nannte er sich, Monsieur.«

Mifroid blinzelte überrascht, blieb jedoch beim Thema.

»Bitte fahren Sie fort, Mademoiselle.«

»Wie Monsieur Sigerson gesagt hatte, hielt ich mich von meinem eigenen Umkleideraum fern, bis es Zeit war, auf die Bühne zu gehen. Ich war in den Kulissen und wartete auf mein Stichwort, als ich Nobody singen hörte. Beinahe wäre ich in Ohnmacht gefallen. Ich glaubte, ich würde auf der Stelle sterben. Es gibt – ich sollte wohl sagen, es gab – keine andere Stimme auf der Welt, die sich mit seiner vergleichen ließ. In meiner Nähe stand der Stuhl des Inspizienten, auf den ich mich fallen ließ. Ich hielt mir die Hände über die Ohren, um diesen . . .« Sie suchte nach dem richtigen Wort und zuckte dann hilflos die Achseln. »Um diesen unmöglichen Klang nicht hören zu müssen.« Sie hustete und räusperte sich bei der Erinnerung. »Dann ging er nach links von der Bühne ab, und ich fühlte mich besser. Ich wußte, die Wände würden ihn verschlucken, bevor irgend jemand ihn erreichen konnte, und das tröstete mich. Der Schwindel, der mich umfangen hatte, ließ nun langsam nach. Während *Le Prophète* stand ich wieder auf und lief ein wenig herum. Als der Vorhang sich dann schließlich für mich hob, hatte ich Angst, konnte mich aber gut konzentrieren. Ich erinnerte mich an alles, was er mir beigebracht hatte«, so stellte sie nun nicht ohne Ironie fest, »und ich sang, wie ich immer sang – nur für ihn.« Tränen traten ihr in die Augen, aber sie blinzelte sie resolut weg. »Sie hatten recht, Monsieur Sigerson, die Musik hat mich getragen.«

»Das ist die größte Tugend der Musik, Mademoiselle.«

»Und dann?« drängte Mifroid mit einer durchschaubaren, schmierigen Unterwürfigkeit, die ihr eigentlich nicht hätte entgehen dürfen, aber sie bemerkte nichts.

»Ich nahm meinen Beifall entgegen und zog mich langsam von der Bühne zurück. Auf einmal wurde alles dunkel.

Zur gleichen Zeit öffnete sich der Boden unter meinen Füßen, und ein Paar eiserne Arme fing mich auf. Noch bevor ich schreien konnte, legte sich eine Hand über mein Gesicht, und ich atmete einen widerlichen Duft ein« – sie zuckte bei dem Gedanken daran zusammen – »und an mehr kann ich mich für eine Zeitlang nicht erinnern.

Als ich erwachte, hatte ich das Gefühl, mich in einem Märchen oder einem Traum zu befinden.« Sie blickte zur Krankenhausdecke hinauf, als stünde dort die Erinnerung an das, was geschehen war, geschrieben. »Ich saß auf einem wunderschönen weißen Pferd, das von einem Kavalier in Rot geführt wurde. Reiherfedern zierten seinen Helm. Wir gingen einen schmalen und mit tausend Kerzen beleuchteten Pfad hinunter, bis wir an einen nebelbedeckten See kamen. Es schien beinahe so, als stünde ich unter einem Zauberbann.«

»Ein See?« fragte Mifroid höhnisch, wobei er seine frühere mitleidige Pose gänzlich vergaß.

»Ich weiß, es hört sich absurd an. Vielleicht schlief ich noch und träumte, Monsieur.«

»Nun, so hört es sich tatsächlich an.«

Ich bedeutete ihm zu schweigen. »Bitte fahren Sie fort, Mademoiselle.«

»Es war so sehr wie ein Traum«, wiederholte sie. »Schließlich half er mir abzusteigen, und ich glitt wieder in seine Arme. Er trug mich, als hätte ich überhaupt kein Gewicht. Ich schien auf seinen Armen zu schweben.« An dieser Stelle warf sie einen ängstlichen Blick auf ihren Geliebten, und dann, nachdem ich sie mit einem Husten an ihre Aufgabe erinnert hatte, fuhr sie fort: »Schließlich setzte er mich in ein Boot –«

»Pah!«

»Bitte, Inspektor. Haben Sie die Güte, zuzuhören.«

Ich mußte Christine nicht noch einmal zum Weitererzählen drängen. Ihre Augen waren glasig geworden und blickten ins Leere, während die Geschichte, die eine merkwürdige Eigendynamik gewonnen hatte, sich wie von selbst erzählte.

»Wir glitten über den magischen See, zerteilten die Nebel mit unseren Rudern. Es war nicht besonders weit, dann hob er mich aus dem Boot heraus und brachte mich in sein Haus.«

Die Erinnerung an das Haus ließ sie blinzeln und riß sie in die Wirklichkeit zurück.

»Es war ein ganz normales Haus mit jedem erdenklichen Luxus. Mein Zimmer war bereits fertig für mich –«

»*Ihr* Zimmer?« platzte der Polizist heraus.

Sie nickte, sah ihn jedoch nicht an.

»Es waren Kleider für mich da, in meiner Größe und meinem Geschmack entsprechend. Schneeweiße Gewänder zum Beispiel. Es gab ein Bett, und an den Wänden hingen einige meiner Lieblingsbilder. Auf dem Bücherregal standen die Bibel und einige Ausgaben der Bücher, die ich am liebsten mag. Es gab eine Ankleidekommode und ein Boudoir – alles so, als hätte er meine Gedanken lesen und erraten können, wonach ich mich sehnte. Er hatte jeden meiner Wünsche vorhergesehen.«

Sie war wieder in diesen tonlosen Singsang verfallen, der so charakteristisch für die Erzählung ihres Traums schien. Ich fragte mich, ob das vielleicht eine Nachwirkung des Chloroforms war. »Am anderen Ende des Raumes stand eine große Orgel mit drei Manualen und Pedalklaviatur, und er begann zu spielen, nachdem er mir zuerst ein paar Früchte zu essen und ein Glas kalten Wein zu trinken gegeben hatte. Er mußte mir nicht sagen, was für eine Musik es war. Er spielte seine Oper. Sie wissen« – sie sah mich für einen Augenblick an – »*Der Triumph des Don Juan*, die Oper, an der er so lange gearbeitet hatte. Ich lauschte – das Stück hatte eine magische Anziehungskraft –, und er sang. Beim Zuhören war ich in der merkwürdigsten Weise überwältigt, verzehrt von einem verzweifelten Sehnen, in dem Gefühl, daß alles zu dem Traum gehörte, verstehen Sie – dem Traum, in dem ich lebte. Ich stahl mich leise hinter ihn, magisch angezogen von der Musik, aber auch wie in Trance von einem inneren Impuls getrieben, den ich weder erklären noch leugnen konnte.« Sie zögerte.

»Ja?«

Mit ihrer freien Hand deutete sie an, was als nächstes geschah.

»Ich stellte mich ganz leise hinter ihn, und dann – schnell und plötzlich – riß ich seine Maske weg!« Sie keuchte und legte sich eine Hand über den Mund. Ich konnte nicht sagen, ob sie damit die Erinnerung an dieses Ereignis unterdrücken oder verhindern wollte, daß ihr Geliebter erwachte.

»Er drehte sich sofort um. Ah, dieses Gesicht! Selbst wenn ich tausend Jahre alt würde, könnte ich dieses Gesicht nie vergessen!« Sie drehte sich Bestätigung suchend zu mir um. »Sie wissen es, Monsieur Sigerson. Sie haben es gesehen.« Ich nickte, aber sie schien keine Notiz davon zu nehmen, so sehr war sie in ihren eigenen Erinnerungen gefangen. »Aber noch seltsamer als das Gesicht – so schrecklich verzerrt von Überraschung und Zorn – war das, was aus seinem Mund kam! Keine Sprache, keine wunderschöne Stimme, überhaupt keine Stimme mehr, sondern statt dessen eine Art schreckliches Kreischen! Er stürzte zu Boden und krümmte sich zu meinen Füßen; seine Kiefer klafften auseinander, aber das einzige Geräusch, das sie ausstießen, war eine Reihe von wimmernden Schreien und erstickten –« Sie brach ab und versuchte, die passenden Worte zu finden, wobei ihr Mund sich öffnete und schloß wie der eines Goldfisches. Mifroid betrachtete sie sprachlos. »Schließlich streckte er mir einen zitternden Arm entgegen. Ich wußte, was er wollte, was er brauchte.

Ich hatte die Maske in der Hand, wissen Sie. Automatisch gab ich sie ihm. Sie hätten es nicht anders gemacht, wenn Sie ihn gesehen hätten, bemitleidenswert wie nur irgendein verkrüppelter Bettler, der unter der Pont Neuf schläft, aber mit noch schlimmerem Schicksal als der Geringste unter ihnen, verflucht mit diesem Gesicht, das selbst einen Blinden entsetzt hätte.

Wie gelähmt nahm er mir die Maske ab, und mit einigen Schwierigkeiten befestigte er sie wieder an seinem schrecklich mißgestalteten Kopf. Als sie wieder an ihrem Platz saß, war es so, als kehrte auch sein altes Selbst zurück. Er erhob sich, hielt sich zuerst noch am Tisch fest, ließ ihn dann los und taumelte wie ein Betrunkener auf mich zu. Ich konnte hören, wie er flüsternd mit sich selbst sprach, seine Stimme ausprobierte, um sicherzugehen, daß er sie zusammen mit seinem falschen Gesicht wieder zum Leben erweckt hatte.

Als er dann wieder sprach, kamen wunderschöne und sonore Worte aus seinem Mund, obwohl sein Zorn entsetzlich war. ›Bist du jetzt zufrieden?‹ rief er mit einem Ausdruck, als breche ihm das Herz. ›Jetzt, da du mein Geheimnis erfahren hast! Bist du *zufrieden*? Weißt du, was es mich gekostet hat, daß du mich so gesehen hast, mich, der ich dich liebe und bewundere wie die Nacht die Sonne?‹ Ich zitterte, als ich ihn das sagen hörte, und wußte nicht, wie ich ihm antworten sollte. ›Tagelang, wochenlang, ja sogar jahrelang habe ich in meinem Königreich der ewigen Nacht gelebt und nichts erwünscht – *bis ich dich hörte.*‹ Er würgte an diesen Worten wie ein Ertrinkender an dem Wasser, das in seine Lungen flutet. ›Bis ich dich hörte, und mein Herz wie eine Glocke zersprang, die deinen Namen läutet.‹

›Was wollen Sie von mir?‹ fragte ich leise und schluchzte. Ich empfand Mitleid, aber auch Angst. ›Was muß ich tun?‹

›Meine Oper ist fertig‹, erklärte er ungeduldig. ›Wie ich dir vorhergesagt habe. Es ist mein Lebenswerk. Ich möchte, daß du sie mit mir zusammen aufführst. Nur deine Stimme kann meiner Heldin gerecht werden.‹

›Und dann darf ich gehen?‹

Die Frage schien ihn zu überraschen. ›Wohin möchtest du denn gehen?‹ wollte er wissen. ›Hier gibt es alles, was du dir nur wünschen kannst.‹

Als ich ihm sagte, ich wolle nach Hause gehen und zu Mutter Valerius, wurde er sehr wütend und stürmte durchs Zimmer. ›Du sagst mir nicht die Wahrheit!‹ rief er. ›Es ist nicht die alte Frau, nach der du dich sehnst!‹ Als ich darauf bestand, daß er mich, nachdem ich für ihn gesungen hatte, nach Hause gehen lassen mußte, warf er mich auf das Bett und rief: ›Hier ist dein Zuhause! Hier wirst du meine Braut sein, meine Königin, und dies wird von nun an dein Königreich sein.‹

Wie Sie sich vorstellen können, hat mich das furchtbar erschreckt, denn nachdem ich sein Gesicht gesehen und seinem wilden Gerede zugehört hatte, wußte ich zumindest so viel, daß mein Engel wahnsinnig war. Er hatte wirklich um meinetwillen gemordet, und nun – wer wußte, ob er nicht um meinetwillen wieder morden würde?

Und während der ganzen Zeit war dieses schreckliche Beben überall um uns herum, und er ballte die Fäuste und hob sie drohend zur Decke seines kleinen Zuhauses und brüllte, wie nur je ein Tier des Dschungels gebrüllt hat. Schließlich sah ich, daß ich keine andere Möglichkeit hatte, ihn zu beschwichtigen, als mit ihm seine Oper aufzuführen.«

Es entstand ein langes Schweigen.

Der Vicomte rührte sich wieder einmal in seinem Schlaf, und Christine gab ihm, dankbar für diese Unterbrechung, einen Kuß auf die Stirn.

»Das Werk ist nicht gerade kurz, und es dauerte eine ganze Weile, es zu singen, vor allem, da der Schöpfer dieses Stückes so hohe Maßstäbe hinsichtlich der Ausführung hatte, aber ich sah, daß meine Bemühungen ihn beschwichtigten und beglückten, denn er schien mit Leib und Seele bei der Musik zu sein. Ich gestehe, ich fand das Stück genauso schön, wie er es mich hatte vermuten lassen. Aber ich hatte immer noch solche Angst, daß ich mich von Zeit zu Zeit ausruhen mußte – ein Aufschub, den der Komponist mir nur mit größtem Widerwillen gewährte. Allzu früh wurde er ungeduldig und riß mich wieder aus meinem unruhigen Schlummer. So besessen war er von seinem Wunsch, die Aufführung zu beenden, daß er sich nicht um meine Müdigkeit kümmerte oder um meine Ängste.

Später hörte ich eine Stimme durch die Wand, die meinen Namen rief«, sagte sie und strich dem jungen Mann zärtlich über seine aufgewühlten Züge, bis sie sich wieder glätteten und ein Lächeln um seine Lippen spielte.

»Den Rest kennen Sie, glaube ich.« Ihre Stimme hatte sich mittlerweile zu einem Flüstern gesenkt, das so entfernt klang wie die Abendbrise.

Als sie endlich wieder aufsah, strömten ihr Tränen übers Gesicht.

»Versprechen Sie mir, Monsieur«, flehte sie und sah mich direkt an. »Versprechen Sie mir, daß er nie wiederkommen wird.«

»Niemals mehr, Mademoiselle.«

Dann wurde sie von einem so krampfartigen Schluchzen geschüttelt, daß ich schon glaubte, es würde nie mehr aufhören.

Für mich war es Zeit zu gehen.

KAPITEL ACHTZEHN

EPILOG

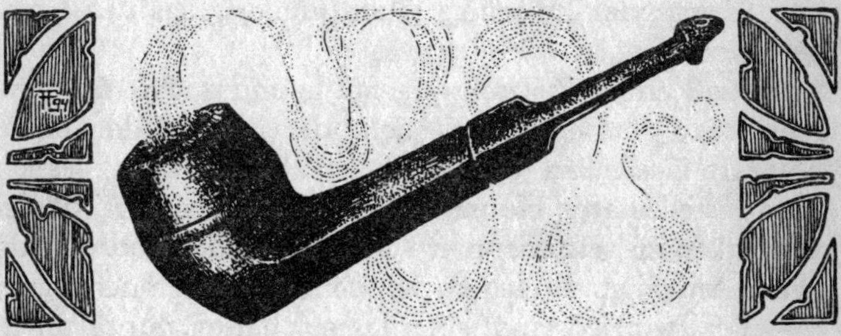

Sherlock Holmes klopfte die Asche aus seiner Pfeife und streckte die Arme über seinen Kopf. Es herrschte mittlerweile Zwielicht, nicht *l'heure bleu,* sondern ein gutes, altmodisches englisches Zwielicht mit grauem Nebel, der vom Kanal her zu uns herüberrollte, und einer frostigen Kühle, die an die Stelle des früheren Sonnenscheins trat und uns dazu verlockte, unsere Stühle näher an das ersterbende Feuer zu ziehen. Draußen vorm Fenster hörte man nicht mehr das fröhliche Gesumm der Bienen, sondern, so glaubte ich, das entfernte Grollen der zornigen Brandung.

»Die Pariser U-Bahn, Métropolitain genannt, eröffnete ihre Pforten im Jahre 1900.

Natürlich läßt sie sich nicht mit der unseren vergleichen, und sie wurde entlang der Rue Scribe auch niemals fertig – dazu war der Boden einfach zu unsicher.«*

»Sie haben ihm jedenfalls das Handwerk gelegt«, sagte ich und ordnete mein Kanzleipapier zu einem ordentlichen Stapel. Er legte einen dünnen Finger darauf und sah mich mit hellen, ernsten grauen Augen an.

»Nicht ich, Watson.« Er schüttelte den Kopf. »Nicht ich. Es war das Zwanzigste Jahrhundert, das den Geist getötet hat.«

Ich saß einige Zeit schweigend da und dachte über die merkwürdige Geschichte nach, die ich gerade gehört hatte. In Gedanken formulierte ich all die Fragen, die ich gern gestellt hätte. Holmes selbst schien in tiefe Grübelei versunken zu sein, denn er starrte ins Feuer und machte keine Anstalten zu gehen. Ich denke, die Erinnerungen, die er hatte wieder aufleben lassen, hatten ihn selbst in ihren Bann geschlagen.

»Nicht gerade meine größte Stunde, Watson, wie Sie mir sicher beipflichten werden.« Er lächelte und lachte dieses trockene, stille Lachen, das so typisch für ihn war.

»Aber Sie hatten Erfolg bei der Rettung von Miss Adler.«

»Ja«, gab er in neutralem Ton zu, wich aber meinem Blick aus.

»Was sonst noch?« fragte ich, da ich sah, daß er noch immer ganz im Bann seiner Erinnerungen stand. Er zuckte unverbindlich die Achseln.

* Die Pariser Métro war in ihrer ursprünglichen Form der Londoner U-Bahn möglicherweise wirklich unterlegen, gilt heutzutage aber anerkanntermaßen als viel besser und zählt zu den größten Massentransportsystemen der Welt. Viele Menschen starben bei den Ausschachtungsarbeiten in dem trügerischen, sumpfigen Boden – ebenso wie bei den Arbeiten zu der Untergrundbahn in Toronto in den sechziger Jahren dieses Jahrhunderts, was ja noch gar nicht so lange zurückliegt. Einstürze waren damals noch an der Tagesordnung.

»Natürlich bin ich mehr als einmal zurückgegangen und habe den Tunnel durchsucht. Ich habe gesucht und gesucht, aber ich habe es nicht gefunden.«

»Was nicht gefunden?«

Er betrachtete mich erstaunt.

»Die Oper natürlich, mein lieber Freund. *Der Triumph des Don Juan.* Aber Erde und Wasser hatten alles zerstört, und keine einzige Seite hat überlebt.« Er kratzte sich bedauernd am Hinterkopf.

»Was für eine Schande. Wie gern hätte ich dieses Stück ganz gehört. Ich habe den starken Verdacht, daß es sich um ein Meisterwerk handelte.« Er zuckte mit den Schultern. »Aber wer weiß, vielleicht war es auch etwas ganz Gewöhnliches, und ich bin nur ein Romantiker.«

»Sie?«

»Sie brauchen mich gar nicht so überrascht anzusehen, mein Junge. Ich war im Urlaub damals. Und in Paris.« Er stand auf und ging zu einem der Bücherregale hinüber, wobei er einige Schwierigkeiten hatte, in der hereinbrechenden Dämmerung noch die Titel zu lesen.

»Ah, da ist es ja.« Er zog einen dicken Band heraus und brachte ihn zu mir. »Das war alles, was ich ausgraben konnte.«

Es war eine Ausgabe der *Ilias* in einer englischen Übersetzung, angeschwollen auf ihren doppelten Umfang und schwer in meinen Händen, als wäre das Wasser noch immer da, um ihr Gewicht zu vergrößern. Ich hörte mich seufzen.

»Wie reimen Sie sich diese Sache mit seiner Mutter zusammen?«

Er zuckte die Achseln.

»Ich reime mir gar nichts zusammen. Das bringt natürlich einen Teil meiner Theorie durcheinander – meiner Theorie und der von Ponelle«, fügte er hinzu und lächelte bei der Erinnerung an den jungen Geiger. »Wenn das Phantom mit seiner Geschichte über seine Mutter die Wahrheit gesagt hat, dann befinden wir uns im Irrtum, was seine Identität betrifft, und wir werden niemals wissen, wer er wirklich war. Das Rätsel wird sich, so fürchte ich, in die endlose Liste der unbeantworteten Fragen einordnen, deren Gewicht in zunehmendem Maße die Drehung des Planeten verlangsamt.«

»Und der Vicomte und Mademoiselle Daaé? Was ist aus ihnen geworden?«

»Sie haben geheiratet und leben glücklich bis ans Ende ihrer Tage.« Er kicherte, diesmal ziemlich laut. »Na, jedenfalls haben sie geheiratet.«

»Das hört sich schon mehr nach dem Sherlock Holmes an, den ich kenne«, sagte ich, lächelte und fühlte mich auf seltsame Weise beruhigt.

Ein Klopfen an der Tür unterbrach unser Gespräch.

»Entschuldigung, Mr. Holmes«, sagte Mrs. Hudson mit einem respektvollen Unterton. »Der Premierminister ist gekommen, um Sie zu sehen.«

»Aha. Ich werde gleich bei ihm sein, Mrs. Hudson.«

»Sehr wohl, Sir.«

»Sie sehen, wie es ist, Watson«, sagte Holmes, nachdem sie sich zurückgezogen hatte. »Zuerst schicken sie den Außenminister, und wenn er keinen Erfolg hat, dann fahren sie schweres Geschütz auf. Ich darf Mr. Asquith auf keinen Fall in meinem Salon schmoren lassen.«

»Aber was ist denn los?« fragte ich, denn die Angelegenheit mußte eindeutig wichtig sein, wenn das Haupt unserer Regierung sich in die South Downs bemühte.

»Haben Sie schon einmal etwas von einem gewissen von Bork gehört?«

»Noch nie, wer ist das?«

»Ein Mordskerl, Watson«, sagte Holmes und schlug mir wichtigtuerisch aufs Knie. »Ein Mordskerl, der sich für den mordsmäßigen englischen Sport interessiert.« Sein Lächeln verblaßte. »Große und schreckliche Dinge sind im Gange, alter Freund. Dieser von Bork ist wie ein Sandkrümel in den Zahnrädern einiger großer Getriebe, und wenn ich recht verstanden habe, muß er daraus entfernt werden.« Er hielt inne und stieß einen Seufzer aus. »Es wird einige Zeit dauern, diesen von Bork zur Strecke zu bringen. Und sie werden darauf bestehen, daß ich es tue«, fügte er mit einem weiteren Seufzer hinzu. »Sie entschuldigen mich, ja?«*

»Aber Holmes«, sagte ich, als er schon zur Tür ging. »Gestatten Sie mir wenigstens noch eine Frage.«

Er zögerte.

»Eine Frage.«

Nur eine Frage! Tausend Fragen schossen mir durch den Kopf und wetteiferten miteinander um die Ehre, gestellt zu werden. Wer war der Komplize des Geistes? Wo und wann wurde der Vicomte verwundet? Was war aus dem armen Plançon geworden? Es gab jedoch eine Frage, die an die Oberfläche meines Bewußtseins schlich und sich stellte, noch bevor ich eine andere hätte formulieren können:

»Welches war Ihr Ziel, als Sie Paris verließen?«

Sherlock Holmes zwinkerte in dem verblassenden Licht, während er dort stand, halb im Zimmer und halb schon draußen.

»Montenegro, alter Freund. Montenegro.«

* Holmes brauchte tatsächlich zwei Jahre, um von Bork zur Strecke zu bringen. Genauere Einzelheiten zu diesem Fall finden sich in *Seine Abschiedsvorstellung*.

Ich brauchte einen Augenblick, um zu verstehen, was er meinte.

Als ich es dann endlich verstanden hatte, war er bereits verschwunden.

ENDE

DANKSAGUNG

Gewöhnlich fühle ich mich bei der Beendigung eines solchen Pastiche genötigt, meine Dankbarkeit und Bewunderung an erster Stelle und in höchster Weise dem glücklichen Genius Arthur Conan Doyles entgegenzubringen, dessen Schöpfung so vielen so große Freude geschenkt hat.

In diesem Falle muß mit dem Dank an Doyle die gleiche Dankesschuld dem Manne gegenüber entrichtet werden, der *Das Phantom der Oper* geschrieben hat. Warum Gaston Leroux' phantastisches, geradezu absurdes Meisterwerk gewöhnlich so gering geschätzt wird, ist mir unverständlich – möglicherweise verstellen die verschiedenen Kino- und Musicalversionen den Verlegern den Blick für seinen wahren Wert, was ein großer Fehler ist. Als Gegenleistung dafür, daß ich es benutzt und meine eigenen Variationen darüber improvisiert habe, fand ich es passend, Leroux zum Dirigenten des Orchesters zu machen, der von sich wahrheitsgetreu sagen konnte, daß er für alles verantwortlich war, was in der Pariser Oper geschah, und daß seiner Aufmerksamkeit auch nicht die kleinste Einzelheit entging. Leroux war ganz offensichtlich ein großer Verehrer von Sherlock Holmes, so daß es also gar nicht anders sein konnte, als daß die beiden sich einmal kennenlernen mußten.

Ein Bekenntnis: Leroux sagt, daß die Ereignisse, die er schildern wird, sich vor ›nicht mehr als dreißig Jahren‹ ereignet hätten. Da sein Roman 1911 veröffentlicht wurde, würde das 1881 bedeuten können, eine Angabe, die mit der Sherlockianischen Chronologie nicht übereinstimmt. Ich habe daher die Worte ›nicht mehr als‹ großzügig interpretiert und die Aktivitäten des Geistes um zehn Jahre verschoben. Ich hoffe, daß dies niemanden allzusehr erschüttern wird.

Darüber hinaus bin ich, wie stets, einer großen Anzahl von Gelehrten und Theoretikern unter den Sherlockianern verpflichtet, vor allem dem inzwischen verstorbenen William S. Baring-Gould, dem Verfasser der ersten Holmes-Biographie, der auch die Anmerkungen zur Gesamtausgabe von Clarkson N. Potter beigesteuert hat und dessen Chronologie ich ohne Bedenken übernommen habe.

Zwei Nachschlagewerke haben sich als unschätzbar erwiesen: *Sherlock Holmes and Dr. John. H. Watson, M. D.: An Encyclopedia of Their Affairs* von Orlando Clark; und *The Encyclopedia Sherlockiana: A Universal Dictionary of Sherlock Holmes and His Biographer, John H. Watson, M. D.* von Jack Tracy.

Ebenfalls verpflichtet bin ich Otto Friedrichs gut lesbarer Geschichte des zweiten Kaiserreichs, *Olympia: Paris im Zeitalter von Manet*, die mein Interesse am neunzehnten Jahrhundert und Frankreich angefacht hat, lange bevor ich mir erträumen konnte, dieses Buch zu schreiben, und auch dem Guide Michelin für Paris, der mir sehr gelegen kam, nachdem ich mich entschieden hatte, einen solchen Traum Realität werden zu lassen.

Besonderen Dank schulde ich meiner Frau Lauren, deren Geduld, Rat, Ermutigung, kritischer Scharfsinn und nie nachlassender Enthusiasmus mich durchhalten ließen, wenn ich an mir selbst irre zu werden drohte.

Es bleibt schließlich noch ein Helfer übrig, der genannt werden muß.

»Dein Alter ist also Irrenarzt«, sagte man mir während meiner Kindheit immer wieder. »Ist er Freudianer?«

Wie sollte ich das wissen. Ich war ja niemals bei ihm in Therapie gewesen.

»He, Papa, bist du Freudianer?«

»Das ist eine dumme Frage«, antwortete er und zündete sich seine Pfeife an.

»Wieso?«

»Weil man nicht darum herumkommt, jede Geschichte der Psychoanalyse mit Freud zu beginnen, genauso wie man eine Geschichte Nordamerikas mit den Indianern anfangen muß – oder mit Columbus. Aber anzunehmen, daß seit Columbus nichts mehr geschehen sei, ist nicht nur absurd, sondern es ist auch völlig falsch. Und es wäre genauso starrsinnig und furchtbar doktrinär, so zu tun, als wäre seit Freud nichts mehr geschehen.«

(Er fuhr dann fort und stellte mir seinen karthographischen Vergleich mit Columbus vor, der zu Beginn dieses Romans beschrieben wird.)

»Wenn ein Patient zu mir kommt«, erklärte mein Vater weiter, »höre ich zu, was er zu sagen hat. Und ich höre darauf, wie er es sagt. Ich versuche herauszuhören, was er nicht sagt. Und diese und andere Beobachtungen betrachte ich dann vor dem Hintergrund einer ansehnlichen klinischen Erfahrung. Ich bin, um es kurz zu sagen, auf der Suche nach Hinweisen – *von ihm* –, die mir helfen können, herauszufinden, warum er nicht glücklich ist. Freud hat damit nicht viel zu tun.«

Es folgte eine lange Pause, in der ich das zu verdauen versuchte. Ich sah meinem Vater zu, wie er zufrieden an seiner Pfeife paffte. Plötzlich wußte ich, wer es war, an den Sherlock Holmes mich stets erinnert hatte, die ganze Zeit über. Es hatte mir immer auf der Zunge gelegen, ohne daß ich es hatte aussprechen können.

Danke, Papa.